"深扎"文丛

YIGEREN DE XIANCHENG

一个人的县城

张运涛 著

河南大学出版社
HENAN UNIVERSITY PRESS
·郑州·

图书在版编目(CIP)数据

一个人的县城/张运涛著. —郑州:河南大学出版社,2018.4

(“深扎”文丛)

ISBN 978-7-5649-3320-3

Ⅰ.①一…　Ⅱ.①张…　Ⅲ.①散文集—中国—当代　Ⅳ.①I267

中国版本图书馆 CIP 数据核字(2018)第 088107 号

总 策 划　侯若愚
责任编辑　任湘蕊　王　珂
责任校对　李　云
封面设计　侯一言
出版发行　河南大学出版社
地址:郑州市郑东新区商务外环中华大厦 2401 号　邮编:450046
电话:0371-86059701(营销部)　网址:www.hupress.com
印　　刷　河南瑞之光印刷股份有限公司
版　　次　2018 年 11 月第 1 版　**印　　次**　2018 年 11 月第 1 次印刷
开　　本　889mm×1194mm　1/32　**印　　张**　6.875
字　　数　191 千字　**定　　价**　35.00 元

目　录

第一辑　浮世

一个人的县城

县城坐落在淮河以北 30 公里处，属广袤大中原的一部分。然而，铁路和高速公路却丝毫不在意它——它离最近的高速公路 30 多公里，离铁路线 70 多公里，这在交通便利的平原地区极为罕见。

不像铁路和高速公路，域内 78 万人没有不在意这个小县城的。城乡统一教材让城里的阳光和月光照射进乡村，照亮了我们脚下的路——考上大学，吃商品粮，做个不用干农活的城里人，几乎成为每个乡村孩子努力的目标。1989 年 8 月，经过 13 年的拼搏，我终于如愿以偿，被派遣到县城第二高级中学。这一次不同于高中那三年，我成了小县城的居民，再也不是路过或客居。有资格成为县城的一员，客观地说，有天赋也有自己的努力，甚至运气：合并村办初中，我和两位同学从 60 多人中脱颖而出，被挑到镇中学；两年之后，经过人生的第二次重要遴选，我又和 11 位同学从 100 多人中杀出重围，考入县城一高；苦读三年，我随千军万马过独木桥，涉险升入梦想中的大学。包括后来的工作分配，本来我已经分到乡下的中学——分配方案都已经张贴在县城的十字街头了，谁知县城二高两个班缺英语教师，我又被临时召回。

我永远都忘不了第一次来县城时的情景。为了省下从老家到县城的那六角五分钱车费，我借了辆自行车，骑行 30 公里，中间还淋了一场雨。那一年我 16 岁，来县城参加中招考试。还没进县城，人就怯怯地从车子上跳下来，推着前行，眼睛拘谨得都不知道该看哪儿。广阔的马路给我的感觉是严肃的，拒人千里。外面加了很多条状柱子的剧院，因为造型特别让人感觉格外傲慢——后来才发现再没有那么中规中矩的建筑了。还有县城人不南不北的口音，带着令人讨厌的优越感，似乎刻意与外来者拉开距离。

我对县城还算了解，最熟悉的地方要数农贸市场、书店及图书馆。在农村，读高中的我已经是一个棒劳力了，假期里不时会用自行车驮些豇豆、茄子、萝卜赶县城的集。农贸市场有两个，一个藏在小巷子里，我是跟着同村的大人才摸到的——现在我偶尔也会去这个小市场买菜，每次看到那些蹲在市场最外围仰头和人家讨价还价的乡下菜农，我都会想到我自己。那个时候，我的视角注定让我成为县城的仰望者，并不冷眼的旁观者——大一点的那个市场要好找一些，在县城最繁华的十字路口往东不远的一条向南的街道里。这辈子我都觉得集贸市场是县城最世俗最生活的场所。讨价还价，挑挑拣拣，还有眼看就要罢集时菜农高声贱卖的吆喝声……

书店在十字路口的那条竖线上，向北不到200米的距离。我经常会趁周日下午没课的空当跑去看看自己暗暗相中的一本书，生怕在我攒够钱之前被谁买走。读书在那个年代还是一件很流行的事，但说起县城的图书馆，恐怕现在也没几个人知道。每次上语文课（两节连堂），我都会借城里同学的自行车，从书店北边拐入一条小道，穿过那个藏在小巷子里的集贸市场，钻进图书馆。图书馆并不大，只有三间房子的藏书。阅览室也是三间，里面摆满了各种期刊。正是这个小小的图书馆，抵消了高中语文课堂带给一个喜欢读书的学生的失望。

因为一时腾不出来房子，我和另一位同年毕业的物理老师暂时共住一间理化实验室的准备室。我反复让后勤主任确定，房子漏不漏雨——多少年后那个后勤主任还笑我，二楼怎么会漏雨呢？他不知道，我是被漏雨的房子吓怕了。老家的房子七漏八淌，一到下雨，所有的盆碗都要拿出来接水，地上、床上、粮堆上都是。赶到晚上更糟糕，好不容易找到一个能蜷身的地方，水滴声又此起彼伏，像吵人的摇滚乐扰得人根本无法安睡。房子打扫干净后，我又从仓库搬回办公桌、藤椅、老式木床，包括床上的箔。看这阵势，除了老婆孩子，恐怕今后我的生活需求只用向学校申领就行了。

女朋友来城里不方便，周末都是我骑着自行车去她工作的乡中学。一年后我们结婚了，她爸极力反对，因为我家穷，房子七漏八淌的，个子又矮。要是没考上学变成县城里的人，我恐怕连老婆都娶不到。喜宴就摆在学校的理化实验室里，实验桌当饭桌，厨师请的是学校的一个工友。好像还有一个小仪式，学校团支书是我们的证婚人。之所以记忆很模糊，是因为我们疲于应付比仪式更重要的事——招待来宾的费用。不久，学校照例分给我们一间房子，顺带一间小趴房做厨房。房子在西北角，是学校最早的教师宿舍，一间挨一间，公共走廊。一到吃饭的点儿，每家门口前的走廊上都摆出小饭桌，跟我在老家张湾没多大分别。但我心里还是美滋滋的，工作在县城，家安在了县城，这就算在县城扎了根，这才有公家人的样了。

儿子就是在这间小房子里出生的。他后来填过的各种表格里，出生地一栏都是县城，完完全全脱离了农村。也就是说，他比我少奋斗了十几年。我们家又多了个孩子——我自己还像个没长大的孩子，无论是炎热的夏天还是酷寒的冬天，我几乎每天都要进城转一圈，好像不这样人家就不知道我也是这 2.9 万个县城人之一似的。县城其实很小，四条街道井字形散开。东边的那条竖道，南面紧贴着一高——我的母校，北面连着县人民医院。西边的那条——现在叫中心街，也是主街，贯穿县城南北，由南向北依次是油厂、中医院、剧院、新华书店、粮食局、卫生局、一小、一中。化肥厂和二高在郊外，分别挂在中心街延伸线的两端。井字上面的那条横线最热闹，是条商业街，有商场、外贸局、商业局、汽车站、麻纺厂、物资局、电影院、戏院。那两年跟竞赛似的，外贸商场、正阳商场、正阳大厦、购物中心争先恐后地建起来，让人恍如置身于一个商业大都会，而不是小县城。井字下面的那条横线，东半拉有两座四层的大楼，是县委、县政府。再往东，就是人民医院。

我喜欢逛街，永远也逛不够似的。走在大街上，听着远处商店里传出的《跟着感觉走》，那种主人般的自豪，不自觉地都写到了脸上。

有一个巷子我特别喜欢，我有两个高中同学都住在那儿。它有一个很诗意的名字——椿树巷。比起人民路、富强街、开发大道之类的，椿树巷是我最中意的地名，简单明了，意蕴悠长。与农村的张湾、闵庄、张后相比，显然更有文化味儿。

冬天，我喜欢在县城的商场游荡。这时候的县城像乡下过年的集市，比平时热闹得多。地里的活忙完了，乡下人开始有心张罗相亲结婚这样的闲事了。大街上经常有这样的适婚男女，走在前面的是男生，脸上有着藏不住的欢喜，眼睛和手都不知道放哪儿好。女生扭扭捏捏，保持着几步远的间隔。陪着准新娘的往往是她的嫂子或姐姐，脸上总是挂着戏谑的笑，明显有着局外人的大方与坦荡。有时候，这样的三个人会蹲在商场的拐角处，争论着冬天的衣服是不是要多备一套、皮鞋要什么牌子的、被罩什么花色的好看，旁边放着一个艳俗的笨重箱子。

我喜欢远远地观察他们，那种欲迎还拒、欲语还休，透着人性之初的认真与纯粹。我心里充满了对他们的怜爱，要是没考上大学，我也会跟他们一样，大街上隔着一尺让外人看的距离，心里却恨不得紧紧地牵着对方的手。

北关医院里面叶姓同学的家是我那几年去得最多的地方。第一次去时，我还在上高中。叶姓同学为了打消我的顾虑，极力夸他的妈妈待客热情。一进门，果然有一位中年妇女从摆在当门的缝纫机后面抬起头，眼睛翻过垂到鼻尖的老花镜框招呼我。我则嗫嚅着，不知道该怎么应对。

那是第一次在一个城里人家中做客。我手足无措，吃饭都憋着，不敢弄出声响。我还记得那顿饭吃的是饺子，端上来却不是盛在碗里，而是集中到一个大盘子里。每人面前放一小碟，碟子里面是醋和香菜。我学叶姓同学搛起一个饺子在小碟子里蘸了一下，真别致的味啊，没想到饺子还可以那样吃。自此，叶姓同学开始婉转地接济我。衣服虽然是他初中时穿过的——他一米八多，但仍比我身上的任何一件都要好；夏天我没有凉席睡在教室的桌子上，他以他早读老睡过头为由让我去他家陪他以便叫醒他……

在我老婆调到县城之前，我懒得做饭，去叶姓同学家蹭饭由习惯变成理所当然。他父亲是离休老干部，母亲是家庭妇女，饭菜丰盛不说，还总是变着花样。

1995 年，叶姓同学举家搬迁到陕西渭南。那是真正的城市，下辖几个县城和一个开发区。人往高处走嘛，我为朋友高兴。可当搬家的大卡车装满东西就要离开时，我还是很难过。且不说舍不下那些蹭吃蹭喝的福利，关键是我到哪里能再找到一个如此贴心的朋友？尤其是他还是县城的原居民。

叶姓同学走后，我进城的次数越来越少，有时候甚至一周一次都保证不了。那段两公里的进城路，有一截是上坡，骑车会很吃力。当然这不是理由，因为县城已经有载客的三轮车了。

写这篇文章时，我在县城已经搬过五次家。第三次搬家是因为学校有老师要搬到校外，所以腾出了一套房子。房子很小，只有 51 平方米，但是楼房，三楼——那是学校当时唯一的一栋教师宿舍楼，每户集资两千元建的。我听闻风声，紧追校长。住楼房，那可是我们家几辈人都没敢想过的。

再回老家时，我更有底气了。我不知道是谁发明的“下乡”这个词，但有一点可以肯定，一定是个城里人。一个“下”字，充满了高高在上的优越感。对于我这样的乡下孩子而言，下乡其实就是回家。但我更喜欢下乡这个词，一下子就撇清了我与农村的关系。我这个家族，有不少人在城里谋着大大小小的官，我一个教师在他们面前有点自惭。不过，走在家乡的土路上，我的身上照样吸引了乡下人的艳羡眼神。

老家人进城很少来找我。学校在县城北关，离真正的城区还有两公里，我们像是在郊区——事实上也是。九十年代初，县城还没有三轮车，来去都不方便。我老婆周末从乡中学赶过来，还有一段夜路要走。那一段路黑沉沉的，没路灯，她害怕，我也担心。这个时候，我隐隐会生出一种被县城疏远的自卑情绪。

二爷一家也进城了。二爷有两个儿子都在县城局委领着不薄的俸禄，他们比一般人更敏锐地意识到县城发展的前景。跟着进城的还有我叔，他在县城编藤椅，顺便找了个媳妇，在城乡接合部安顿了下来。

我趁机回去劝父亲。但为时已晚，老家的宅基地正在热火朝天地建着，三间平房的地基已经打好——这是父亲为尚没有女朋友的弟弟所做的最后努力。

我在县城的第四个家，是老婆单位的集资房(她已经调入县教师进修学校)。筋疲力尽地凑齐那五万元集资款，我们都松了一口气——这辈子再也不用操房子的心了。1998 年，我们搬进 108 平方米的新居，三室两厅，有书房，还有两间大卧室。最让我满意的是，新家向南挪了将近一公里，几乎与县城连成一片。

县城缺山少水，喝酒是这里最主要的消遣方式，但酒风粗砺。每一年都会有三两个人被喝死。变化发生在 1997 年，似乎一夜之间，以前颇显荒凉的南环路突然热闹起来。那是井字上边新添的一条横线，酒店、舞厅一家挨一家地排在它的南北两侧。适时兴起的交际舞、卡拉 OK，把人们的兴趣从酒上转移开来。

陪舞的小姐顺应而生。据说为了改善投资环境，政府明令公安不得擅自去酒店执法。

有一天，我无意中听到街头两位老者的对话。

“风气日下啊，搂搂抱抱的，像什么话？”

“哪来这么多小姐呢？”

“是啊，我们那个时代怎么没有呢？”

“现在的年轻人，真他妈的好。”

我捂着嘴笑，他们这是羡慕呢还是嫉妒？

那两年，小县城的开放就是男女都可以肆意妄为。“打闷棍”由此而生，先是某公司经理，接着是一家工厂的副总、某商业公司的会计、某单位的小头目……直至有人被打死。凶手的目的并不是打人，而是垂涎与男人躲在黑暗僻静处的女人。“闷”字形象贴切，背后袭击，不声不响。至于男人的死活，全凭凶手下手的力道与方位。

如《皇帝的新装》中的两个骗子,他们是武骗子。倘若没有失手打死人,受害者哪个敢报案暴露自己与婚外异性不能示人的阴暗关系?

恐怖和艰辛都没能阻挡人们进城的脚步。户口破天荒地开始了买卖,过去只能凭汗水和荣誉换来的非农业户口,物化成了八千块钱。兴许是受了放开的粮油市场及公房改革的影响,响应者并没有预期的拥挤。价码因之下降,六千、五千,到最后,我们奋斗十几年才换取的非农业户口只值区区两千块钱。

新旧世纪之交,县城人口达到 4.5 万。

二十世纪整个九十年代,我几乎没出过县城。深居小县城并不是为了写作体验生活——我那时候对这行还没起心动念——这是我无法改变的生活。但不知不觉中,我开始憎恨它,憎恨这种自己不得不日夜“体验”的生活。

不要说县城以外,就连学校我都很少出。有一天晚上,我躺在床上睡不着觉,突然意识到自己的生活太过枯燥,就像一个人的餐桌,盘子里永远是猪牛鸡鸭、萝卜番茄之类的,总让人疑心是头一天的剩饭。讲课也是,从一年级教到三年级,循环往复,一下子就能看到二十年以后的自己。我还没有远离尝试新生活的冲动年纪,我需要变化。变化什么呢?我跳不出小县城。要扔掉几代人望眼欲穿的铁饭碗,不要说父母亲朋不支持,我自己也割舍不下。要不然,九十年代初的教师离职潮早把我冲到南方了。改变是必须的,思忖良久,我决定搞创作——我其实早在初中时代就是一个像样的作家了,学校黑板报上经常有我的作文。

第一篇的顺利发表,极大地鼓舞了我。那是一篇不到两千字的散文——《教师手记》,先是刊发在《教师博览》上,很快又被《青年文摘》转摘,光稿费就挣了 600 多元。我信心大增,从此把自己当成了作家,上完课就回去读书、写作。

我给城市的白领们编一些爱情故事,加上一些连我自己都不熟悉的时尚符号——星巴克、立交桥、酒吧、舞厅、KTV……很快,我的名字后面缀满了各种报刊的名字，我成了传说中的写手。县城报刊亭里的杂志我几乎都上过——那是我开始写作时的梦想。

县城虽小，作家却不少。两三篇豆腐块挤上报屁股，都会被称为作家或诗人。碰上人家高兴，还会慷慨地再送一个形容词——著名的。我却越来越心虚，怕在县城被人随随便便地称为作家，更不用说那个酸味十足的形容词了——总感觉有嘲笑讽刺的意味。

动力总是来自外面的世界。央视七套记者来做一个农村贫困生的节目，县电视台借用人家的策划套拍。八月初的太阳火辣辣的，人一动就一身汗。为拍好一个学生从田埂上回家的镜头，央视记者反复拍了七八遍。对比鲜明的是县电视台记者，他们只跟着拍了一遍，就和我们一道躲到阴凉地里。我得出结论：决定我们成败的不是我们的技术或平台，而是我们的态度。偏远安逸的小县城极易令人心思涣散、与世无争，但敏感警觉的人总能接收到来自远方的刺激，这种刺激让他们不敢太放松，不敢懈怠。身临其境，我感受尤深，这种原始的、不求上进的生活经常会让对我这种充满了期望的人失望——我不该住在这儿。可是，不住这儿住哪呢？难道回我的张湾？

做写手几年之后，我父亲去世了。他活着的时候我倒没觉得他有多么重要，他走了，我好像突然就陷入了一种无所适从的状态里，茫然、浑噩。一个相熟的编辑在QQ里劝我，你的语言这么好，为什么不写纯文学作品呢？我嘴上犟着，心里却在翻腾：是啊，总不能老写那些垃圾文字啊？我要做一个真正的作家！还好，第一部中篇小说《我一直在演一个我自己》顺利发表。两年后，我已经在很多老牌文学刊物上崭露头角——权威期刊《中篇小说选刊》《中篇小说月报》《作品与争鸣》《小小说选刊》等均多次转载过我的作品。我不敢说我在这个小县城写得最好，但我绝对敢说，我是这里最勤奋的作家。

必须分出点笔墨给一个县官——他是怀着凌云壮志上任的。县志上说，李新中是中华人民共和国成立后此地第二十任县长（2006年代县长，2012年离任）。该县官大学中文系出身，博古通今,出口成章。我猜他在来之前肯定做过大量的准备工作,要不然也不可能从此地差不多有2000年的贫瘠岁月中打捞出黄宪黄叔度这个人物。黄叔度,东汉人,出身贫贱,但博学多才,淡泊名利,被远近奉为圣贤。李新中力排万难,将一直占着黄叔度墓的教育局拆迁掉,原址改建为黄叔度公园,并在步行街及广场等显要处向市民推介此人。结果,黄叔度很快成为县城文化人引以为傲的一个人物。然而,他离我们真的太远了,就像我们面对老外反复絮叨我国古代的四大发明,心虚是难免的。

县长也喜欢文学,要调我去文联——其实我们之间的交流仅限于短信。我还算冷静,年届四十,在政界已没有发展空间,工资也会从高级教师降为普通办事员,少五六百块钱。考虑到写作的需要,我最后同意借调。

儿子的命运可能也因此改变。他本来已经坐进了高三复习班的教室,我呢,冲着他的踌躇满志,也接受了复习班英语教师的授命,爷俩正合力向高考做第二次冲刺——我曾经开玩笑说,我们的目标是北大。借调的机会到来时,我自私地让儿子上了一所三本院校——学校还不错,是他中意的。就这样,刚满十七岁的儿子离开了县城——也可能是再也不回来了——急不可耐地冲进他自己的生活中。

文联办公室在县委办公楼上,在这座完全可以称得上全县"心脏"的小楼上,一个小办事员都会活得异常滋润。除了手里握着的特权,他们还掌握着一些无价的信息——无价到能决定一个人的一生,比如上级下来检查的具体日期啦、提拔考核啦、领导动向啦……在一个一切都讲关系的小县城,我无疑进入了权力的中枢。这种感觉,首先来自消息的传播速度上——我到文联的第二天,整个张湾几乎都知道了我的这次调动。农村人不明所以,说我从政了,当官了——在我的老家,大小是个官,不要说科长局长,哪怕是个股长,方圆几十里都会有人念叨你。我母亲呢,也自豪地跟人家炫耀,我儿子在县委上班。也是,文联毕竟属于县委领导。但老家几乎很少有人明白,我只是一个作家,一个没有任何权利的文人。

文联处在这个“心脏”的最边缘，边缘到很长时间都没有主席、副主席——也就是说，在同级别的官员中，没有多少人会对这个部门感兴趣。我周围大多数人甚至都不知道文联这个机构是做什么的，我只好耐心地跟他们解释。办公室在顶层四楼——这个楼层也多多少少证明了文联是一个多么无关痛痒的小单位。除了一位已经退休多年的副主席仍在主持工作，办公室还有一个股长和一个借调人员。

马姓股长也是一个滋润的人。不过，他的滋润完全是另一回事。他是一个很极端的人，烟抽得厉害，茶沏得也酽，还喜欢杯中物，不喝到微醺不尽兴。他先前是个画家，但已经很长时间没作过画了。不过，他的狷介自守倒是在那两座楼上很是闻名，甚至可以扩大到整个县城的行政干部中。别人偷偷地洒酒他会当面批评，政协开会那么短的路程还要大巴接送他实名举报，还喜欢跟人较真，跟人抬杠……典型的魏晋名士风范。年届五十，他还只是个股级干部，在那个容易进步的地方实属罕见。我的好几篇小说里，都有他的影子。

如果说之前在学校的那二十年我是在坐井观天的话，那么文联就是井口。我发现，无论从空间上还是从精神上，我从来都没有离县城这么近过。县城似乎突然间就不一样了，谁谁谁跟县委书记有关系，谁谁谁被双规了，谁谁谁不会混事竟然顶撞起局长来……我暗生骄傲，日常话题再也不是昨天哪个老师被学生的问题难住了，今天早读谁又来迟到了，月考哪个班的成绩最差……

最有意思的是我的称谓。似乎没有顶官帽介绍人的身价也会大打折扣，我因此经常被模糊地介绍为主席——至于是作协的还是文联的，你自己猜。我领了介绍人的好意，在一个官本位严重的小县城，帽子与其说是你的身份，倒不如说是中间人的脸面。后来，有个正科级官员补了文联主席的缺，他可能意识到主席或副主席都是一个正规的职务，开始介绍我为作家。相比暗杂着揶揄的“主席”，我当然更喜欢作家这个实实在在的称谓。

县城“长胖”,仿佛是一夜之间的事,就像每年我们发现护城河边的柳树突然就吐新芽了。先是环城路,然后又有了规划中的二环,向南与先前荒凉的化肥厂连成了一片。化肥厂没了,变成了集团公司,产业集聚区里集聚了全国各地的知名企业。向西则规划到了新高中——县城像一个势利小人,一直努力地朝着高速路、铁路的方向发展,以至于整个井字的西面多出了好多横横竖竖的笔画。各乡镇也都在路边设立了工业园,几间房子包围着园内的荒草。在这个以工业文明为唯一指向的时代,小县城既往的农业文明无疑是落后的。领导们雄心勃勃,试图把一个农业大县跃进为一个现代化的工业城市。我得承认,身为一名教师,我的眼界不够开阔,看不清这个飞速前进的社会的走势。

房价开始飙升,最初在每平方米三位数上慢跑,到了 2009 年,迅速突破到四位数。上升是必然的,要不然 10 万常住人口都住哪儿?买不起房,我只好在环城路边上买下一块地自建——到底是农村人,我们越来越艳羡别人家带院子的房子。地是县城郊区某村的,成排卖。我联合了学校的几位同事,但还是凑不够。没办法,只好自己多要了一片。开工之前,临时决定将其分成两块,两栋一块建。

所谓自建,不过是自己买地自己设计而已,真正的建筑工作都承包给了县城周边的包工头。这让我想起了 30 年前老家建房,沾亲带故的都来帮忙,拉土垫宅基地、和泥垒墙、上梁上瓦……房子建好后,左邻右舍又都来祝贺。房子的一土一瓦都散发着浓浓的人情味。如今呢,房子商品化了,这边交钱那边交给你一套造型统一的商品房。

新家离县城更近了。出门就是街,这才像真正的城里人。这是我的第五个家——我吸取了教训,没敢说这一次会一劳永逸。小县城发展如此迅猛,不要说十年二十年,一年两年之后的事谁又能预知?巧合的是,新家离我高中时代女朋友的娘家很近。偶尔我还会想起过去,想起她家附近的那个清澈池塘。说不清当年我的恋爱是冲着她的菜农身份还是冲着她说“我们院”时的那种优越感。

两栋房子卖了一栋——房子不愁卖,人们像疯了一样到处找房,更何况还带个大院子。就这样不经意间,我也当了一回房地产商,白白赚回一套新房住。也就是从那一年开始,房地产开发商们大批涌入小县城寻找商机。有一个段子说,一个从大中型城市抽身出来的房地产开发商一到县城就给自己的同伴发短信:钱多,人傻,快来。

机敏的领导们也抓住了这个机会,能开发的都开发了,油厂、酒厂、麻纺厂、水泥厂、磷肥厂、球铁厂、蛋白质厂、皮件厂、针织厂……房地产业迅速成为县城经济的新的增长点。同时,政府开始严格控制私人小块土地使用证及准建证的发放。说白了,也就是保证政府与房地产商的利益。2011 年,小县城的一块土地挂牌竞拍,成交价竟高达每亩 221 万。这一纪录没能保持两年,县城又出现了每亩 303 万的新纪录。政府名利双收,欢欣鼓舞,犹如大跃进时代放了一颗卫星,不同的是,后者是弄虚作假,前者则是实打实的数字。这种拍卖最直接的结果是,小县城的房价如风助火势,2015 年 4 月已接近每平方米 4000 元。

财富的神话在小县城沸腾,烧得人心里哔哔剥剥的,按捺不住。县城的新贵们也不甘落后,正做得风生水起的饭馆不做了,一直前途光明的钢铁生意也不做了,日进斗金的洗脚城也关门了,他们前赴后继地投入到房地产行业中。此番景象,不禁让人联想到二十世纪八十年代深圳市民争相排队购买股票时的盛况。我身边就有两位胆大勇敢的同学,几年间不停地换车证明了这个行业的一本万利欣欣向荣。

伴随地价上升的是楼房的高度,最早是四层,然后是五层六层,最近几年更是隔级蹦,八层、十二层、十八层、二十层、二十三层……据说,有开发商正在筹划建一座二十八层的大楼。

传言开始在县城的大街小巷追逐。那些来淘金的房地产商与赵姓县委书记关系亲密,赵姓书记喝酒只喝茅台、抽烟只抽大中华……更有一则传闻说,小偷在县委书记的住室偷走了 97 万元现金，但赵姓书记不承认，说被盗的款数只有几千元。这些被挡在大道之外的小道消息，真真假假，让人不敢相信。

县城是这个大时代的缩影，紧身裤、一步裙、挑染的发色、融资公司，虽然总比大城市慢了半拍儿，我们小县城都没有错过。这里也有农民工——农忙的时候他们又成了农民，有下岗工人，有包工头，还有政客、暴发户。白天我与他们打成一片，晚上我再用心地把他们记录下来。

第一次在县城经历亲朋好友的死亡，我已经在这儿生活了二十二年。死者叫红，高中时的同学。红同学父辈就是县城中人，微胖，慈眉善目，面容祥和，为人处世也透着县城人的大度与宽宏，表里如一，菩萨风范。他先是单位的保卫科长，后荣升银行副行长，据说马上就要异地扶正，却因心梗猝死了。他老婆——也是我们同学，两人的婚姻是我们高中时代仅存的恋爱硕果——如今她哭得惊天动地。我忍着痛，没有落泪。但从殡仪馆出来，回头看到墙上挂着的“沉痛悼念红同志”的横幅，白底黑字，年轻的名字竟在这种庄重肃穆的场合出现，终于没忍住。

同年秋，我被鲁迅文学院录取——我还记得 2008 年我站在鲁院大门前跟我的一个学生说过的话，什么时候我能来鲁院读书就好了。没想到，这么快就实现了。

从县城到北京这样一个能够举办“奢华奥运”的一线城市并没有让我多激动，相反，我倒是有些茫然。那四个半月，我没有像别人想象的那样，趁此机会游遍北京。北京太大了，你走得越远体会越深。到处都是人，地铁站刚送走一批，旋即又被填满。但我却无来由地生出一种无助感和倦怠感。

鲁院的同学几乎都是见过世面的人，他们绝大多数来自省会大城市。我密集地经历了自己人生中的许多个第一次：第一次听外教上课，第一次吃韩国菜、日本菜，第一次吃比萨，第一次……最为典型的是苏州的朱姓同学请我去喝卡布奇诺，反正自己也不出钱，我连喝了两杯。回到房间，半夜还睡不着，肚子发胀，只好来来回回地在屋子里散步。第二天讲与他们听，一个个都笑翻了。

话题也都是新鲜陌生的，移民、证券、热钱、融资……我被他们远远地抛在了后面。他们一点也不像小县城里的人，促狭地关心你头天晚上跟谁吃了晚饭，喝了多少酒，是茅台还是五粮液，也不会在乎你和你邻居的周末生活。他们绅士般地离你不远不近，维持着恰到好处的距离——这种距离既不会让人过于亲热，也不会发生争吵。我在努力适应，努力保卫着自己的无知，努力补课。但我必须承认，我开始没出息地怀念起我的小县城，也许这是大城市的新鲜感消失之后的正常反应。小县城虽小，却充满了人情味。

年底回县城，远远看到那个竖在县界处的广告牌，巨大的红字让我羞愧不已："北京有个正阳门，河南有个正阳县。"就像天南地北的两个人，落魄者踮起脚尖终于找到与显赫者之间的联系——头上都长着五官——而沾沾自喜。莫名其妙的广告语，看着让人卑微心酸。

县城突然就不像县城了，几个十字路口都装上了红绿灯，禁止左转。是的，车多了，好车也多了，大街上经常能看到宝马、奔驰、保时捷、法拉利……我一时有些恍惚，还在北京？周围的乡音却提醒我，不，这是我的县城——这个偏远的小县城也染上了大城市的流行病，空气污染、堵车，连楼房都长得一个样……还有了步行街——县城哪条街不是步行街呢？大城市成了小县城趋之若鹜的理想，不信？你再读一遍那个巨幅广告牌上的广告语。

2012年，对我这个心向文学的人来说有两件大事。一是7月通过了中国作家协会的资格审查，成为一名光荣的中国作协会员；二是被中国作家协会确定为"探索人生"第四轮中美青年作家文化交流活动的中国作家代表之一。

中美青年作家文化交流的第一站是上海，美国作家到中国来访问。

上海市作家协会在巨鹿路上一个不起眼的小院内。一进大门，就是一幢古色古香的小楼，细腻的海派韵味与小县城粗犷的原始形成鲜明对照。上海作协的工作人员告诉我们，这栋大楼是民国时期上海的豪门望族刘吉生送给青梅竹马的妻子四十岁的生日礼物。建筑师是匈牙利人邬达克。花园里的那座大理石女神雕像,是邬达克在意大利订制后送给刘家的。女神裸露着美丽的胴体站立在水池中央,双手举着飘扬的绸带,高雅而略带惆怅的面容向着天空,仿佛向世人宣示情爱的真谛。女神的形象取自希腊神话中的普绪赫公主,她最终与丘比特结为恩爱夫妻,邬达克想以此来象征刘吉生与妻子纯洁的感情。

按说,县城的历史并不输上海这样的大都市。四千多年前,县城就是古慎国,废国设县始于汉武帝元狩五年(公元前 118 年)。然而,县城又是没有历史的,除了近几年发掘出的一些远至商周的墓群,其他也没有什么古迹。不像上海,世事沧桑都写在一座座老建筑上。作协办公大楼里面的楼梯是弧形的,黑铁的扶手,有点像王安忆笔下《长恨歌》中王琦瑶租住的房子。内里的房间高大宽阔,老式的铁框窗户并不显土气乏味,反倒有一种历史的厚重感。室内从罗马柱到门楣的装饰,做工都透着上海人的精细,以及欧洲十八世纪的巴洛克风格。特别是天花板上的缠枝纹与卷草纹浮雕顶饰,以及硕大的水晶枝形吊灯,繁复缠绵,又不失简约端庄。这种真正的艺术,就连美国作家们都赞叹不止。

10 月底,我们一行五人又飞到世界上最大的都市之一——芝加哥。狭隘的我还是不太习惯,那里的天空像小县城拥挤的街道,被划成了很多块。芝加哥一向有“摩天大楼的故乡”之称,四十层以上的大约有 50 座,十层八层的到处都是,摩肩接踵,把整个城市的地上空中塞得满满的。最有名的要数西尔斯大厦(Willis Tower)了,它坐落在市中心偏西,顶上两根巨型天线直刺青天,深褐色的铝质外壁和青铜色的玻璃幕墙在阳光下璀璨发光。这座大厦如果算上两个线塔,高达 520 米——保持了 20 多年世界最高建筑的纪录。楼在空中形成高低错落伸缩型节奏,类似中国民族乐器中的“芦笙”形象,不但造型变化丰富,而且有种稳如泰山的效果。

第一天晚上,因为时差的关系我久久无法入睡。一通郑州打来的电话,让我意识到自己身处可能这辈子都不会再来的异国。

对方通知我参加下周就要举行的河南省文学院签约作家签约仪式。好消息真是接二连三，我都有点懵了。说实话，我那时候甚至还不知道文学院的院长是谁。

不知道是我的时差还没倒过来，还是城市太过奢华，乘游轮在芝加哥河上观赏时，总有一种在梦里的感觉，直到我们到了另一个城市——爱荷华。

说是市，爱荷华其实很小，小得不及县城的一半。整个爱荷华市的人口还不到7万人，相当于我们县城2008年的常住人口。严格来说，爱荷华只是所大学，一个大学城。这里汽车并不多，甚至红绿灯都很少。有天早晨我起了个大早，从北到南步行用了不到十分钟。饭馆也好找，就那两个地方，不像芝加哥或北京、上海。因为小，能让人迅速熟知它的每一个角落，药店在哪儿、书店在哪儿、哪个饭馆的饭菜好吃……我要的不多，爱荷华这样的小地方已经足够。

天宽地广，出了城就是玉米地——我们去的时候玉米刚刚收过，秸秆被机器打成捆还留在地里，远看像中国的石磙。我们县城同样天宽地广，秋收过后，县城外面的庄稼地也是空荡荡的，偶有还未放倒的秸秆，风一吹，叶子哗啦啦地响，像小县城的旗。一万多公里外的爱荷华，让我这个农村出身的人倍感亲切。

每次从外面回到县城，我都有种怪怪的感觉。如果说从北京回来感觉粗鄙的县城像突然套了件华奢的外衣的话，那么，从美国回来我则像从绵软的太空中落到了坚实的地面上。美国那么虚幻——北京上海也一样，虚幻得像一场电影里的布景——相反，县城却真切地让人感到踏实。

县城其实平凡无奇，房子乱七八糟没有规划，道路拥挤不堪，三轮车肆意拐弯、停车……可它又那么亲切，一草一木似乎都与我息息相关。有人问，既然小县城这么好，你为何还拼命地朝北京上海芝加哥那样的大城市跑？我想了想，发现自己拼命地朝外跑，不过是想找个同类聊聊我的孤独。还有文学。

我承认我有些虚荣,之所以如此热爱文学,是因为它给了我在其他场合得不到的公平。我喜欢他们在非正式场合作家长作家短地叫我,不管本意是赞赏还是讥讽,但面子上的随和与亲昵还是让我充满了成就感。

同样得到正义和公平的还有我的小县城,尽管来得有些迟。2013 年 8 月,赵姓县委书记被纪检部门带走,一时间全城轰动。早晨我去单位,连路边卖油条的都在议论此事。很快,先前有关他的所有传言都得到了证实——乡镇书记或局长的官帽最高卖到 120 万。房地产业也遭重创,几个卖地的村干部被抓,开发商则关的关,跑的跑。

也是这一年,我儿子大学毕业了。我当然希望他回县城,这个像融进了我的血脉的小县城,我能尽我的力量让他如鱼得水。你不是说那些公务员考试易如反掌吗?我就激他,那你回来试试吧。儿子的拒绝很坚决,我要的是更多的可能性,你那个小县城有吗?

儿子背影坚定,义无反顾。我无法理解他为何背弃这个我已为他打下江山的小县城而选择外面的那个大世界,这可一点也不像我和我的父亲——我们的理想出奇一致:进城。儿子的选择于我也是一个刺激,人要活得自我,活得畅快。2014 年元旦,我结束了在文联的借调工作。这虽然是一个与文化攸关的部门,但照样脱不了官场的气息。就像再优秀的官场小说也还原不了真实的官场一样,我也没有能力来全面总结我的感知(这段长达四年半的借调生涯,今后我还会在其他文章中详细讲述)。不过,有一点是肯定的,那就是感谢——如果说之前小县城在我面前只是露出了冰山一角的话,那么无疑,在文联工作生活的这几年,像是掀开小县城的面纱,峥嵘也好,凡淡也罢,让我得以从另外一个更广阔的视角来看世界——这对于一个作家多么重要。况且,除了李姓县长之外,这个阶段我还遇到了另外几个生命中的贵人,王静娴、邵奉公……

写这篇文章的时候,正是麦收季节。虽然县城人口早已高达 12 万,但大街上还是多少显得有点冷清——行人稀少,很多商店都关了门。县城是离乡村最近的地方,生活免不了会受到乡村生产的影响,更何况一个农业大县。我心里空荡荡的——我指的不止是县城,还有我的内心。我只是小县城的十万分之一,没有几个人知道我,没有几个人读过我的文字,就像没有几个人能感受到我心中的热爱。

据说,全国一共有2856个这样的县城。

黑恶势力敢露头，坚决打击不留情

小静烤面筋
院内修鞋

福聚明珠商业广场
名牌商家汇聚　六代体验式商业设计
vivo
oppo
12万起做金铺房东

正阳农商银行

剧院餐
乐器培训
剧院旅社
风味砂锅
长虹电视
Panasonic

POLICE

黑暗中的告别

1

过去上学，跟现在孩子钢琴考级似的，要经历很多台阶。从村里到镇上，从镇上到县里，从县里再到外面，一步一步走向离家更远的大世界。

小学毕业时，美一下子考进了镇上的初中。我呢，还留在村里上初一。我和美同班，她长我一辈，是和我父亲同一个爷的兄妹。乡下的女孩子做事都认真，放学回来不是洗衣做饭，就是做作业，父母便处处拿她当我的榜样。美在我面前却一点儿也没有预料中的骄傲，依然很谦虚地夸我聪明，叹惜自己只知道死抠。

我自觉美的话很客观，她还算诚实，知道自己不聪明，只有靠老老实实中规中矩这些虚泛的美德来装潢自己。我是那种不守规矩的坏孩子，美正好做了我的一面反光镜，照出了我的放浪。所以，免不了对她心生怨怼。美当然莫名其妙，"一辈子不跟你玩了"是美常说的一句话。我们那个年龄，似乎都喜欢说一辈子。一辈子爱看电影，一辈子不想干活……一辈子绵远、悠长，藏着未知的神秘，意味无穷。

一年后，我也通过考试被选拔进镇里的中学。某种程度上讲，美是驱动力。我得让人家看看，我并不比美差。有我在后面追着，美比先前更勤奋，只是成绩总上不去。两年后我考到县城的高中，美落榜，回村里做活。

来年春上，我刚从学校回到家，妹妹便讨好地把我拉到里房，说是要告诉我一件大事。美死了。

二十多年前的好多事我都忘了，但那个晚上我还记得很清楚。

外面天色已经暗下来，我们村当时还没用电，里房里早已漆黑一片，连站在对面的妹妹都看不到。

跟咱三奶在地里斗嘴，回来就喝药死了。

我好像始终没有讲话。妹妹可能以为我对这事不感兴趣，有些失望，撇下我走到外间。

我在黑暗中待了好久。美，真的一辈子不跟我玩了？我这个年龄，正是为赋新词强说愁的阶段，寂寞啊，空虚啊，经常挂在嘴头上。当实实在在的孤独与无助袭来时，我很无措。黑暗使无限漫无终点，它分隔了人的视线，也分隔了人与人的空间。黑暗与死亡如此紧密地连在一起，成为我人生的一种经验。

第二天一早，母亲发现一只小鸡儿死了。我们这里，春上家家户户都要孵一窝鸡儿。喂到秋天，小公鸡八月十五正好宰了过节。今年这一窝算是比较多的，一共 23 只。小鸡儿并没有死透，身子还绵软着，母亲让我去敲葫芦瓢。这是乡下公认的挽救小鸡儿的方法，把葫芦瓢罩在小鸡儿身上轻轻地敲。敲着敲着，小鸡儿就醒过来了。小孩子都喜欢接受这样的活儿，它有着典型的游戏色彩，不仅轻松有成就感，还能有机会目睹一个小生命的死而复生。我性急，敲几下就想掀开看看小鸡儿是不是有了动静。

葫芦瓢下果真有了动静，小鸡儿醒过来了。妹妹跑过来看，小鸡儿已经睁开了眼睛，有点儿惊惶，像是做了一场噩梦。妹妹很兴奋，叽叽喳喳地跟母亲说着什么。我的心思依然在美身上，美可不是小鸡儿，敲敲打打就能回到尘世。

我心里反复模拟着美和三奶的争吵。我能够想象到美对母亲的失望，我死了你们就好过了。孩子们都喜欢用这样的话来刺激父母，奏效得很。碰巧三奶也强势，争吵中言语难免恶毒——死去吧，死一个我少操一份心。有痛心，也有失望。美姊妹六个，父母操不完的心。在农村，母女、婆媳都是这样，吵架的时候恶狠狠的，过一阵子又好成母女或婆媳了。美还小，没有足够的力量与母亲抗衡，一气之下只好用自己最宝贵的生命做赌注。

抢救服毒者的过程要比敲打葫芦瓢粗暴得多。朝嘴里灌粪水，让她吐出药物。这种方式太肮脏、下作，让我根本无法和整洁干净的美联系在一起。我正想象着美最后的挣扎、反悔，三奶来了借锄头。三奶一如既往，从她脸上看不出与美有关的过往。美输了，三奶没有痛彻心扉，至少表面上是这样。她的眼睛从我身上漫过，虚虚地瞭向空中。这倒是很意外，以前三奶总是老远就叫我的名字。我敢肯定，三奶从我身上看到了美，我更容易勾起她的心酸。三奶不愿意向自己的女儿低头，倔强地掩饰着自己的伤悲。我猜，三奶可能正用毕其一生的力量撑着自己早已废墟一般的身体——人已经走了，示弱给谁看？美没有良心，父母养了十几年，就这么走了。这是三奶对女儿最直接的评价，尽管小心翼翼，悔意还是不小心泄露出来。

那两天，我没有主动向任何人提起过美。没有问过她们母女的争吵，没有问过抢救美的过程，甚至连美葬在哪儿都没敢问。揭开伤疤，无论对生者还是死者，都是残酷的。况且，我还不具备问事的权力。我们这个大家族，我爷兄弟仨，我父亲那一辈男丁十一个，我虽是我这一代的老大，可辈分最小。

回到学校，我的脸上还写满了失落。那时候，我们都小，蓬勃又意气。我正痴迷于文字，日记中对美的纪念连篇累牍。“美储存了足够的能量，还未来得及绽放便遭遇心魔的袭击。她死于极端的纯洁，死于自我的坚持。她因此而完美，而永恒。”死别，似乎痛不欲生。

后来，我也想到过死，在高中院墙外的油菜地里。好像是因为钱吧，家里拿不出我继续读下去的费用，我惆怅地躺在油菜地里，痛楚被无限放大。可我下不了决心，父母、学业、理想……都是我的牵绊。

现在想起来，那种矫情，可爱也可笑。能够承载它的，也只有青涩的青春。

大学毕业的时候，我的一个高中同学自杀了。也是在一个黑夜，他钻进了一座废窑，再也没有走出来。家人找到他时，他很安详，屁股下是几块废砖，双手放在膝盖上。一周以前，他还来我的单身宿舍吃过饭。印象最深的是,他吃素,当场还留了一首小诗给我。同学中没有不为之遗憾的,他那么有才,读过的书甚至比我们见到的书还多。上学的时候我们都叫他阿 Q,其实他一点儿也不像阿 Q。他功课优秀,尤其是那张嘴,校长都讲不过他。

我尊重自杀。自杀者,要么思想坚硬,非得活出一个完完全全的自我。比如美。要么才智超出了时代,找不到和声。比如阿 Q。他们生就一颗骄傲的头颅,孤独地逆风穿行。你要是让他们低头,就等于强迫他们走向毁灭之路。人没有选择生的权利,死总可以吧?无助的反抗者,唯一可以任由自己处置的,只剩下低贱的身体。

后来的日子里,我经历过无数次的夫妻反目、亲人死别、理想破灭、现实不堪……但我做不到他们的决绝。更重要的是,我是个俗人,不尖锐,少才智,喜欢功名,追逐利禄。

岁月流逝,美留下的印记越来越少,唯有死,成了她最成功的告别,像偏了色的照片,模糊但隆重。到我大学毕业,我们这个家族已经在县城里有了一席之地,大大小小十几人哩。清明节一同回去扫墓,浩浩荡荡。美的哥,也是我叔,朝我努嘴:“去,给你小姑添添坟。”

直到这个时候,我才知道美最终的归属。当然,我也已经有勇气面对死亡了。

美的小屋,掩映在金黄的油菜花中。她生前肯定不会想到,这片她劳作过的菜地会是自己最后的归宿。坟墓犹如一个巨大的感叹号,感慨美在尘世的生活。坟墓又像医生被白大褂白口罩遮掩着的身体,让人无法洞穿里面的黑暗。我心里默声念着,小姑,我来看您了。虽然她裹挟在土地和木料的黑暗中,我相信她能看得见我。我长高了,但没高多少。我们比过高矮的,她不会这么快就忘了。我很惊讶自己还能想得起她的样子,大眼睛,由于青春而略显膨胀的身体。已经是夏天了,可春天还没有完全放手,坟上纠缠着五颜六色的花。草也郁郁葱葱的,跟她当年的秀发一样旺盛。我清理了一下,算是帮小姑梳头吧。女孩嘛,都爱美。跪下烧纸的时候，我很虔诚。我大学毕业了，有老婆孩子了，在城里高中教我并不热爱的英语。我想让美知道。不是比，是向她汇报。一个当姑的，怎么会不希望侄儿好呢？

以后的每一个清明，用不着谁再提醒，我都会记着去给那座孤孤单单的坟添土、烧纸。每次去我都很平静，没有悲伤，像是又回到了少年时代。那个世界里，有她一辈子爱看的电影吗？

没有美的竞赛，我的人生懈怠了许多。

2

我生活的小城，离传说中梁山伯与祝英台的发源地梁祝镇很近，二十公里左右。小时候看电影《梁山伯与祝英台》，特别喜欢最后一段，梁山伯死了，祝英台哭得云天蔽日。梁墓裂开，祝英台纵身一跃，遂了心愿。热闹是热闹，不免多了点夸张的神话色彩。

那个小镇原来叫马乡，前几年被研究魏晋的专家考证后改为现在的名称——梁祝镇。由于经济原因，梁祝墓一直没有得到很好的开发和保护，只留了两个大坟堆和两块碑文。梁祝故事的真相也不是电影中的合葬，那个时代，再开化也不可能将一对未婚男女合葬在一起。祝英台伤痛致死后，家人感慨于两人的爱情，将其葬在与梁山伯相望的路对面。两座坟，彼此守望。

我经常感慨，梁祝式的爱情应该是当代人不可逾越的一个神话。一千五百年后，情感在婚姻中不再是决定性因素，金钱、房产、汽车几乎能决定一桩并不看好的婚姻。闪婚、闪离、一夜情……这些界定男女关系的新名词不断涌现。还有失去贞操的女人，再也不像过去那样寻死觅活了，而是急着想知道自己因此能获得多少赔偿。不过，同生死的誓言，依然经常回旋在热恋中发烧男女的耳旁。不同的是，它更像恋人之间的一句玩笑，轻巧得如同相约去吃饭。中学语文课上把这种表达方式归结为一种修辞——夸张。但也不能完全怪罪于热恋中的青年男女，你只要看看拉到小区里现挤现卖的奶牛，街道边当场研磨辣椒面的手推车，就知道这个社会诚信已经丧失到什么程度。同生死，谁去当真？

接下来要说的另一起自杀事件，当事人我并不认识，甚至不清楚这对年轻男女的姓名。我回曾经就职的高中，巧遇一家小报的记者。记者很强势，说是学校死了两个学生，得负责任。

我已人到中年，熟知死亡，尽管它经常露出陌生的峥嵘。对这两朵过早凋谢的花，除了点滴的唏嘘，我没有过多的悲痛去表达。他们不像美，和我的生活交织，又突然从我的生活中撕扯开，除了留下被强硬分开的伤痛，还有很多无法弥补的缺憾。

我从记者的叙述中发现了被其忽略掉的情感故事。两个学生都是今年秋天刚入学，十六七岁的年龄，人称花样年华。男生四天前退学，想去深圳打工。女生两天后也退学回家，割腕自杀，未遂。第二天又服毒，同时给男生发短信，永别了。据说男生还没走到深圳，看到短信当即返回。到了家，女生抢救无效，死亡。女方家长追问缘由，男生一语不发。当晚回到自己家中，男生也服毒身亡。

记者最后没有捞到什么能要挟学校的材料，只好草草收兵。两个孩子都已经死亡，又没有留给亲人片言只语，自杀的原因成了谜。从常理上判断，两个青涩男女虽然还小，初中同窗三载，心生爱慕之情也属正常。男生赌气远去深圳，女生顿觉人生暗淡，遂产生轻生念头。正是意气的年龄，男生疚于自己的偷生，于是前赴后继，同赴黄泉。

当然，这只是我的推测。不过，我更愿意相信其中的逻辑关系。

关于自我终结的方式，要是让我选择，我也首选服药。自挂东南枝，过程太痛苦，在空中无助地踢腾，还有透不过气来的绝望；跳楼也好不到哪里，死相太惨，身子都不囫囵。再说，高楼也只有大城市才有，小城镇的楼房太矮，不足以致命……

我还记得记者对那女生职业化的描述：白净，脸盘跟月亮似的，眼睫毛也长。不足为奇，人们总是不吝把更多的褒义形容词放到死者身上。现实中的梁山伯与祝英台也许相貌偏下，可观众们更愿意相信电影戏曲中的那对俊男靓女。我急于想知道的是，女生对死亡的态度。记者对此不感兴趣，漫不经心地敷衍我。发现的时候女生还有一口气，赶紧送到小诊所。其间，女生一直清醒着，却不显难受表情，从头到尾甚至连低声的呻吟都没有。眼睛懒懒地闭着，像是不愿睁眼再看这纷繁的尘世。伤痛的白，像一张封条，急不可耐地封存了她在尘世的最后生活。

在黑暗即将永远与她为邻之前，这对小情侣是否讲了很多平时羞于出口的热辣语言，我们不得而知。我猜测，双方年龄还小，正处于懵懂年代，尽管早有爱意，没有勇气表白也不是不可能。此番人之将死，哪还有心管什么忌讳？终于诉出衷肠。然而，仍有许多遗憾。理论上讲，女生还有很多激动人心的期待，比黑暗光明的未来。忐忑不安的新娘化妆、将喜庆拉长的宴席、甜蜜的洞房，甚至再远些，含饴弄孙……还没有披上洁白的婚纱就披上了寿衣，这样的选择，莫不是对来生有着更为宏阔的希冀？

相比起来，男生就走得有些落寞，没有祝福，没有心爱的人最后时刻的陪伴。也是一个漆黑的夜晚，这样的黑夜更适合年轻男女的爱情，当然，也适合年轻男女的告别。自杀者总是选择这样的时间来告别自己、父母以及曾经缠绵的恋人……世界漆黑一团，更助长了他们的绝望。

我好奇的是，两个年轻男女曾经的热烈誓言。天长地久、海枯石烂、同生同死……还有，当女生电话再也无法接通时男生一肚子的衷肠诉向谁呢？电话铃不停地响，男生是先生了恐惧，还是悲伤？

九十年代以来，乡下的自杀者日渐稀少。这应该与改革开放有关，与经济发展有关。生活好了，过去烦恼人生的贫穷问题不复存在，人的精神面貌也焕然一新。要说感情问题应该不会有多大变化，可爱情观变了，因情而自杀的人也就少了。这样说，倒不是要宣扬这种狭隘的极端，我只是觉得，当下的社会，太缺少感情的坚守者。

两个不谙世事的孩子，用生命换来我们对誓言依然铿锵的信任,它偶尔还会在有爱情的地方回荡。

3

我有三个姑,最喜欢的是大姑。除了父母,大姑是最疼我的。

大姑和大姑夫,都是那时候的大队干部,生活相对优裕。我很小的时候,应该生得还算好看,洋娃娃似的。大姑家客人多,我一去,大姑就会把我扯过去让人家看。我侄儿,多俊啊,我们张家的碗面子呢。

我还不知道碗面子的含义,但我隐约感觉到,那是大人对自己孩子的无私赞美。

我上小学时,父亲突然瘫痪,南北求医,家境可想而知。相当长的一段时间内,我都渴望拥有一个文具盒,铁的,上面印着南京长江大桥。课间,放学或早到的时间里,我无数次地去学校旁边的代销点里凝视它。文具盒光明正大地摆在货架上,闪着金属的凛冽光芒,把我艳羡的眼神逼得躲躲闪闪。

文具盒的里外我早已熟稔,我的同桌就有一个这样的盒子。翻开时,铿锵有声,像老师外兜里插着的钢笔,是知识与文明的象征。盒子的内层印着九九乘法口诀,从一到九,一排比一排长,像一架梯子,等着我们去攀援。当然,我从小就很自尊,绝不会借大姑对我的疼爱而伸手。是大姑主动给的钱,一张崭新的五角票子。我没有停留,一路飞奔到代销点,四角七分钱买下那个南京长江大桥。

下雨天,我没有胶鞋,大姑让表哥带我上学。表哥比我大,正上初中,个子已经长到一米七多。遇到小水沟,他背我过去。我小学还没毕业,我们家就从余湾搬回到淮河北岸,远离了我引以为骄傲的表哥。后来初三复读,学校离大姑家很近,我趁放假又回余湾,大姑给我买了双皮鞋。这个礼物超出了我的预料,那时候城里孩子穿皮鞋的都很少。不过,我并没有多意外,大姑给我的总是超过我的期待。

可是,我们却辜负了大姑。

1989年春节,表哥和表弟来拜年。他们都是新婚,还都新添了女儿,表哥的女儿刚满月。按理说,到舅舅家拜新年,表哥表弟应该全家都到的,热闹。我们那儿的规矩,拜新年的新婚夫妇到哪儿都为大,得坐上席,走的时候主家还得封红包。再加上他们刚出生的孩子,算起来,表哥表弟给他们的穷舅舅一共省下了四个红包。

那一天是农历初八,表哥人还没进家门就笑言,本来昨天想来的,不是有句老话嘛,七(哩)不出门,八(哩)不回家。年龄大了,曾经愤世嫉俗的表哥也知道遵守农村的习俗了。

我送了把刀给表哥。藏刀,小巧、漂亮,颇具民族风情。新疆的同学带给我的,表哥一见就爱不释手,我做了顺水人情。

晚上陪客的人很多,我和女朋友只好坐在厨房里。厨房是土坯墙,还是表哥亲手搭建的。那时候,表哥刚退伍,我父亲身体不好,和泥、起墙、脱坯,都是表哥一人操刀。墙垒得不太直,毕竟不专业。表哥还自嘲,等下次吧,下次就有经验了。

酒足饭饱,表哥他们来到当院。外面黑漆漆的,星星吊在头顶上,明晃晃的。"走,好长时间没有试试手脚了,我去会会那些小屁孩。"表哥一贯的豪情满怀,再加上酒意,言语更粗犷。

村里搞了个录像厅,每天哼哼哈哈的,吸引了不少年轻人。有几个邻村的常来闹事,表哥说,正好去会会他们。表哥一米八多,身高体胖,有着一副好身手,三两个人不在话下。当时我和女朋友正缠绵,没把表哥的话当回事。

约莫过了一个小时,父亲慌慌张张地跑回来,手伸到箱底摸钱。你表哥,伤了。

我跟着跑过去,表哥躺在村诊所门前,身上一个劲儿地流血。小诊所止不住血,有人说,怕是不行了。我忍不住骂了句,放屁!心里却虚虚的。

我和表弟一道跟着朝镇上赶。漆黑的夜里,只能听到前面杂沓的脚步声，表哥的呻吟隐约其中。表弟说，录像厅里人太多，都是他们的人。我哥一出手，好几个人围上来。我哥腿上被扎了一刀，他说不好，让我快走。这好像是表哥的临终遗言，让弟弟不要再做无谓的牺牲。

表哥死了。表哥的美好人生，刚刚起步。如果有可能，表哥肯定会有很多话跟他新婚的妻子交代，跟他刚出生的女儿说。

我回去的时候，表哥还躺在镇医院的院子里。我后来无数次地想到过那个场景，表哥无助地躺在那儿，凄凉、悲壮，无声无息。回去后，我把那把表哥还没来得及收好的藏刀扔了，扔到了河里。

突如其来的悲哀，让人难以承受。第二天，父母让我住进了表舅家。后来的事，我就不清楚了。我整天躺在床上，大门都没出过，像死过一道似的。我老是有一种幻想，这不是现实，是梦。我希望梦醒来，表哥还会站在我面前。

后来的事，我都是听别人转述。因为懦弱与畏缩，我没有去送表哥。表哥的尸体运回余湾，我父亲赎罪般地去送自己外甥最后一程。我能想象得到父亲被指责的场面，好在还有大姑。

这还不算最残酷的。大姑的家余湾，是我的出生地，也是我的故乡。从那以后，我没有再踏上过余湾的土地，这是我心里一直不愿原谅父亲的原因。父亲毕竟是成人，应该能料到打架的后果，不应该放纵自己的外甥去闹事。无论如何，舅舅都有责任保护自己的外甥。

因此，我对大姑怀着深深的歉意。表哥是她儿子，也是我哥。如果表哥没死，我不知道这份姑侄亲情会浓郁到什么程度。

后来，父亲在预感大限到来之前想去看看大姑二姑。我也特别想去，父亲最终没让。我替他们租了车，希望这份亲情能在死神面前复活。

我不知道他们姐弟之间的相聚和离别有没有泪水。几个月之后，大姑二姑回访，我也趁机回了趟老家，顺便给她们买了件上衣。其实，我最想做的是给她们钱。有点俗，可对两个老人来说还是很实用的。孩子都分开了，她们缺零花钱。但她们不要，我的父亲也正需要钱,她们希望我能把钱用在自己的至亲身上。父母从余湾返回时,大姑二姑都偷偷地朝父亲的袄兜里塞了钱。

今年暑假,大姑来我生活的小城。婶子领着她走进酒店的大门,开玩笑地说,好好看吧,这儿都是你的亲人。年近古稀的大姑好像有些腼腆,低垂着头。吃饭的时候,她老是偷偷瞭我,瞭她的"这个亲人"。看到我,她是不是又想起了我那早夭的表哥?我心里发虚,躲闪着大姑一贯的慈祥。

大姑日渐苍老,我心里酸楚楚的。

4

父亲生命的最后时刻有些凌乱。他没有为告别做过任何准备,他还不想死,也不应该死,他那么年轻。

2003年的秋天,正是我最忙的阶段。三个高一的英语课,还兼着班主任。父母打来电话,说是身体不适,想到东关医院检查一下。我走不开,上午的课排得满满的,我并不想因为父亲的小病小痛来回麻烦地调课。给医院的同学打电话,我让父母直接去找我那同学。

父亲的一生多灾多难,用九死一生都不为过。民间有一种说法,像我父亲这样坎坷的人长寿。我当然深信不疑。父亲才五十六岁,前面的路还长着哩。

上完最后一节课,医院的同学打来电话,说情况不好,可能是癌。直肠癌。

我知道癌意味着什么,还是又问了一句,不会错吧?

同学很坚定,基本上能确定,中晚期。

我嘱咐同学,不要让父母知道。化验单拿回来,上面潦草地写了几个英文字母。教了近二十年英语,我第一次感觉英语单词那么有生命力,那么有力量。cancer(癌症),粉碎了父亲继续自己"低质量"生活的可能。我小心地收好那张纸,生怕他们看出端倪。

每每想到那个晚上，我都会有深深的自责。我竟然和父亲有了争吵。是因为父亲未尽到对表哥的义务？还是因为他一直未能把我们带出贫困？除了不愿相信至亲与 cancer 纠缠不清，我再也找不出更好的借口。

大夫不带恶意的预测，正在远处恐吓着我们。不，并不远，三年只是一转眼。心里纵然有那么多的怨，可面对身患绝症的老人，积怨自行化解。更何况，这个人还是自己的父亲。父亲当年的生日，我买了瓶茅台酒回去。

母亲说，你爸那病，还能喝酒？

父亲的眼神不再笃定，我不知道他是不是已经意识到自己时日不远，他竟然安慰起我们。谁也不可能活一万年，毛主席也不能。喝，咱也尝尝茅台的滋味。

母亲不知道从哪儿弄来一份广告，说是治癌症的良药，陕西的谁谁谁治好了，广东的谁谁谁也治好了。明知道是骗人的，我还是邮了一千五百多块钱过去，先喝一剂，看效果。

药喝完了，打电话过去问怎么不见效果。对方说，得五剂呢。

我不忍看到母亲脸上的期待，又邮了一剂。

2005 年腊月，父亲又一次生日。他穿着老式的中山装，身体已显颓势。我偷偷地观察着父亲，他说话、行走，甚至从椅子上站起来，都很费力，一直在挣扎着。父亲一生都与病魔、贫困纠缠不清，因此，他的一生也都在挣扎。我怎么就忽略了他为这个家所付出的努力呢？他在村口收过鸡蛋，转天再用自行车驮到 30 公里外的县城去卖；他做过汽水，用自行车时不时地给那些小得不能再小的代销点送货；他放过鸭子，一个茅坑一个茅坑地为鸭子捞蛆……然而，一直到死，他都没能摆脱疾病与贫困。现在我明白了，其实他比我们的幻想还多。我那时还小，只会略带轻蔑地看着他挣扎。我也幻想脱贫，也幻想有零花钱，而他，更希望能在自己的孩子面前挺直男人的腰板。

我信口许诺，等到明年秋里，这一届毕业班送走，我领他去大城市转转。一辈子在农村劳作的人，不喜欢看什么风景，最向往的就是大城市的繁华与热闹。

不得不承认大夫们预测死亡的准确程度，尽管他们缺少对疾病的控制能力。三年没到，父亲就瘫痪在床。他丧失了做人的尊严，整日躺在床上，大小便失禁，母亲成了他的护士。这对几乎争吵了一辈子的夫妻，在死别之前出奇的恩爱。毕竟，时日不多。

6月19日晚，妹妹在电话里泣不成声，说父亲恐怕不行了。我正在外地，连夜往家赶。坐的都是一程一程的短途车，不断地转车、转车、转车……

我是一个活得很萎缩的人。上学的时候，无论学习多紧张，只要有同学来找我聊天，我都会放下手里的笔和本，陪着人家。难得人家看得起，一点时间而已。如今换作家人，又是死别，当然更不能怠慢。

第二天黄昏，终于赶到邻县确山。其间，母亲打来电话，你爸在等着你啊，等他最亲的人。你不回来，他是舍不得走啊。我又一次听到自己被唤作亲人，上次是婶子，戏称自己不是大姑的亲人，我才是。这次也是，母亲好像是在和我争宠，语气甚至有点娇嗔。

车是夜里十点多到的，母亲拿着手电筒立在村头等我。我扶了母亲，深一脚浅一脚地往屋里走。父亲已经被移到当门，地上铺了层稻草。尽管我早预备好死别的哀伤，但当这一刻来临，仍然无措。

父亲倚在母亲的怀里，眼睛一直朝着大门的方向。母亲反复重复着那几句话，好像是替父亲做最后的告别。他这个姿势已经一天一夜了，他是想临走前再看看他最亲的人啊。我没有平日的羞怯，看到一个被病痛折磨得身体严重变形的人，我立刻抓住父亲的手，眼泪忍不住成了线……直到这个晚上，我才知道我有多热爱他即将坍塌的身体。

父亲的呼吸越来越粗，好像急于要说点什么。严格来说，还不能算呼吸，没有吸，只有呼。我攥住他的手，紧张地喊爸爸爸……他的手只剩下骨头，在我手里越来越小，一定硌痛了我。但我感觉不到。一阵长长的呼气之后，父亲断了气……

八十多岁的爷爷老泪纵横，他的悲痛并不比我少多少，白发送黑发啊。

遵照爷爷的吩咐，得放一小挂鞭炮。外面黑黝黝的，这是我一生中经历过的最黑暗的夜晚。黑暗，因为它的幽深不可知，让人心生恐惧，正像人对死亡的反应。同时，黑暗又是逼仄的，厚重的，有一种让人透不过气来的狭。鞭炮的火光在大团的漆黑中闪了几下，到底没有撕破重围，四周重又漆黑一团。我突然感到前所未有的孤单，我成了父亲的遗物，他就这样不管不顾地把我留在了这个尘世上。

那几天，我没法接听亲友打来的安慰电话，我怕自己泣不成声。农村里的亲情，不像城市里那么浓烈。这好像也是国人共同的特征，不当众表露自己。我们的情感，只有在最后时刻才会被逼出来。但那种血浓于水的长期磨合，感情已深嵌进彼此的骨肉。我有个平时寡言少语的表舅，表舅奶死时他也“矫情”了一把。妈，咱们的日子刚刚好了点，你却要走了……

小时候，我是一个自尊心很强的人。家长的责骂往往会让我放弃眼前的饭菜以示抗议。父亲倒是铁石心肠，母亲就撑不住了，唉声叹气地表达着自己的心疼。我总结出经验，不吃饭是小孩子抗议父母的最有力武器。上高中的时候，好多同学不明白印度的非暴力不合作运动，还是我去跟他们解释。

绝食，从某种意义上来说，是一种很好的抗议手段。但前提是抗议者和被抗议者应该血浓于水。人家根本就没有视你为至亲，绝食反正中了人家的下怀。这个世界上，除了父母兄妹，还有哪个人的绝食能那么强烈地让你感受到分离的残酷？

晚上守夜，世界安安静静的，一点儿响声都没有。母亲问我怕吗，我说不怕。父亲很安详，睡觉与死亡几乎没有界限，不过是长短的区别。我以前不能见棺材，黑漆漆的摆在那儿，让人瘆得慌。还有孝服，白得让人惨不忍睹。如今呢，孝服穿在身上，我就坐在冰棺旁边，倒没有丝毫的怯意。

葬礼的前一天，突然下起小雨。我担心第二天出殡不方便，巧嘴簧舌的阴阳仙说，下雨好，下雨好，连老天爷都来哭送你爸哩。

整个葬礼，我恪守着乡村的所有规习。现实中没有照顾好父亲，我希望我的本分能够让父亲在另一个世界过得好一些。葬礼的标准也尽量往高里定，希望活着的母亲也能得到安慰。

安顿好父亲，母亲开始清理父亲的遗物。父亲是个平凡的人物，他的生命定格在五十九岁。他没有堵过枪口，也没有过捡到巨款交公的机会，英雄和模范都与他无缘。要是立碑的话，该写些什么呢？

爷爷说，不能立碑，我还没死，你爸就不能立碑。我意识到这可能也是农村的规矩，马上噤了声。

我自己成了父亲的纪念碑。我挺直身板，力争像个纪念碑，光宗，耀祖。

5

父亲走后，母亲很少在我们面前提到他。但每年的清明节，她都不声不响地给我们预备好祭奠的物品。

后来来福也死了，母亲更加寡言。时不时地，还要抹几滴眼泪。

来福是条狗，听名字就知道是条乡下的狗。我没有追问这名字的由来，人都顾不过来了，哪还有心管一条狗？来福的眼睛生癞了，据说很容易传染给小孩子。父亲葬礼过后，我当即跟母亲交涉，卖掉它。

过几天我再回去，远远地又看到来福。来福好像已经觉察出我对它的敌意，无奈而又讨好地给我让开道。

母亲讪笑着，不碍事，不会传染的。来福在这个家快十年了，母亲到底舍不得。

我还是坚持自己的意见——人，总比狗重要吧。

爷爷听不到我们的对话，他咧着嘴，送出自己苍老的欢迎——

一只手，轻轻地在来福的黑背上摩挲。

来福到底没有卖，我那小侄儿也没有传染上狗的什么疾病。来福活到了一只狗应有的年龄，自然死亡了。

父亲年纪轻轻就走了，我担心这是我们家族生命基因的结果。好在我的骨骼与爷爷有着更多的相似，矮且小，这恰好印证了隔代遗传的科学。活着的爷爷于我多了一层安慰。

爷爷是新四军，他原本有着辉煌而又光荣的历史，应该是战斗片中的英雄角色。我知道得太晚，要不然我的小学时代一定骄傲得非比寻常。他是刘邓大军的一员，因为队伍被冲散，回了家。八十年代国家有政策，他每月开始领补贴，跟国家干部没什么两样。

奶奶病故后，爷爷一个人住在祖屋里，他不喜欢过群居生活。祖屋就在我们家隔壁，村子的最西头。

忘了从哪一年的伏天开始，爷爷开始晾晒自己的寿服。院子里白花花的一片，有布匹，还有难辨冬夏的衣裤。与白色孪生的往往是绝望、凄凉，还有悲怆。不知道的人，还以为这个院子里正在举行着一场盛大的丧事。我不知道古人为什么要把白色定为死亡的 logo，也许只有在黑暗的底色下白色才能昭著。三伏天，爷爷置身其中，就像一个初次参加学校运动会的少年，一次又一次地松开鞋带，再系紧，生怕松懈的鞋带影响了自己的发挥。他努力翻检自己，以确保能够顺利跨进死亡的门槛。

院子里的家当，就是爷爷全部的固定资产。除此之外，他没有家具——床例外，没有电视——他听力已经很微弱，甚至没有桌椅。他生命的价值已经不靠所占有的物质贵贱来确认。

我作为爷爷的骄傲，在那间祖屋里有着特别的权力。有一次，我无意中翻出一张出殡用的黑白照片，还镶在黑边的相框里，四周缠着黑色的绒布。我的脊背生出凉意，恐惧顿生。照片上的爷爷，严肃、端正，一看就知道是专为丧礼准备的。

照片还好隐藏，可那些寿服，爷爷第一次晾晒之前我们家竟然没有人知道它们是什么时候买回来的，又是什么时候缝制好的。

爷爷最早为预期中的黑暗所做的准备是棺材。棺材拉回来，上面搭了块大红的布。为活着的人运送棺木，都得这样。那时候我还小，上了漆的棺材黑黝黝地摆在那儿，很是瘆人，我都不敢进爷爷的卧房了。时间长了，习惯了，偶尔我还会把它当成“躲猫猫”时的藏身地。后来，殡葬改革，城市农村都要求火葬，爷爷准备的棺材没了用场，只好贱价卖到了河西。

爷爷有着他这个年龄应有的沉着、冷静。由于等待的细碎漫长，死亡对于爷爷更像是一场上妆彩排。我私下里猜测，爷爷到底有着怎样面对永久告别白昼的心情呢。他已经八十七岁，寿服的晾晒至少也有十个年头。

爷爷始终讲不清自己的从军经历，人家问起来，他讲得最多的就是部队冲散前班长的讲话。保护好自己，随时听从部队的召唤……我想象不出来，瘦小的爷爷在战场上会是个什么样子。一个小兵，没有英雄的伟岸身躯，也没有领袖的高贵气质，恪尽职守而已。换了现在，他甚至没有从军的权利。身高不够，体质不好，即便作人肉炸弹，他都不是合适人选。

爷爷的过去我只能从电影或史书的字里行间了解，但他面对死亡的从容，让我觉得这就是一个战士最基本的素质。战士的素质恰与一个被疾病预告了死亡的年轻人形成比照，摧毁他的是悲惧与不安，而不是病毒本身。牺牲者留下英名与光荣，自杀者彰显不愿低头的坚倔，凡此种种夺目的结局爷爷注定都不会有，他只是淡定地活着，从容面对人生最后的一次彩排。

这让我想起十多年前的一个邻居。邻居在外做事，公家人，正壮年。从确诊癌症到死亡，没有超过一个月的时间。他的生命并不是溃败于癌症病毒的攻击，他是被自己的薄弱意志击垮的。这一点，与我的爷爷形成鲜明对比。

前几天我回去看爷爷，老人老态日浓。他的脸上积存了太多雕画的痕迹，不是真刀实枪，而是岁月这把无形的刀；他的眼睛看过太多的挫败与辛酸，如今已经混浊不堪；他的耳朵收集过太多的噪音，现在几乎失聪。

正赶上午饭时间，他蹲在地上，面前的菜碗里还剩四条煎糊了的黑色小鱼。他的钱，还有足够的时间，都给了儿孙们。

爷爷吃完饭，我问他，有没有准备遗嘱。

他茫然地摇摇头。我以为他耳背，凑到他跟前又大声地重复了一遍。

爷爷还是摇头。

我进而解释，说遗嘱就是死前留给后人的话。

爷爷想了好一会儿，说，我死了，你们都不用哭。好好过日子。

好好过日子。面对预期中的黑暗，爷爷没有太多的悲哀，好像是转车去另一个城市。

向 城 市

1

小时候，我不知道外面还有比陡沟更大的集镇。陡沟镇上的一切已经足够我眼花缭乱应接不暇了。

去镇上赶集，对于我们孩子来说就像过年一样。还没到镇上，麻花的油香、烧饼的芝麻香就一股脑儿地钻进了我们的鼻孔，牵走了我们的魂儿。大人们很少让我们赶集，镇上人多，他们怕我们走失，也怕我们围着人家的麻花筐、烧饼摊挪不动步子，丢他们的脸。

还有一个原因，赶集太难了。从我们张湾到陡沟镇，得翻过一道大坝。大坝其实是一条高架水渠，从淮河抽上来的水经由它送往附近各村的稻田。那道平原上凭空而起的大坝，为省土方，两边都很陡，翻过去并不轻松。挑担卖菜更不容易，尤其是雨雪天，几乎成了一种很少人才能掌握的技术。

我们张湾田地各一半。按说这种配置极其科学，有米有面还有菜，生活应该很优裕。张湾也因此被人称为园，意思是地好，适宜种菜。那时候的菜出奇得贱，不像现在。交通不便，通信不畅，外面的人进不来，里面的人出不去，自给自足，当然卖不上价钱。我十三四岁吧，就开始送父亲赶集。说送，是因为横亘在我们赶集路上的那道大坝像山一样——我记得我曾经在作文中用“巍峨”形容过它。我父亲年轻时瘫痪过，做不了重活，一担青菜，父子俩得轮换几次才能挑到坝下。吭吭哧哧帮父亲翻过大坝，我再转回来。

前几天回老家路过大坝，我特地停下车。二十世纪八十年代初，大坝下面就掏空了，公路被打通，上面改成渡槽。那渡槽其实没用多少年，乡下人都去南方淘金去了——田地不香了。经年风吹日晒，可怜的大坝就像一位萎缩的老者，只剩下一小堆。也许它先前就不高大，只是因为我们当时小，才觉得它巍峨如山。

翻过大坝就能看到陡沟镇。要是腊月的逢集日，爬上大坝还能听到陡沟街上热闹的市井声。那些声音犹如冲锋号，孩子们这个时候都不觉累了，开始小跑，好像再晚了就赶不上那热闹似的。集镇上最吸引我的，除了那些麻花烧饼，还有电灯。啪嗒一声，屋子里就神奇地亮堂起来，连油烟都没有。我在镇里的垃圾堆里捡了几个人家扔掉的废灯泡回来——每次赶集我都要到镇里的那几个垃圾堆附近转悠转悠，趁人不注意，捡几个宝贝回去。

电灯不就是靠一个封闭的玻璃放大光亮吗？琢磨一番后，我决定仿制电灯。先小心地从后面把灯泡掏空，再把手电筒上的小灯泡塞进大灯泡里。堂屋接一个，里房接一个，电源是四节电池。晚上父母从地里回来，吩咐我点灯。我走到门后，啪嗒一声拉下开关。屋里霎时明晃晃的，跟镇上的夜晚一样。父母惊得目瞪口呆。

第二年我考到镇上的中学，开始享受每晚都有明晃晃电灯的夜自习生活。

每次放学，我们冲向食堂抢饭，镇上的学生则悠悠地回家吃饭。他们中有一部分同学的家并不在镇上，他们是去父母一方工作的镇政府、粮所或供销社小食堂吃饭。有好几次，我都忘了去抢饭，愣在对着学校大门的地方，看着他们的背影，想象那些在镇上走读同学的生活。他们，是离我最近的镇。

“他们”成了我们乡下人对镇上人的专有称谓。也不只是我，住校的所有学生都对镇上的同学怀着某种无名的敬畏。他们生下来就继承了父母风刮不着雨淋不着日头晒不着的生活，包括一份不用付出多少就能吃喝不愁的工作。谁都能看出来，就连我们的老师也有些逢迎他们。这种天生的优越，使得他们在我们面前飞扬跋扈，肆无忌惮。

我开始主动结交他们。除了寻求保护，更多的是一个少年对他们生活的渴慕与好奇。周日晚上我从家里带到学校的好菜——萝卜炒小虾米，一罐头瓶本来可以吃上一周的，但我周一就拿出来孝敬他们了。漫不经心地吃完了,他们抹抹嘴,依然漫不经心地抱怨两句,咸了或淡了。那表情,像是给了我天大的面子似的。

我因此有机会进入他们中的一个家庭——刘家。我现在还清楚地记得时间是年后,当时刘家没有大人,我的眼睛很贪婪,不想放过任何一个角落。一个类似乡下针线框的篮子里,堆满了花炮。刘说,那是他们(正月)十五放剩下的。我心头一酸,我们家已经连续几年过年没买鞭炮了,更不用说这么贵的花炮。唉,不为别的,就为过年能有这么多花炮放我也得考上大学吃商品粮。这一年年底,我们家三年没买过鞭炮的消息传到城里的舅爷那儿了,他汇来20块钱,附言栏里写着,这是给外甥过年买炮的钱。

与他们混在一起最直接的利益就是看电影不花钱。刘姓同学住在镇政府家属院内,与电影院一墙之隔。电影院明知经常有人从那儿翻墙过去逃票看电影也不阻拦,都知道是政府领导的孩子,谁敢管?《少林寺》下来的时候,我一连看了七遍,占了很大便宜。

在他们的怂恿下,我把教室里新换的四盏电棒偷到他们家。学校追查起来,他们最终没能保护我,我成了学校臭名昭著的学生。

中考的考点设在城里。我借了邻居的自行车——为了省掉来回一块五角钱的车费。我很兴奋,早晨天不亮就醒了,除了因为能骑行二十六公里,还有我对城市的期盼。天不作美,还没走到一半,天降大雨。我没带雨具,只好在路边房檐下躲雨。那雨下得没完没了,我悲观地认为,我进不了城了,第二天的考试也泡汤了。不想,还没到中午,雨突然就停住了。现在想起来,那真是一个好征兆,考试没耽误,我向城市进军的梦想也没耽误。

对于一个情窦初开的少年来说,城市最逼人眼球的是女生耀武扬威的胸脯。那时候,乡下还没有开化,女生所受的教导是愈膨胀愈淫荡。

最后,我自然名落孙山,学校态度坚定地拒绝我复读。我建议望子成龙的父亲,送我到罗山县城郊我大姨那儿。那是一个几乎渗透进城市的村庄,李畈——也是后来我小说里王畈的原型。忘了为什么，人家都入学一个月了我还在大姨家放牛。城郊的孩子对城市没有畏惧感，我随他们一道进城逃票看电影、看戏，和他们一道在城市的华灯下闲逛。

大姨希望我每顿饭都在家里吃，反正一大家人，不在乎多我一个。我喜欢这种走读的感觉，隐隐有城里学生的优越感。同路有一位女同学，放学她朝路边一堵围墙后一拐就不见了。我因此对她特别好奇——神秘也是产生爱情的基础吧？该女生并不算好看，矮且胖，但皮肤很白。一个星期天，我专程拐进那堵大墙后。那是个粮库，女同学的父亲是粮库的工人。像所有的粮库一样，它高大厚实，透着不可侵犯的庄重与神秘。

中考回家报名，陡沟镇中学仍然不愿与我产生任何联系。

我没有进入中专分数线，被县城一高录取。英语只考了20多分，自知再苦读三年依然前途渺茫，体检都没去，打算中断读书生涯，在家劳作帮补家用。那时候，我的家庭还是一贫如洗，我又历经寄人篱下的生活，人间冷暖略有感知。

差一点与城市失之交臂。开学一周后，城里的一个亲戚听说我考入高中却弃读，专程回乡说服我父母，带我重新走进城市。高中三年，我连买席的钱都没有，夏天只好睡在教室的课桌上，在同学进教室上早自习之前我还得把课桌恢复成原样。后来无意中听说学校以前是一片乱坟岗，夜里一有风吹草动，我就吓得哆哆嗦嗦，大气都不敢出。

这个秘密被一个偶尔早起的城里同学发现了。叶姓同学没有大惊小怪，不动声色地劝我去他家跟他做伴，让我当他的闹钟，理由是他怕自己睡过头。

我又一次走进城市人的家。这一次不是我曲意要迎合城里的同学，是城里的同学主动想帮我。为了让我鼓起勇气，叶同学之前一再安慰我，说他妈妈非常好客非常热情。要不是叶同学提早介绍，我肯定会把从缝纫机上抬起头向我微笑的叶妈妈当成叶姐姐。但说实话我有点失望，叶妈妈并没有我在乡下早已习惯的那种逼人的夸张热情。不过，与小镇同学的家相比，县城同学的家简直是天堂。

城市就这样扑面而来。我进了城市的心脏地带，但我清楚，我还不是它的主人，只是一个过客。高中三年，怀着对城市生活的留恋与向往，我前所未有地努力，成了老师心目中的尖子生。

离高考还有两个月，我竟然谈起了恋爱。对方其实不算严格意义上的城里人，只是城市郊区菜农的后代。不过，人家城里可不叫园，叫菜队。菜队女生委婉向我示好，我欣然接受。现在分析起来，我可能怀着投机心理，怕自己跳不过龙门。攀上她，则又多了一个脱离农村亲近城市的机会。

之前我对菜队女生也不是没有过幻想。她就坐在我前排，夏天穿着白衬衫，里面的胸罩清晰可见。她还有一条白裤子，如果配条颜色重的内裤，更让人浮想。

初恋你也知道，肯定昏天黑地，特别投入。学业几乎因爱情荒废，好在还有基础，高考时我跌跌撞撞地考入一所师专。

假期去她家，低洼的土路完全被刚刚停歇的雨水淹没。她家是在一个小池塘边上——我现在每日都从那儿经过。池塘已变身为污水沟，现在连污水都难见，早被乱七八糟的垃圾填平了。她以前常跟我讲，他们院里的人如何如何，我一直以为她像城里人一样住在一个大院子里。事实上呢，菜队的房子跟我们乡下没什么两样——其实就是乡下，没有规划，横七竖八，好在都是砖瓦房。我怀疑她跟乡下的我一样也怀着虚荣心，对城里的生活方式有着莫名的企盼。

2

师专毕业分配，原则上各回各县，再由县教育局朝各个学校分配。

父亲与我一样，做梦都希望我能留在县城某个学校教书。城里有个落脚点，那可是我们张湾每个人都艳羡的事。听某个朋友说他姑姑儿子的老表在县教育局，父亲忍痛让我在家里捉了几只鸡送去。那是我第一次给城里人送礼，当事人居高临下地哼哈，让我此后一听送礼两个字就浑身不自在。

1989 年是一个特别敏感的年份，上级要求大学生必须到基层锻炼。不过，英语教师当时相当紧缺，我便把希望寄托在我的专业上。不久，分配方案红纸黑字张贴在繁华的十字街头。我没有亲眼看到，同学转告我，我去的学校是离陡沟镇最近的一所乡中学。那一届英语专业的一共四人，其他三人都留到了城里，只有我分到乡下。我父亲听说后，叹了一口气，他只是一个面朝黄土背朝天的农民，对城市只能如此望洋兴叹。领派遣证那天，我和其他毕业生一样早早候在教育局人事股办公室前。快要轮到我时，一个领导派头的人进来对人事股长说，那个叫张运涛的，让他缓缓，再研究研究。什么，缓缓？还让我再跑一趟？原本就对分配方案很失望的我生气地质问为什么，上城一趟车票就得两块钱呢。那人板着脸看了我一眼，没理我，背着手走了。

我后来才知道，县城二高当时两个班的英语课没人上，学校正急着找教育局要人。所谓再研究研究，其实只是一种暗示，领导不想让我白捡这个便宜。我傻，没有领会领导的意图，还抱怨人家麻烦。

城市生活跟农村比，当然是天上地下。除了不用顶风冒雨下地干活，过年过节还能分到一些买平价烟平价油的票。那年夏收遇到连阴天，全县的小麦都生芽了。春节回老家，我特意从粮店买了一布袋面。布袋是城里人盛面用的，乡下都用缸，或者草编的篓子。这袋从城里买回去的好面，让父母的脸在张湾光彩四溢。

最大的福利是房子。我在学校分到一间 20 平方米的房子，还带了一间小趴房作厨房。从小到大我最怕下雨，老家的房子七漏八淌，屋里甚至找不到能放床的地方。每到下雨天，我都蜷缩在床角，动一动就会碰翻床上接雨水的锅碗瓢盆。一夜下来，水落下来的叮咚声不绝于耳。那绝对不是什么优美的音乐，它像一把刀子，残忍地挑动着一个少年敏感的自尊心。那种家庭背景，让我比别人更在意房子。现在好了，我终于住上公家的房子了，吃上老百姓交的公粮了。在县城的大街小巷，我昂首挺胸，我和他们一样，是城里人了。

可惜这种风光没能持续多久。很快，商品粮取消了，房子房改了，一切都市场化了，我又和昔日没考上大学回乡务农的同学一个样了。

回张湾，人家称我城里人——我其实很享受那种被老家人称为城里人的感觉。可是在城里，我又总是觉得自己像一个乡下人，并没有真正融入城市。我们学校远离城区，这个距离几近当年张湾到陡沟镇的距离。出门人家问去哪儿都答进城，我们仿若被城市遗弃了。除了地域上的疏离，那些从乡下带出来的生活习惯也常常提醒着我的出身。

有机会搬出学校，我没有犹豫。新家就在高中时代女友家附近，紧靠二环。老城区的房子太贵，我买不起。如今的菜队早已没地种菜了，地都卖给了进城的乡下人。他们来自本县各乡，是那些先富起来的乡下人。像国外城市的移民，城市里到处都是这样的新人。

母亲来看我的新家，感叹还是城里好，做饭解手都在屋里，不用出门。唯有一样她不满意，说燕子没法来垒窝。母亲迷信，认为燕子是富足吉祥的鸟，能招来燕子垒窝的房子才好。不光我们家，现在各家各户的房子都装着防盗门防盗窗，燕子哪能进得去？即使能进去，房顶抹得跟镜子一样光滑，怎么垒窝？

2003 年，我父亲被偶然发现得了癌症，晚期。我们都瞒着他，怕他精神上先垮了，到现在我都不知道父亲到底知不知道真相。第二年春天，父亲提出想去郑州再检查一次。我没法跟他解释，以工作忙为借口拒绝了。他那种状态已经不适合出行，我怕他回不了家。后来听母亲讲，有一天晚上父亲哭了，说他这辈子还没去过郑州，就想去大城市看一看，检查不过是借口。听罢母亲的转述，我心里酸酸的，早知道这样，就是背我也得把他背到郑州啊。

父亲对城市的心节至死都没有解开。

3

我第一次去郑州这样的大城市，比父亲说出自己的梦想早了10年。

当教师的，没有游山玩水的机会，能去省城开一次教学研讨会，就像得到福利一样，是所有老师争先恐后的事。我们学校两百多位教师，能享受这种福利的只有高三毕业班老师，还得是学科组长。

其实去大城市也没什么要紧的事，但我就是向往林立的高楼、呼啸而过的汽车、摩肩接踵的人群……城市是五颜六色的，张湾也是。但城市的色彩是人造的，这与我从小接受的科学教育也吻合。科学神秘，科学也神奇，城市就建立在这样的科学基础上。城市越大，那种人造的色彩就越艳丽。我毫不讳言自己对城市色彩的欢喜，连宁死不屈的哨兵都被霓虹灯征服了，更何况我一个没见过世面的教师？

郑州那时候的标志性建筑还是二七纪念塔。时过境迁，革命早已剩下一个模糊的背影，商品经济的大潮眼看着扑面而来。纪念塔被几个大商场包围着，反衬之下犹显落寞。“中原之行哪里去，郑州亚细亚。”商战刚刚打响，口号已经由电视广告传遍全国。亚细亚商场人头攒动，比年关时的陡沟镇还拥挤。同事惊讶地发现一条裤子竟标价299元，拉着我们都去看稀奇。可实际标价是1299，同事没有看到千位数。那是一种下意识的忽略，299元都令人怀疑，更何况1299元？

亚细亚之行也使我第一次有了当上帝的感觉。那时候，我们还不习惯进门有人热情地向你弯腰问好、你稍一驻足就有服务员小跑着上来殷勤地介绍商品的场面，因为我们习惯了售货员的冷脸。给老婆买了件风衣，花了我一个多月的工资。我其实根本没有购物的计划，只是随口问了一下价格，服务员便以一百倍的热情回应我——她脱下棉袄，不顾寒冷为我试穿。也不只是我，从商场出来的时候，我们每个人手上都多了个时尚的袋子，上面写着“亚细亚商场”。

大城市真他妈的好，这是我同事的感慨。他当时四十多岁，反复感叹在这儿自己才像个人。其实我们都有同感，只是没有说出来。看着郑州市民漫不经心的样子，同事心里很不平衡，骂他们不知道珍惜。

回到县城，亚细亚商场的手提袋引得路人频频回首，我们就像80年代提着印有“北京”字样的黑提包一样，充满了从大城市回来的自豪感。城市对于乡村的孩子而言，是一种荣誉，一种奖赏。郑州只是二线城市，像北上广这样的一线城市可想而知。从那以后，我开始像哺乳期的小燕子一样，总想探头看看外面的世界。

2011年秋，我终于有机会到中国最大的城市之一——北京，客住四个半月。还没到目的地，火车上老远就有人惊喜地叫：“看，北京！”我顺着火车前面的方向望去，天上的星星和城市的灯光几乎连成一片。“远远的街灯明了，好像是闪着无数的明星。”这场景很容易让人想起海市蜃楼。第二天早起，见身边都是高楼大厦，我以为自己是在做梦，或是在影院看电影。

北京像一座被放大成百上千倍的县城。不，不只是放大多少倍的问题。在北京的四个半月，我经历了北京最美的季节。秋天的北京，色彩斑斓。白桦树叶浅黄，白杨树叶金黄，枫树叶深红，冬青和松柏依然碧绿……最吸引人眼球的是那白果树，橘黄色的叶片在阳光下晶莹剔透，与京城的红墙碧瓦相互映衬，相得益彰。但这并不是北京全部的好，北京的好还有那些美术馆的画展、图书馆的讲座、剧院的音乐会……北京是一个积极向上的城市，是年轻人打拼的舞台。

北京的一切于我都是新鲜的，包括它遭人诟病的霾。我不知道我是不是我们那届鲁迅文学院作家班里唯一一位在小县城工作的作家，但我笃信，他们绝大多数都来自省会城市，他们早已经习惯了大城市的生活，唯有我像一个贸然闯进镜头的观众，面对电影科技般的城市，手足无措。

还没去北京之前我就计划着要进球馆打羽毛球，连球拍都带了去。我所在的县城没有球馆，平时打球只能在室外过瘾。遇上老天爷刮风下雨，只好歇菜。能在真正的塑胶场地打一场球，是我们基层羽毛球爱好者的梦想。我全副武装地进了球馆，才发现场地收费，每小时 45 元。45 元？天啊，如果一天打两个小时，我的工资连在北京打球都不够。人家还提醒我，就这还优惠了 10 元钱，因为我持有学生证。

在北京遭遇的第二个尴尬是借电脑。我的电脑坏了，想借用同学的电脑发个邮件。不承想，却遭到了拒绝。我讪讪地退了回来，自尊心大受打击。诉与其他同学，人家解释说，城市人隐私多，电脑又是私密物件之一，怎么能随便借用？那也是小县城的我第一次遭遇尴尬，我为自己的无知脸红。

只要出门，就会迎面北京拥堵的车流。地铁站永远都是人满为患，刚走了一茬，转眼间又像泉水般翻涌出来。我其实出门并不多，食堂、教室、宿舍三点一线，学校以外的北京如何丰富多彩，似乎都与我无关。我要的那么少，城市再大，于我有什么意义？

从北京回来的火车上，我遇到两个同乡。我谨慎地保持着刚刚适应的大城市人的习惯，不打听他们的收入，也不打听他们的年龄。当我小心翼翼地问那个眼睛眯成一条线的老乡在北京做什么工作时，小眼睛一点也不见外，连收入都一并告诉了我。他说他平时卖姜，一天能收入二百块钱。冬月起开始帮人杀猪，收入更高。他的同伴好像啥都知道，抢着向我透露，杀猪挣钱，多的时候他一天可以收入一千块。小眼睛骄傲地笑起来，傻根一样向我炫耀，刨除吃喝花销，他今年能带回四万七千块钱。这一点，小眼睛倒更像我们张湾人。我们张湾每一家的收入都是透明的，你一年挣多少钱，即使自己不说，外人也能给你估摸个八九不离十。熟了，小眼睛自己调侃自己的小眼睛，说他晚上看电视，老婆经常误以为他睡着了，替他关掉电视。我细看，果然，他眼睛睁着跟闭着没什么两样。

小眼睛老乡接着介绍他的同伴，军健可不是凡人，几年前他还是百万富翁。我“哦”了一声，这才仔细打量他身边的那个叫军健的人。军健穿戴明显比小眼睛讲究，话不多，眼神很有神。小眼睛说，军健开过工厂，生产电棒。军健插嘴说，是专利产品，智能节能电棒，主要朝学校推广。人在电棒下面坐下，电棒会自动亮；人一走，它又自动熄灭。小眼睛抢着爆料，那两年军健发财了，后来又与人搞了个分厂，两个人不对脾气，销售跟不上，厂子就倒了。军健补充，现在是穷光蛋了，连车都抵押出去了。我问他现在有什么打算，他说回去了就再不出来了。我问，怕了？军健摇摇头，怕啥？反正挣的都是人家的钱，等于又回到过去了，我又没损失什么。只是对城市没信心了，牛奶里面有三聚氰胺，鸭蛋里面有苏丹红，猪肉里面有瘦肉精，馒头里面有色素、地沟油，听说，连城里女人的咪咪都是假的……

2012 年秋，由爱荷华大学邀请、美国国务院教育文化局出资资助，我作为中国作家代表团四位成员之一，赴美参加了中美青年作家文化交流。在行前的饯行宴上，中国作协副主席、鲁迅文学院院长张健告诫我们，如何看待中美差异，作家们应该有更加不同的文化视角。美国不是天堂，中国更不是地狱。我们国家这几年日新月异，但我们都应该清楚，北京上海并不能代表我们当下的中国，张运涛所在的县城才是真正的中国。

的确，美国的城市并不都像影视剧中那么繁华。爱荷华市就很小，甚至还没有我们陡沟镇大，从南走到北，用不了十分钟的时间。在密西西比河两岸，有很多小镇，房子稀稀拉拉地点缀在河边。很多美国人宁愿放弃大城市的优厚工作，选择到小地方过没有污染的生活。他们的酒店或公司也不像我们国内，很少有“大”或世纪之类吓人的字眼。我们的行程单上有一个朗诵会，是在国际写作中心的善邦大厦进行。到了目的地我才发现，所谓的大厦其实只是一座三层小楼，中方译员好大胆，把 Shambaugh Havehouse 翻译成了善邦大厦。不知道的，还以为美国人谦虚呢，大厦竟然叫 house。

与国内比起来,美国好像是落后了。这几年,我们国家高速发展,城市化进程加快——乡村向城市靠拢,小城市向大城市逼近,大城市向超大城市发展。我不知道这算不算是一种进步,城市化如果仅仅着眼于城市的规模,那么这种发展就成了某些政客向上邀功的成绩单。我们理想的城市是精神化的,而不是那种简单的地理意义。我感觉,我们心向城市的情怀被利用了。

4

春节前夕,88 岁的爷爷非闹着要回张湾过年。爷爷一直很独立,奶奶下世后,两个儿子他哪家也不去,自己过。自从他 80 岁那年在城里做了一个小手术后,他再没回过张湾,一直留在县城我叔叔家。他喜欢热闹,喜欢赶集,喜欢县城的繁华。这次爷爷要回张湾,我们不知缘由,还抱怨他老糊涂了,折腾人。我母亲心里明白,你爷爷身体肯定不行了,他怕死在外面。死在外面就成了孤魂野鬼,去哪儿找回家的路?县城再好,也不是他的家。你爷爷的根,在张湾。

果然,正月的最后一天,爷爷无疾而终。墓坑就挖在张湾西头的七亩园里,我们家的老祖坟都在那儿。这片地因为离村子太近,种不住庄稼,只好栽满了树。挖好坑,有人感叹说,政府老是要城市化,人早晚还不是得回农村老家找个睡觉的地方了事?这话听起来似乎很有道理,再怎么城市化,最后还是得回到地里安歇。但也不全面,比如我,应该算是彻底的城市化了吧?不仅仅是户口,生活习惯、心理思维,包括后事,都得按城里人的方式来,先火化,然后盛在一个小骨灰盒里。那人像是看出了我的心思,补充道,进了骨灰盒最后不还是要入土?入土为安嘛。

说这话的时候他腰杆很硬,好像全世界的土地都属于他这样的农民。我心里明白,他口中的土地,是人类精神意义上的家园。

美梦成真

美梦成真

几年前，我还在一所高中做英语教师。课间，我和我的同事们常常发牢骚。“整天给学生空讲美国——美国人、美国风俗、美国节日……我们自己对美国了解多少？”也有人幻想：“指不定哪天就派咱们去美国了！”大家都笑：“做你的美梦去吧！”

美梦用在这儿真是太贴切了。我们生活的小县城，别说去美国，就是去省城也得五个小时。

美梦成真的过程得追溯到 2011 年 8 月。一个网友告诉我鲁迅文学院在招学员，条件是英语必须得过四级。我在中国作家网上找到公告时，报名截止日期已经过去了一个月。

大多数人不了解鲁迅文学院。有一个段子说，中国人都想去北京。学生想去北大、清华，官员想进中央党校，作家想去鲁迅文学院。莫言、铁凝、王安忆、毕飞宇……国内知名点的作家几乎都去过那儿。作为一个正在文学路上拼博的人，我当然也想去。

还好，我幸运地搭上了末班车。

这个班的全称是鲁迅文学院青年作家英语班，目的是扩大中国作家的阅读视野，加强与国外作家的交流。刚进班时，我有些失望。一个二十多年不得不把英语当作谋生手段的人，刚刚从分析英语语法的枯燥工作中跳出来又要返回去，能不厌烦？好在同学中有很多当代活跃的作家，上课之余我们还可以不时地搞一些创作研讨会，出去听听讲座。

因为晚上熬夜写作，几次上午的课我都缺席了。我在短信中跟鲁院老师解释，我一个小县城的文联职员，要不是来北京，恐怕一辈子也难见到一个外国人，您说我学英语有什么用？——我又不打算搞翻译。

像一个夸张的讽刺，学习结束不到半年我就接到中国作协外联部的通知，拟派我和其他三名作家赴美参加国际写作计划。我喜欢这样的讽刺，像天外飞鸿，多了一重惊喜的成分。

我早就知道这个计划，是一个美籍华人作家聂华苓和她丈夫保罗·安格尔在美国爱荷华大学创办的。自 1967 年以来，她每年邀请世界各国作家到爱荷华，在安静的环境里写作、讨论、旅行……作家们带着浓厚的地方文化色彩相聚在一起，超越横的国家关系和纵的历史时空，真正自由地进行思想、艺术交流。中国作家除了诺贝尔文学奖得主莫言，曾经受益该计划的还有丁玲、王蒙、萧乾、艾青、张贤亮、吴祖光、余华、苏童、毕飞宇、李锐、蒋韵、迟子建、唐颖、陈丹燕……你说，如果后面再缀上你的名字，你不惊喜？而且惊喜之外，还有激励，还有荣耀。

在基层群众的观念中，公费去美国好像只有相当级别的官员才有此等待遇。我没有任何级别，连党员都不是，这给我办手续增添了很多难度。缺少先例，他们反复向上级咨询、请示。要不是此次文化交流的费用由美国爱荷华大学负担，我想我是拿不到因公护照的。

2012 年 10 月 23 日，天还没亮，我就匆忙朝驻马店赶。车到中途，我才发现脚上还不合时宜地套了双拖鞋。火车是 6 点多的，来不及回去换了，只有等到北京下车后再买双皮鞋换上。到了北京，听说中国作协的相关领导正等着给我们饯行，我不敢耽搁，又马不停蹄地朝目的地赶，买鞋的事只能推到晚饭后或第二天上午。拖鞋是绿色的，特别晃眼，一进酒店大家都笑了。中国作协的领导说，这可是咱们此次活动的第一个花絮。

第二天下午，直飞芝加哥的美联航飞机按时起飞。我终于松了一口气，钓鱼岛争端没有激化中美关系，朋友的饯行酒没有击溃我的胃，航班也没有因天气或其他原因一再推迟。同行的作家提醒说，这可是 13 个小时漫长的飞行，可以趁机休息休息，别到时候没精打采的。我不担心这个,对这个传说中国家的期待让我有足够的精神。

好想你们

北京到芝加哥,时差正好也是 13 个小时。飞机着陆与北京起飞的当地时间基本一致,都是下午 4 点左右。

出了机场,天近黄昏。街灯次第打开,与汽车尾灯交相辉映,我们仿佛又飞向了繁星闪烁的夜空。汽车车窗犹如相机的长镜头,缓缓将芝加哥的街景拉近。也许是困在飞机中太久,总感觉窗外的天格外蓝,云格外淡。原先还远得没有轮廓的美国像是突然被推到近前,曾经的阅读体验和眼前实实在在的景致矛盾地碰撞后,不得不重合。

吃罢晚饭已近 9 点。这是我曾经经历的最长的一天——37 个小时。反正在美国的时间还长着,代表团的作家们“早早”回到各自的房间——大家都想强迫自己早点休息。我正要上床,接到国内第一个电话——此时正是国内早上 8 点多,让我参加下周二举行的河南省文学院签约仪式。这两年,好事接连不断。先是被录取到鲁院学习,接着又荣获 2011 年度广西文学年度散文奖,加入中国作协,受邀来美国进行文化交流,马上又要成为签约作家……我相信,任何一个在这条路上跋涉的人,有此一连串的殊荣都会像服了兴奋剂。碰巧他又身居偏远小县城,失眠顺理成章。

凌晨三点醒来,把房间里有字的书都看了个遍——当然全是英文。好不容易熬到天亮,出去散步。我们住的凯悦宾馆就在密歇根湖旁边。密歇根湖是世界上最大的淡水湖,芝加哥也因此有了风城的别称。深秋的晨风有点寒凉,阳光洒在人身上,显得格外密集。迎面遇到一对年轻夫妇推着婴儿车,见我在拍照,太太轻声向我道了声早安。芝加哥人的友善扑面而来。在陌生的环境里,我哪曾有过这样的礼遇?一时竟有些无措,错过了向他们回礼的时机。后来再遇到司机老远停下车示意我先行时，我从容多了，同样礼貌地挥手致谢。当地的书评人丹尼·博斯特尔这样说道芝加哥："在加州，人们想拥抱你；在芝加哥，人们想跟你谈话。"

按照日程安排，上午我们乘"第一夫人"号游轮开启芝加哥的建筑之旅。芝加哥的建筑在世界建筑史上享有盛名，著名的"芝加哥学派"就诞生于此。芝加哥河也很独特。美洲的河流都是流向五大湖，唯独芝加哥河倒流，从密歇根湖流出，贯穿芝加哥市。河两岸 40 层以上的楼厦大约有五十座，是建筑大师路易斯·沙利文、伯纳姆、鲁特、赖特和密斯等人留下的作品。也有十层八层的"矮楼"，鳞次栉比，把芝加哥塞得满满的。芝加哥河两岸就像一个建筑艺术博览会，生动地承载着一部现代建筑史。

你可能想象不到，这座美国第三大城市在 1871 年以前还不到 30 万人。那一年的八月，奥利里太太家的一头牛踢翻了地上的一盏煤油灯，燃起的烈火几乎烧毁了整个芝加哥。之后，这里便产生了世界上第一栋采用钢构架的摩天大楼，以此开始了芝加哥不断创新城市建筑在世界范围的声誉。

说到摩天大楼，首先要说的应该是西尔斯大厦。大厦坐落在市中心偏西，顶上两根巨型天线直刺青天，深褐色的铝质外壁和青铜色的玻璃幕墙在阳光下璀璨发光。楼高 443 米，地上 110 层，地下还有 3 层，加上两根天线，高达 520 米。在空中形成高低错落伸缩型节奏，类似中国民族乐器中的"芦笙"形象，不但造型变化丰富，而且带来了稳如泰山的效果。1974 年建成后，西尔斯大厦成为世界最高建筑。这项纪录保持了 20 多年，直到 1996 年才被马来西亚首都吉隆坡的一幢新楼打破。岁月荏苒，由于西尔斯百货公司对大厦的命名权于 2003 年到期，伦敦的威利斯保险经纪公司租用了此大厦部分楼层，西尔斯大厦于 2009 年 7 月更名为威利斯大厦。

芝加哥的重建，使这个城市的工业得到迅猛发展。不到 30 年时间，芝加哥市人口已超过 100 万。这期间，芝加哥工人阶级为争取自己的权益进行的游行罢工及妇女为争取自身解放而进行的斗争，不仅为全球工人赢得了国际“五一”劳动节和“三八”妇女节的创立，还为现代工业管理提供了借鉴。

下午三点参观芝加哥艺术博物馆。进了博物馆，我们竟然不约而同地直奔二楼。美国就那几百年的历史，一楼的古董怎么能跟中国故宫的古董比？二楼展厅有很多大师的作品，毕加索、莫奈、凡·高、高更……让人目不暇接。西方绘画侧重于人体，描绘对象多为画家身边的凡夫俗子。这跟中国古代绘画不同，中国画更侧重于山水，可能是言有所忌，只能寄情山水。偶有人物，也多为宫廷贵人。诗人阿毛说她喜欢那些画框，我细看，怪不得，画框古朴精致，与画相得益彰，很有历史感。

七点一刻，我们终于见到美国诗人多拉。多拉与我们一一拥抱，并用汉语说好想你们。我们都笑了。多拉对中国文化特别感兴趣，七月份在上海时，我教过她汉语，好吃、好看、好玩……多拉说，从上海回来后她专门请了汉语老师，每周辅导她两次。她深感汉语语言的丰富，比如量词，一头牛、一条狗、一个人……

晚饭是爱荷华大学的公务餐。但是多拉还是按中国的待客标准为我们另外点了红酒，她自己付账。奇怪的是，她给我们的杯子倒上酒之后漏掉了与她同来的两个同事。我欲提醒她，代表团的另一位作家用汉语阻止了我——她请的是我们，不是她的同事。这是美国人的行事风格。我无语。要是在中国，这是多么尴尬的事啊。

晚饭结束，我们向多拉致谢。多拉没顾上回答我们，自顾从包里掏出一个笔记本。翻了好久，才找到适合这个语境的三个汉字：别客气。

晚上去听蓝调音乐。早晨在宾馆房间的小册子上我已经了解到，芝加哥是蓝调音乐的发源地，这里集中了比世界上任何其他城市都多的蓝调音乐人。如果说蓝调是根的话，那么其他音乐则是它结出的果实。

“巴迪传奇”是芝加哥市最有名气的一家蓝调音乐酒吧。酒吧用乐器做装饰，既突出艺术主题又简洁潮流，就连通往卫生间的过道都挂满了著名歌手来这儿演出的剧照。除了巴迪本人之外，来这儿演出过的明星还有埃尔顿等。

很不巧，巴迪只有每年元月在这儿驻唱。不过，那天演出的歌手罗勃·布雷恩也很厉害，他曾在第二十七届国际布鲁斯音乐节上获得最佳吉他手称号。罗勃自弹自唱，他明显擅长这种现场表演，演唱从容平和，像是融入了伴奏的乐器中。手中的吉他恰到好处地只在布鲁斯特有的颤音和转折时才突然提升一下音色，颇有醒神的感觉。但他一点也没有炫技的嫌疑，随着他的手指轻挑，我们的忧郁也升起降落。声音触手可及，音乐像仙境一般。闭上眼睛，我们可以清晰地感受到布鲁斯音乐带给人的精神抚慰。而这一切，都是源于现场感。唱到第三首歌时，罗勃的琴弦断了一根。

趁换弦的工夫，我环顾四周。酒吧内早已经座无虚席，能站的地方都站满了人。是啊，在这个 R&B 越来越泛滥、却越来越没 R&B 味道的年代，还是有很多人和我们一样喜欢追根溯源地听这种最原始、最纯净的原声布鲁斯音乐，并在那些孤独的歌声中洗净乐声里最后一粒杂质。

我不想去掉面具……

跟繁华的芝加哥相比，爱荷华更像一个被现代文明遗忘了的小镇。这里没有摩天大楼，没有川流不息的车流。不过，有爱荷华大学就足以支撑这个城市了。

爱荷华到处都散发着浓重的文学气息。草原之灯书店很小，跟我们县城的新华书店差不多，也在我们住的酒店后面。但这家书店在美国却非常出名，连总统奥巴马来爱荷华竞选期间都专程到草原之灯书店购书。我们朗诵会的会场就设在书店的书柜之间，前面摆着朗诵台，对面排着几十个座位。我有些不以为然，如此规格的活动，参加的人却这么少。阿毛却说，在这儿朗诵气氛多好啊，书香四溢。多拉也解释说，在美国，作家们以能来草原之灯书店朗诵为荣。朗诵会后，书店会把录音带挂到网上，全世界都能听得到。

给阿毛做朗诵翻译的是一位美国人，罗玛莉。我有些好奇，爱荷华那么多中国留学生，为什么偏要找一个金发碧眼的外国人？晚餐时，我赞叹罗玛莉的中文讲得好。罗玛莉骄傲地说，她小时候说得更好！当时家里的保姆是中国人，她和妹妹出生后自然就说中国话。她妹妹更好笑，因为不会讲英语，一度无法入学。

我偷偷地问身边的中国留学生，美国人如此重视这个朗诵会，为什么现场听众这么少？他解释说，在中国这样的朗诵会可能会组织来很多人来充数，但美国人不要面子，来的都是真正喜欢文学的人。大多数美国人可能并不喜欢文学，但他们特别尊重文学。

留学生的话我们深有体会。去北京面签的时候，我们按大使馆网站上的要求，随身带了身份证、户口本、房产证、工资单、存款单、毕业证、结婚证……可工作人员一听说我们是作家，只看了看我们的书，问我们是写小说还是诗歌就 OK 了。

农场主也是一个例证。他住在爱荷华市郊，每年感恩节都要邀请爱荷华文化界的名流去他的农场会餐。我不知道这算不算美国人对文化工作者的一种感恩。今年因为国际写作计划的作家们要提前回国，这顿会餐也随之提前。

农场很大，农场主的家却不大，就一座小楼，旁边还有座偏房，像中国农村的厨房。小楼前摆了几桌点心。阿毛笑言，这样的饭局她也能请。

我们坐上农场主的拖拉机，绕着农场转了一圈。房子的四周都是草地，正对面是一棵老树，枝繁叶茂，留下大片的树荫。外围都是玉米地，一望无际。拖拉机回到起点，我和几位外国作家在草地的排球场上又打了会儿排球。

真正的午餐在偏房。主人一按电钮，偏房的西墙收起来不见了。里面是餐厅，墙壁打开，豁然开朗。大家选好食物，近百人面对面用餐。这场面，想起来都壮观。主人还特意弄了个无线麦克，让大家做自我介绍。这是我们在美国第一次见到米饭，中国作家比其他人更兴奋,顾自大快朵颐。碗一丢,才发现人家好像才刚刚开始。美国人用餐讲究的不只是食物,他们更看重的是气氛,是交流。这与中国有点不同,中国人会把更多的时间用在准备上。

国际写作计划的总监克里斯托夫见我们要溜,赶紧把话筒递过来,向大家介绍,这几位是中国作家。中国作家刚刚获得了诺贝尔文学奖,我们可不能怠慢。

运气好的城市会产生一些让城市青史留名的作家。比如山东高密,莫言的文字让这个城市走遍了全世界。因此,很难想象爱荷华如果没有保罗·安格尔、聂华苓的情形。

12 月 29 日下午 5 点,海峡两岸的华文作家如约汇集到聂华苓女士的别墅。别墅坐落在城外的半山腰上,对面就是爱荷华河。别墅的名称沿袭了中国古代文人的风格,安寓——安是聂华苓女士的丈夫保罗·安格尔的昵称。

许是听到了车响,80 多岁的聂华苓女士正精神矍铄地候在门口。屋里还有比我们早到的《三生三世聂华苓》的导演陈安琪、监制李美美、上海作家唐颖——她也曾受邀参加国际写作计划,此刻正好在爱荷华探亲。

一楼是聂华苓女士的工作室,客厅、卧室、餐厅都在二楼。楼梯一侧的墙上挂满了中国的戏剧脸谱,还没上楼就让你感受到浓浓的中国文化味儿。

大家围坐在餐厅里,落地窗外就是草木横生的山野。聂华苓女士说,运气好的话,从这儿可以看到野鹿。陈安琪导演接过话,我昨天就有看到,三只小鹿在房子后面游荡。

上了两盘点心,黑乎乎的。我不喜欢西式点心,只喝茶。中国作协外联部的吴欣蔚坐在我旁边,她像透露一个天大的秘密一样偷偷跟我说,聂老师特别会选点心,不信你尝尝。我硬着头皮切了一块,果然好吃,脆且香。可惜我下手晚了,很快被其他作家瓜分完。我用英语向主人表达谢意,聂华苓女士把头扭到一边,孩子般地大声拒绝,讲汉语!大家都笑。

作家们在一起,免不了谈文学。说到文学市场的低迷,大家深有感触。香港作家陈智德、台湾作家林俊颖很羡慕大陆作家,在港台地区,一本文学书能卖几百本就已经很不错了。大陆作家一直抱怨文学市场不景气,如今跟港台一比,我们真是太幸运了。读者多,发表的阵地也多。

外面天色暗了,聂华苓女士要给比萨店打电话叫外卖。看看表,我们已经比原计划拖延了四十分钟,大家赶忙起身告辞——我们不敢太打扰年迈的聂华苓女士,怕她身体吃不消。

送我们出门的时候,聂华苓女士跟吴欣蔚说,我们国际写作计划最近收到一笔50万美金的匿名捐款,请中国作协只管派作家来。大家都很惊讶,这么一大笔捐款竟然不留姓名。这就是美国人的行事风格,只要是自己喜欢的事,无所谓名利。

爱荷华有一条街道,路上隔不多远就嵌着一块铁板,上面刻着与这个城市有关的作家的名字。第一块铁板上刻着爱荷华本土作家莫勒·梅乐:“小时候我住在爱荷华市马歇尔镇,跟现在一样我不喜欢圣诞节,但我喜欢万圣节,我就是不想去掉脸上的面具……”

说到万圣节,我们去的可正是时候。到达爱荷华的当天晚上,我们入住的喜来登酒店后面到处都是身着异装的年轻人,有的脸上画着怪异的彩妆,有的干脆罩着妖邪的面具。离10月31日还早,年轻人已经急不可耐地开始了庆祝。来自世界各国的30位作家们也入乡随俗,晚上搞了个万圣节派对,算是迎接我们。可惜当天我们长途奔波,下午紧接着又有一场朗诵会,再加上时差还没倒过来,大家都很疲劳,早早回宾馆休息了。

后来有一天下午,我们去国际写作计划中心与世界各国的作家们交流对芝加哥和爱荷华的感知。大家聊着聊着就把话题转到了鬼神上。科威特作家说,小时候不听话,大人经常拿鬼神来威吓他们。我说,在我们中国,鬼是逝者的灵魂。当你要做坏事时,其他人往往会警告你,当心天上的谁谁正看着你哩。我们更愿意相信这种灵魂的存在,在这个信仰缺失的年代,信鬼神并不是坏事。阿毛补充说,在乡下时我们不敢走夜路,怕鬼。现在我们长大进城了,鬼是不怕了,怕的是人。

一直陪我们的阿什莉小姐笑了,你们不愧是作家,从芝加哥到鬼,想象漫无边际啊。

美国童话

阿马纳在爱荷华的郊区,全称是阿马纳殖民地,19 世纪中叶从德国迁移到爱荷华。阿马纳殖民地有自己的教会,居民通过合作与共享,希望创造一个相对舒适的公共生活方式。说白了,就像是共产主义社会。住房按需分配,吃饭有大食堂。

这里没有鲜花,只有草地。阿马纳拒绝任何形式的装饰,就像他们的生活,力求简单舒适。当然,这种理想的社会过于超前,共同的生活方式终将成为羁绊个人价值实现的障碍。72 岁的当地导游汤姆介绍说,有一年社区里八个女孩子外出串门回来,扎在后面的头发剪短了。教会把她们关了起来,但她们始终不愿再蓄起长发。最后教会不得不妥协,让整个阿马纳的妇女都剪了头发,以期跟那八个女孩子一致。也许从那时起,阿马纳殖民地就已经开始瓦解。

阿马纳殖民地其实是西方人好奇地撩开窗纱向共产主义探头瞭望的一个例证。1965 年,这里成为美国国家历史地标,每年吸引成千上万的游客来参观。但是,这里没有国内景点兜售纪念品的生拉硬拽,营业员大多向游客致意后继续做自己的事。

游览结束,汤姆问,怎么样,我们的社会主义跟你们的相比?

你这也叫社会主义?我说,连形式都差得太远。

汤姆自豪地说,我们才是最接近共产主义的社会主义。

汤姆像大多数美国人一样,对中国,对社会主义,认识很狭隘。受英语水平的局限,我无法跟他继续探讨这个问题。

文学领域也一样,中国作家对西方文学的阅读远远超过西方作家对中国文学的了解。改革开放以来,中国翻译出版了大量的外国文学。相反,我们向外推介的作品却非常少。西方作家或者读者感兴趣的是中国或中国作家的生存状态,而不是中国文学。

到爱荷华的第二天,我们去密西西比河巡游。这条北美最长的河流横亘在伊利诺伊州和爱荷华州之间,成为两州天然的分界线。河面很平静,河水充沛,清澈碧绿,一点也不像我所熟悉的淮河。这也是我见过的最宽阔的河面,真正的大河风范。河上的风并不大,但吹到身上明显有了秋末的寒气。

水手马克·吐温当年迫于生计曾无数次在这条河上往返。150年以后,我们以游客的身份故地重游,当然很难体会马克·吐温的心情。河两岸不时出现一些小村落,也或者是小镇,都不上规模。那些房屋更像人,长得都不太一样。像童话里的房子!阿毛不愧为诗人。

美国人的房子就像美国人吃饭时点餐,每个人根据自己的喜好各点各的。中国人怕麻烦,往往一人点过之后大家都"随"上去。所以中国的城市不经看,同样的外表,同样的室内设计,甚至同样的装修。大同小异,千篇一律。

在船上驻唱的是一对夫妻,他们在同一所学校教书35年,刚刚退休。丈夫一边弹着吉他一边演唱,妻子唱合声,很有中国式夫唱妇随的味道。我喜欢他们的音乐,美国六七十年代的风格,不激烈,但意味深长。因为相对轻松,妻子不时地用眼神和笑容向游客致意。休息时我去和他们攀谈,得知夫妻俩因为音乐才走到了一起,并一起合唱了39年——比他们的婚龄还长3年。

从船上下来,阿什莉小姐带我们去了一个小镇——马斯卡廷。这个以出产密西西比珍珠以及蚌壳纽扣而闻名的"珍珠之城",随着2012年2月时任中国国家副主席习近平的到访更是吸引了全世界的目光。阿什莉小姐神秘地告诉我们,来这儿是想让你们认识一位爱荷华甚至美国历史都不应该忘记的一个人。他没有出现在历史教科书中,但他代表了爱荷华的一种精神。我心想,他这么伟大,美国又这么完善,怎么美国教科书把他漏掉了?

他叫亚历山大·克拉克,阿什莉小姐说。你们不知道,两百年前黑人奴隶就像白人的一件家具,他们可以随意处置黑人。经过亚历山大·克拉克的斗争,马斯卡廷这个小镇上的黑人居民与白人接受同等教育的权利比美国其他州整整早了86年。

亚历山大·克拉克的故居还在,被一个叫肯特的人买去保护了起来。这座房子是1878年亚历山大·克拉克自己建成的,如今已被美国政府命名为“国家历史名胜”,相当于中国的国家级文物保护对象。阿什莉小姐正在介绍,肯特从房子里面出来了。听说我们是中国作家,他很高兴,转回去给我们取了几份有关亚历山大·克拉克的报道。我们得寸进尺,请阿什莉小姐转告,我们想进去参观。阿什莉小姐说,恐怕不行。这房子如今是肯特的私宅,对方不邀请我们不能进去。

你们中国有动物园吗?

10月31日下午的活动早早结束了,听说阿什莉小姐还要去上课,我很意外。我一直以为她只是爱荷华大学国际写作计划的一名工作人员,专门负责接待外国作家。没想到她的真正身份是教师。我按捺不住对美国教育的好奇,当即表示想跟着她去听听美国老师是怎么授课的。

当时已经下午两点多,阿什莉小姐还没吃午饭,她去买盒饭,让我们自己先去教室。我们刚在教室坐下,阿什莉小姐,不,阿什莉老师也端着饭盒进来了。她把饭盒放好,准备上课。我问,不饿?阿什莉老师说,见到我的学生就不饿了。

本来才三两个学生,到了上课的钟点教室里一下子坐满了。说满,其实也就十三名学生。在我们国内,一个教授带的研究生恐怕也不止这个数吧?

美国人很守时,这也是他们给我的另一个深刻印象。有次爱荷华一家报纸约定五点钟来采访,我们提前在楼下的咖啡区等候。五点的钟声响起,我们正怀疑对方要迟到了,记者飘然而至。

环形课桌上丢了两盒点心，几个学生咔嚓咔嚓地嚼起来。奇怪的是，老师像是没看见。我还记得阿什莉老师上课之前严肃地提醒我们，听课可以，绝不能有任何声响——拍照、交谈、接电话都不允许。

课的内容是根据阿什莉老师提前一天发下去的阅读材料进行讨论，学生们有说课文如何好的，有说课文哪方面不足的，也有提建议的……我回忆我的课堂，学生不准交头接耳，不准不举手发言，不准顶撞老师……我们的课堂就像一个生产车间，标准答案犹如模具，出厂产品千人同心。而美国课堂，无论对错，老师都会鼓励学生发表自己的看法。

整节课，其中的两名中国留学生一直没发言，直到阿什莉老师点到其中一人。十一名美国学生完全视我们如空气，甚至没有好奇地偷瞄一眼我们几个“中国作家”。不难想象，这些尚在“制造”中的美国知识分子成品以后会是多么自信，多么个性十足。

我们听的第二节课是早就安排好的，多拉是这节课的老师。诗人多拉原本是爱荷华大学教创意写作的教师，她邀请我们去的课堂却是一节小学生的课外辅导课。原来多拉还是志愿者，她办这个班是专门为一些父母离婚的孩子做校外辅导。这让我们很惊讶，多拉这样的作家还有时间做志愿者？

教室里还有很多年轻人，显然不是多拉的学生。多拉说，他们也是志愿者。

多拉跟孩子们介绍说，这几位都是中国的作家。你们不是很想了解中国吗？这可是一个不能错过的好机会。我对面的孩子迫不及待地问：“你们中国有动物园吗？”教室里的人都笑了。这样的问题从一个孩子嘴里发出，童趣顿生。

回程的航班上，吴欣蔚给我们讲了一个类似的笑话。2010年，美国作家代表团来中国交流，有一个作家竟然背了台笨重的老式打字机过来，说是听别人说中国不能上网，只好带着打字机写作。

最后要记叙的是一个罗姓空乘，美籍华人。罗很有趣，派发入关表格时说，资本主义的填，社会主义的不填。坐久了，我去后舱活动活动筋骨，罗正和几个乘客聊天。看得出来，他是一个很能说的人。中国多好啊，你们还不知足？你们男士 60 岁、女士 55 岁就退休了，而我们则得干到 67 岁，空奶们也得 65 岁，多辛苦！

大家都笑，空姐空嫂倒是经常耳闻，空奶还是第一次听说。她们听了不生气？

你们不告诉她们，她们就不生气。罗笑，美国美女太少，没办法，只好用空奶。其实美国挺落后的，他们连发票都没有。罗说着，顺手塞给我一小瓶供应给头等舱的红酒。资本家太抠门，饭不让哥们吃好，酒咱可得喝好。

我听出了罗的讽刺，也笑。美国这么落后你还来美国？干脆回中国算了。

回不去喽！罗笑着，推起手推车朝前舱走。户口没了，档案也没了，回哪儿？

王畈人物素描

讲故事的人

在我们王畈，王书就连打场都与其他人不一样，虽说都是站在某个圆心上让牛拉着石滚打圈转，但人家都是闷声不响，他嘴里却依呀啊哈地哼着，像是应和牛和石滚的工作，又像是一种释放，自然、原生。闭上眼，你会以为这声音是从线装古书中飘出来的，已经在这儿悠悠地转了几千年。

吃罢晚饭天还不黑，我们就在村西的桥头占好了位，等王书去。最南边的上风口当然是给他留的。王书家在做饭了，王书已经端上碗了，王书快吃完了……每一个消息传过来，都会多少缓解一些我们等待的焦急。王书脑子里的故事真是太多了，看到桥，就讲许仙和白娘子断桥相会；看到天上的银河，就讲董永和七仙女的爱情；要是谁说晚上累得不想做饭，他就讲田螺姑娘……

那些个晚上，大多都是在大人们不耐烦地叫我们回去睡觉的斥骂声中不得不中止。要是王书看着夜空说，天河磨头了，我们的夏天也就结束了。

有一天放学，我突然发现水塘对面多了一幢满砖到顶的房子。那是王书的。房顶还是旧的，瓦接檐——上面一半是茅草下面一半是瓦，砖却是新砌的，连石灰都白得耀眼。这可是村里第一家满砖到顶的房子，我好奇地绕到跟前。

天啊，砖头是画上去的！红的是砖，白的是用于粘连的石灰。但这些颜色过于鲜艳，反而让人生疑。后来，无论是上学还是放学路过，我都要驻足欣赏一会儿：一座画出来的砖瓦房，真是太神奇了。四十年后再回想，也只有王书能有如此奇葩的创意。

王书的大儿子就是那一年结的婚。

王书做的最让人震惊的决定是，让他的小儿子倒插门。长大后我才知道，倒插门是俗话，另一种文雅一点的说法是入赘。王书说，儿子还是我儿子，找了个老婆还不用我起房子，倒插门有啥不好？

我那时还不到十岁，但给新娘子压嫁妆这活已经做过多次。过了几十年，王书小儿子出门的场景我记忆犹新。新郎头梳得光光的，很整齐。衣服当然也是新的，黑裤子，两个兜的蓝色的确良上衣。两个男人领着他出了王畈，一前一后。三个大男人一条线走在路上，现在想起那个画面还觉得滑稽。

王书要是没有一肚子的故事，我肯定不喜欢他。甚至可以说，有点恨他。这种怨恨，赶在过年更甚。

王畈写对联都是过年前一天。那一天，王书的院子里从早到晚都挤满了人，端着红纸黑墨，等着王书给写对联。说每一家有点夸张，也会有三两个不想排队，拐到村里的小学老师家随便写两副。

王书的字好，但最招人的是他能根据各家的情况顺口编对联。要是一家四口人，他就会写："四美之人添福瑞，五讲之村促和谐。"人家儿子殁了儿媳妇又没改嫁，他就写："五讲四美安居乐业，三从四德家睦人和。"要是对方院子里有蜡梅，他就写："春占梅花头，燕飞高屋梁。"遇到家有读书孩子的，他就写："书藏颜如玉，地埋灿黄金。"

我上初一那年，我爹非让我自己写对联。桌子摆在当院里——我爹可能是故意想让人家看看，他儿子上学还是有用的，能写对联了——我爹在那边给我牵纸。冬天的风吹到人脸上，刀子似的。我翻开自己记对联的本子，拿起毛笔正要写，我爹提醒我，姿势不对，想想人家王书咋握笔的？我想不起来，只好换个姿势。"天泰地泰三阳泰，家和人和万事和。"我爹合上我的本，让我自己编。这一次，他不是提醒，是骂我。供你上学有啥用？连个对联都写不好？看看人家王书，小学都没毕业，你一个初中生，还写不过他？我知道我爹的心思，我得比王书厉害！终于写完了，我爹又左右看了看，还是不满意，说不好，没王书写的好。

初一出去拜年，看到人家门上贴的对联，我自己都不好意思，王书那字就是棒，还有那些随手编的对联也好。我回去拿笔拿本，偷偷地都记了下来，想等来年我爹再逼我编对联时借用。

不过一直到现在，我的字都歪歪扭扭，更不用说赶上王书了。编对联的功夫倒是有点长进，但跟王书比，距离还很远。

我爹见指望不上我，竟和王书联合起来，做起了对联生意。刚进冬月，他就买了大批的红纸回来，王书在家里写好，我爹到周围集上销售。差不多有两年，他们的对联都非常受欢迎，尤其是宗堂对联。那时候，宗堂对联还属于迷信范畴，印刷厂不敢印。

后来，王书家又出了件惊天动地的事——他女儿跟人私奔了。而且男方比她大将近十岁，是她的老师，村小的民办教师，也教过我。

没有谁见过王书气急败坏的时候，这次也一样。王书还是不紧不慢地在村里踱步，慢声细语地跟人家说话。有很长一段时间，我都以为，读书多的人都应该是他那个样子。事实证明，王书女儿的选择是正确的——两个人的婚姻一直很幸福。那个民办教师后来考进市里的师范，留校了。王书的女儿也随着进了城。

再后来，我考上了高中，进了大学，读的书越来越多，回王畈的次数却越来越少，再也没有听过王书讲的故事了。听我娘说，夏天的桥头，没有谁再去纳凉了，孩子们纷纷逃离学校，急不可耐地投入到南方的花花世界中。他们带回来的故事，个个都比王书脑子里的精彩、离奇。我爹早不逼我写对联了，王书的院子里也终日空荡荡的，连他自己家的对联都是机器印的，文字对仗工整，书法遒劲有力。

二十世纪九十年代初，有一次我回王畈，见村东头新起了一座坟，我问是谁，有一个同龄人怕我想不起来，说是那个好讲故事的人。我怎么能忘记王书呢，我爹曾经那么强烈地想让我超越他。

老　铁

老铁的屋后墙正对着我家,但我很少在上午见到他。天不亮他就挑着一百多斤的担子赶集走了,盼着能占到一个好位置。那个时代,王畈人都种菜。但老铁跟别人又不一样,自己地里的菜卖完了,兑邻居的。一年三百六十五天,他都在赶集,今儿个陡沟,明儿个皮店,后儿个肖王,都不远,十里路左右,中午回来碗一撂,背起菜筐又下地了,不到天黑不回来。老铁整天都这样,匆匆忙忙地,走路一阵风似的。不知道是日头晒的还是生来如此,老铁的脸黑红黑红的,很难见笑容。

勤劳致富,老铁是典型。有人给他算了一笔账,说他是王畈第一个万元户,但老铁死活不承认,典型到底没有树起来。后来在广播里听到邻村万元户戴红花受奖励,村里人都替老铁唏嘘。迎面问他,他还是那张铁脸,看不出有多后悔——老铁话本来就少。也有人说老铁那是气短,腰板硬不起来——他一连生了三个女儿,大红、二红、三红,没儿。老铁的老婆巧儿却跟他恰好相反,性子慢,说话也一样,慢吞吞的。不一样的是,巧儿整天笑眯眯的,弥勒佛似的——王畈的女人都说她这是福相,老铁不让她下地。但巧儿在家也闲不住,三个女儿,一个顶着一个,也够她撕巴的。

王畈西头一共三户人家,我家后面还有王连富。王连富也没多少文化,但爱听广播,听完了就给人家谝。美国的飞毛腿导弹神得很,离几千里地说打人的眼睛不打人的鼻子;中国的银河计算机也不得了,一毛钱三斤半的萝卜你要买一斤,它不光能精确地算出得多少钱,还能一秒钟内算几千遍,绝对错不了……他家门前树荫里放了张凉床,人去了就坐在床上听他瞎喷。

那天,巧儿怀里搂着哭闹的三红去串门。王连富的老婆问她,这个时候断奶,是不是又怀上了?巧儿倒也不急,哪敢啊。不要了,再要要还是女孩呢。王连富笑,巧儿,回去跟老铁商量商量,我替他。你看我这种子，清一色的男孩儿。

巧儿慢声细语地回骂——也不是真生气，更像是你来我往的调情。农村都这样，玩笑都离裤裆不远。巧儿肉不假，但肉得耐看，奶大屁股也大——据说当年老铁选中她，就是看中了她这点，能生养。玩笑归玩笑，但王连富也不是吹牛皮，眼见得着的事实——他一连生了两个儿子。

巧儿东躲西躲，还是抢生了一个。这一次，连包村的计生干部都不好意思下手了，巧儿又生了个女孩儿，改红。老铁学人家，想下一个改一改，改成男孩。

王连富笑得更厉害。老铁想要儿，还真得请我。当着老铁的面，王连富也讲过这话。

老铁偷生的第五胎，是儿子。好事儿的女人们茶余饭后嚼了好多年，大贵肯定是王连富的种。瞧他那眉眼，那鼻子，哪儿都不仿老铁。

原本热络的两家突然像生了仇，谁也不理谁了。倒也合逻辑，老铁绝望了，孤注一掷，从王连富那儿借了种也有可能。

不想，老铁最终却沾了那几个女儿的光。大红风光地嫁到了县城麻纺厂，虽说男人不久就下了岗，但终归是王畈第一个与县城有亲戚的人家。二红在深圳，听说也嫁了个大老板，有次寄了个包裹回来，老铁不知情，当着左右邻居的面一层一层地抖开，最里面竟裹着几捆百元大钞。不过，也有人说，这个二红根本没有嫁什么大老板，她是在南方当“小姐”。大学毕业的三红可是明媒正娶，迎娶她的小车一直开到王畈。有人说那车值五十多万，有人说一百多万，还有人说得二百多万……

老铁在东头公路边起了座楼房。村里人大多酸溜溜的，又说老铁靠女儿在外卖身住上了楼。如今可不是勤劳致富的时代，指望老铁卖菜起楼房，累死他。住了楼的老铁并没有得意忘形，他还是铁着一张脸，走路一阵风，自己过自己的。

王畈的菜地都荒了。种菜这活儿细腻，又不挣钱，谁还有心？连老铁都不卖菜了——先前村里有人说过，看老铁那样子，六十岁他应该还能挑百多斤的担子。不卖菜的老铁还在侍弄菜，整个西坡经常能看到他锄地、施肥或者翻耕的身影，孤单单地。

改红也早早辍学了。辍学就辍学吧，反正成绩也不中，考大学没指望。改红说她在高中谈了个男朋友，想结婚。老铁没言语，巧儿就问，那孩儿咋样？改红说都知根知底，后院的，王连富的二儿子。老铁大吃一惊，坚决反对，王连富一个懒人，没钱不说，儿子又不出众，哪儿配得上他老铁的女儿？这里得补充一句，老铁这四个红个个如花似玉，哪一个都能称得上是王畈的村花。

老铁逼着改红去南方，离开王畈，去她二姐那儿找个工作。这边王连富的二儿子在火车站久久等不到二红，又打不通电话，一头冲向铁轨。他发出的最后一个短信是，别了，另一个世界见……

是不是真能在另一个世界见面难说，但两个人还果真都去了那个世界——听闻噩耗，改红在家里也服毒自尽。老铁家顿时乱成一团，哭爹叫娘地将其送往小诊所。我娘回忆说，那改红自始至终都很清醒，却不显难受表情，甚至连低声的呻吟都没有。

不知道是谁做的中间人，老铁最后竟然同意改红和王连富的二儿子以夫妻的名义合葬。

老铁家的故事还没完。大贵不到十八岁就结婚了，新房就是那两层小楼。结婚当天，王连富去随礼——可能因为两个孩子的殉情吧，他们两家又解除了紧张关系。我娘说，婚礼期间，老铁始终阴沉着脸——这话也偏颇，老铁那脸根本就看不出来是阴沉还是灿烂。不过，老铁第二天就把王连富的礼给退了回去却是真的。他那个礼也太大了，你一个非亲非故的人，凭啥？

儿媳妇在老铁家待了不到两年，要离婚，还要带走孙子。老铁死活不同意，大人非要走也就算了，但小孩万万不能带走。这事闹了几个月，儿媳妇干脆撕破了脸，说孩子跟大贵没关系。老铁大骇，问到底咋回事。儿媳妇指着大贵，问你儿子。大贵耷拉下头——他阳痿，先天性的。

上周我回老家，老铁还在坡地里侍弄他的菜，孤单单地，像画上的人。铁人有铁人的好，几十年了，变化也不显。算一算他的年龄，应该有六十五了吧。

长　金

我第一次自慰，辅导老师是长金。

十四岁还是十五岁，我记不清了，但那个春日下午灿烂的阳光倒是深深地印在了我的脑子里。我刚把搭在树上晾晒的被子收回宿舍，长金就来叫我，说是去偷人家的黄瓜吃。我其实一直是好学生，但那根黄瓜还真是诱惑了我——我们那个年龄的孩子都不经饿，再加上又是乏味的语文课，我就跟着他溜到学校南边的河沟里。长金躺到草坡上，懒散地伸开四肢，说先晒会儿太阳吧。那会儿阳光照在人身上暖洋洋的，还真适合晒太阳。我也学着他躺下，仰面看着天上的白云。长金问我，我们班最好看的女生是谁。我假装想了想，说是李丽。长金问，是第一排靠南边窗户的那个？我说是的。他又问，你说说她哪儿好看。我想了想——这次可不是装的，她是镇上人。长金嘁了一声，镇上人就好看？我不好意思地说，她穿喇叭裤好看。长金问，是不是屁股向上撅着？我嗯了一声，脸红了，好在长金看不到。长金却紧追不放，前面大不？我知道他问的是李丽的奶大不大，我没理他。长金突然坐起来，解开裤子的前门……

没撑到初三，长金就因为旷课太多被学校劝退了。他爹去学校领他时，叹了口气，指望从你这儿长出金子呢，这下好了，看你弟弟长银吧。银子虽贱些，长多了也中。老师这才知道自己一直念错了，王长金的长应该是生长的长。

第二年我从镇上考到县城，读高中。寒假回来，长金“拉（lao，念一声）菜筐”已经相当熟练。拉菜筐是王畈的土话，是卖菜的另一种说法。王畈男人可以不会种菜，但拉菜筐这种体力活，难不成也交给女人？刚下学的长金，就把老铁当作自己的师傅。

但老铁谁都不愿带。赶集卖菜最忌一窝蜂，哪个集上啥菜多了，啥菜就贱，这是明理。那时候信息闭塞，赶哪个集菜好卖价又高全凭个人判断。老铁有这方面的经验，但他存着私心，跟谁都不透半点口风。长金仗着跟他沾亲带故——他们同属一个父族，每天下午都去帮老铁洗菜、择菜。可老铁的嘴还是像铁一样，撬不开。长金只好自己琢磨。还别说，上学不中的长金，拉菜筐倒能自学成才。刚入行半年，并不比老铁差。

我上高中的第一个寒假，很是无聊。村里没人和我聊天——聊啥呢，人家拉菜筐，我读闲书，聊不到一块去。有一天晚上，长金来喊我打“五十 K”，他们三缺一。

整个寒假，好几个夜晚，我们都偎在老铁家的厨屋玩牌。年轻人嫌夜长，睡觉浪费了，总想寻点乐子。我们围坐在稻草堆里，厨屋晚饭刚熄火，还不算太冷——冷我们也感受不到，哪有女孩离我们这么近过？

女孩是二红，偶尔也会是大红。不过大红始终打不长，第二天她还要早起给赶早集的老铁做饭。我问长金咋不赶集卖菜，长金说，菜卖完了。窖里还剩了一点萝卜白菜辣姜红薯，得等到年根上——年根上总有几天菜会翘上去。

来年五一节再回家，隐约听说长金和二红好了，好像是被起夜的老铁偶然发现的。老铁摁住长金打了一顿，并让亲戚带二红去了南方的工厂——这事在王畈被人兴奋地传了好多年。出了事，我才意识到苗头早有了。抓牌的时候长金手快了点，碰到了二红的手，也或者是二红快了点，碰到了长金的手——有意的也说不定。那种感觉，人像过了电，麻酥酥的，哪儿都是软的。藏在内心深处的原始欲望一旦被勾出来，谁能抵抗得了？好不容易挨到牌局结束，长金虚晃一圈——也可能只是站在院外等我们转过身时他又溜了回去。他们在厨屋的柴草上翻滚、辗转。稻草白天吸收的太阳味，温暖、暧昧，让一对少男少女流连忘返。到现在我还笃信，草垛上的交合是人类最本真的享受。

我们王畈这一带，无论男女，十五六岁都早早定好了亲。我虽一直在上学，但也挺失落的，因为一直没人给我提媒——我们家太穷。长金比我还惨，穷不说，再加上二红那事，熬到二十四岁还没媒人上门。长金的父母几乎对他放弃了，不得不把精力转移到他弟弟长银身上，总不能一家两个都是寡汉条子吧？

有一天，长金突然跟家里宣布，他要结婚。他爹他娘还以为他想老婆想疯了，心虚得大气都不敢出。到了晚上，长金又说，今年棉花不错，他想要两床被子，最好大点的。他娘惴惴地说，儿啊，娘知道你做梦都想老婆……长金打断她，不用做梦了，你看学校的汪老师中不？他爹在一旁一惊，汪老师？村小那个汪老师？可不敢乱说啊，人家可是吃商品粮的正式老师，国家的人。长金说，国家的人就不结婚了？国家的人也是人。他娘还是不信，被子都是人家女方准备……长金说，汪老师啥也不要，就要两床被子，咱家还不给？

长金搬到了汪老师的住室。这件事震动了整个王畈，不，是整个陡沟镇。凭啥？人们私下里议论纷纷。有人说长金是霸王硬上弓，汪老师没有退路了。马上就有人反对，现在跟人睡过不同意的多了，谁还在乎这？也有人说，长金床上功夫好。马上又有人反对，汪老师一个黄花闺女，咋就知道长金比别人的功夫好？

长金的婚姻也没像人家预想的那样不长久。汪老师给他生了两个孩子，大的如今已十六岁，上高中了。长金没有出去打工，他在村里领了一班人干建筑。在王畈，人家叫他包工头。换了城里，应该叫房地产商。不过，长金的生活可跟城里的房地产商一点儿也不沾边，天一挨黑他就回学校，守着他的汪老师。

等

刘女子很壮实，典型的做活人样子。王畈这儿称呼晚辈的老婆都是在姓氏的后面加上女子。

刘女子是我们的左邻，村里人都说她和我们家走得近。我妈很委屈，但从不和人家争。确实，刘女子几乎每天都到我们家来，端着饭碗——要是吃米饭还会多端了一个菜碗，里面满满一碗冬瓜汤。

上午锄豆地？

嗯，锄豆地。

下午呢？

还是豆地。

我娘和刘女子都是这样的对话。答的人明显不愿多说，我娘也不好觍着脸再续下去。第二天中午刘女子还来，还是有一句没一句的，不怎么说话，好像只是为找一吃饭的地儿。她就像我们家的一员，不客气，但也不随便，你让她坐她就坐，你不让，她就自己找个凳子坐。有时候，干脆就蹲在地上。至于她男人王军的事，我们也只是隐约知道他在外面看电影时摸人家妇女被警察抓走了，怎么抓走的，判了多少年，我们和村里其他人知道的一样少。

我现在还能回忆出她的衣着。冬天，她一身厚棉衣，棉袄外面套着一件棉布的格子罩衣。到了春秋，就把里面的棉衣拿掉，只剩下外面的格子罩衣，哐哐当当的，显得身子很小。那当然是假象，一到夏天，她那庄稼人的壮实就一览无余了。露出来的胳膊滚圆滚圆的，像地里熟透的西红柿。她喜欢穿无袖的汗衫，自己缝的，领子稍微有些变化，圆领或者鸡心领。无论哪一件衣服，穿在她身上都显瘦，像箍着身子。

有一次我爹跟我娘埋怨，刘女子像个瘟神，来了也不说话。我娘问，你不喜欢瘟神？我爹装着没听懂，让我去厨屋帮他盛饭。

我知道，我爹不喜欢刘女子是因为一到中午吃饭时我娘就不让他光脊梁了，大裤衩也得换成长裤。

我那时候小，还没有开窍，傻傻地问："娘，我是不是也不能光脊梁穿裤衩啊？"

我爹在一旁坏笑。

我娘不理我，继续跟我爹说，你看她那眼神，看人直勾勾的……

我才知道，原来我娘也不喜欢刘女子。但我娘同情她，人家说到刘女子，我娘总是先叹一口气。唉，一年到头也没个男人，难啊……

我考到镇里的初中，开始长个儿了，身体变得细长细长的，豆芽一样。星期天一回家，我娘就变着法子给我弄好吃的，想让我长胖点儿，长结实点儿，要不将来咋做活呢。一旁的刘女子就笑，人家考大学，做啥活啊。

考啥大学哦，那大学能恁好考？我娘不敢想我能考上大学，我们王畈还没有一个人考上大学。大学只是我们王畈人的一个梦——一个遥远的梦。我娘的意思是，我能比别人多识两个字就妥了。但遇到人家礼节性地夸我将来肯定能考上大学，她还是乐得合不拢嘴。

刘女子接着夸我，你看你儿细皮嫩肉的，多好看。

就是穷点，别的还真没啥褒贬的。我娘这话不知道是夸我还是感叹我们家的穷困。

现在穷，赶明儿还穷？刘女子安慰我娘。

唉，谁知道呢。我娘叹了口气，连累我儿了，到现在也没个提媒的。

刘女子捧着空碗，站起来。我娘家倒是有一个，比起来还得叫我姑呢。家境也不赖，就是怕你儿考上了大学把人家给闪了。

哪能呢哪能呢，我娘忙不迭地说，生怕刘女子不当真。

等你儿考上了大学，还能看上俺侄女？刘女子又看了看我。到那时候，他还愁媳妇？

我娘也看我。

我心跳得扑扑通通的，差一点儿就跳出来了。但我假装听不懂她们的话，埋头吃饭。

再等几年，你儿考上大学，娶一个城里的姑娘，你还在咱这破王畈住？等着吧，等你儿考上大学，啥都有了……

我娘僵在那儿，饭都不吃了，眼里噙着泪。印象里，那是刘女子说话最多的一次。

从那以后，每个星期天我都盼着刘女子能再提到她那个侄女。

我们班里的男生几乎都定了亲，剩下我一个，多没面子啊。也不光是面子问题，我也开始敏感起来，在女生面前碍口。晚上睡不着，老想着刘女子的那个侄女，长得像班里的李娟还是钟莉莉？但是，刘女子再也没有当着我的面提过这件事，我娘也像完全忘了这茬。

我对刘女子的观察也细致起来，尤其是她的胸脯，比我们班里任何一个女生都饱满。还有她腋窝下的毛，葳蕤地挤出来，露出一小撮，黑乎乎的，让人浮想联翩。

整个暑假我都茶饭不香，精神委顿。我娘老是怀疑我生病了，要带我去看医生。我知道自己根本没什么病，真要有病，也是脑子里的，哪个医生能把刘女子的侄女从我脑子里拔出来？我反复跟我爹我娘放话，说我考不上高中，更考不上大学。我其实是想提醒他们，赶紧跟刘女子的那个侄女提亲去吧，别指望我考什么大学了。

不久，我的录取证就下来了，我被县城一高录取了。我娘又喜又愁，高中三年，哪有钱供我啊。

刘女子中午过来，远远地看着我笑。你儿跟人家不一样……

我娘可能是被喜悦冲昏了头脑，乐呵呵地说，配得上你那个侄女不？

她哪有这么好的福气啊，刘女子还是笑。

国庆节，我从县城回来，第三天还没见到刘女子。我娘说，刘女子跑了。

我一惊，跑哪儿了？

跑王建伟家了。

我又是一惊，手里的碗差一点儿落到地上。王建伟和王军过去经常一块出去看电影，王军被抓走后，王建伟吓得也不敢落屋。但王军够哥们儿，始终没咬王建伟。按说，王建伟对王军应该感激涕零才对，怎么好意思霸占救命恩人的老婆？他就不怕王军回来跟他拼命？还有，王建伟穷得叮当响，刘女子怎么会看上他？

回到学校，有好几天，我都跟掉了魂似的。

寒假再回去，听说王军已经释放回来了。我心里困惑更多了，刘女子肯定知道王军什么时候回来,六七年都等了,哪在乎这几个月?

我娘说,王军回来后终日缩在屋里,村里很少有人见到他。他也没去找过王建伟,或者刘女子。

我接到大学通知书的那天早上,我娘说,东头刘女子生了。那是刘女子和王建伟的第二个孩子。

大学毕业后,我留在了县城。虽说离开了王畈,但每年过年、清明或者十月一儿还是要回去几次的。奇怪的是,一个村里住着,我再也没有见过刘女子一次,不知道是她刻意躲我还是巧合。

连 环 死

参加工作之后,几乎每一年我都是回老家王畈过的年。虽然在县城安了家,可总觉得那里没有我的根。

1993年春节,刚出生的儿子回王畈收了好多压岁钱。那时候的农村,压岁钱大多五块十块,还有给一块两块的,给二十块的就相当稀罕了。农村的人情我不太了解,都是我娘替我做决定,哪笔钱要记着及时回礼,哪笔钱不能收……比如三奶那笔,老人一年到头在外卖菜,跟要饭差不多,咋能忍心要她的钱呢?心意领着就是了……王连城跟我们家其实扯不上什么关系,但那天我抱着儿子刚出门就碰上他了,非塞过来一张票子。回去一看,是五十块钱。我娘说,这钱得收下。人家闺女今年就要上高中了,这是想让你照应照应。再说了,别看人家在外打工,一个月挣的快扛你一年了。

王连城是最早到南方打工的王畈人之一,出手这么阔绰,看样子应该是挣到钱了。

秋季开学,王连城的闺女果然考到我们学校。教务处也没阻拦,直接把王菊香编进了我带的班。

有一天晚上,学生到办公室报告说,王菊香哭了一个夜自习。我叫她出来,她还在哭,无论如何也劝不住。我预感出了什么大事，熬到十一点才打听出，她爹王连城死了。

王连城在南方开那种敞篷的货车，在工地上拉土。他没有驾照，但会开车，大集体时代他是大队的拖拉机手。有一晚轮到他值夜班——工地上都是人歇车不歇，可能是瞌睡了，王连城一头栽下车，自己把自己给压死了。这话是我辗转听到的，据说源头来自王连中。王连中是我小学同学，和王连城并不亲，但是王连城把他带到那个工地上去的。换句话说，要不是王连城拉扯，王连中根本就没机会进那个工地。

葬礼那天我也回王畈了。王连中也回来了，说是送王连城最后一程。虽说我们是同学，也没好意思再当面追问他什么。那种场合，好奇跟悲痛不协调。

早上突然下起了雨，雨不大，一点儿也没影响到丧事的进程。村里就有人议论，说王连城死得冤，老天爷都在哭。不久又有传言，说害死王连城的就是那个王连中。王连中跟着他学开车——那时候会开车的少，司机的工资比普通工人高一倍还多——差不多已经学会了，但工地上不缺司机，王连中起了歹心，趁王连城不注意，把他推下了车。王连中的本意并不是要他死，而是残废或住几个月院就好了，这样他就有机会接替王连城的位置了。

我不知道王连城的家人听到这种阴谋论会怎么想，反正我觉得是经不起推敲。为谋一个司机位就害人，还是自己一个村里的熟人，这动机也太不合逻辑了吧？再说了，怎么实施？王连城坐在驾驶座上，坐在一旁的人想推倒他并不容易。还有，王连中要真是想把王连城弄残废或住院，就不怕他之后报复？

接下来的两年，我帮王菊香免了学杂费。这并不算以权谋私，毕竟她也是单亲家庭的孩子，符合学校的减免政策。王菊香最后没有辜负她爹的期望，如愿考上了中专，脱离了农村。这是后话。

王连城的大儿子是个有心人，安排好他爹的后事以后，从原来的工厂辞了工，一个人偷偷地跑到他爹打工的那个工地上想弄清真相。他隐瞒了自己的身份，耐心地在那儿待了半年多，但还是没有找到王连中害他爹的证据。工地上也没有押车的说法，但司机偷着带学徒的现象还是有的。王连中在跟他爹学开车不假，但事发那天不要说王连中推下他爹了，人家是否在车上都没人说得清。也有人说，王连城的事完全是工地上的事故，与王连城自己和王连中都无关，但后者为了得到某种利益，替老板隐瞒了真相倒是有可能。

无论什么说法，都没找到确切的证据。不过，那半年也算没白跑，还真找到了王连中加害王连城的动机。工地上有人说，王连城生前跟王连中的老婆有点不清不白——他老婆在工地的大伙上做饭——两个人还因此打过一架。同样的话王连城的老婆跟我娘也偷偷说过，她让我娘防着点儿那个骚娘们儿——那时候王连中已经生病，两口子也从工地上回到了王畈，王连中的老婆有空还喜欢来我们家打麻将。

王连中的病有些蹊跷，他老是莫名其妙地头痛，去了几个大医院都找不出毛病。吃不好也睡不好，没法继续工作，只好回了王畈，四处找偏方。天上飞的，地上跑的，都做过他的药引子，比如鸡窝里的蜈蚣、河坡上的蚂蚁、水里的蚂蟥、粪坑边的屎壳郎……但都没用，王连中还是一天一天瘦下去。有人猜，肯定是冤死鬼王连城来找他讨债了……

折腾来折腾去，王连中还是不明不白地死了。据说，他死的时候只有 67 斤，猴子一样。

最为怪异的是，王连中和王连城竟死于同一天，阴历九月二十一。王连中受了报应一说愈加盛行，再加上安葬王连中那天出奇的热，不禁又让人联想到王连城入土那天的阴雨。

我后来回王畈，有人指给我看王连中的墓。孤零零地，在村东头的公墓里。那几年，政府开始强制火葬，各村都划了一片地作公墓，说是节约用地。也是巧，王连中成了第一个埋在公墓里的人。

我娘偷偷地跟我说，王连中的咽气炮响过不久，村西头王连城的墓地上也放了一挂长鞭——估摸着得有十万响。

抢　妻

王元明领回来一个老婆,我们都跑去看。

王元明住在村子中间的两间草房子里。房子很小,也很矮,像是很快就要塌掉似的。那个女人从屋里钻出来——女人真是高,也可能是小屋太矮给衬的。但很白,这一点绝对不用什么来衬托——我是说,我长那么大还从来没见过她那么白的人,身上的青筋因此格外耀眼。

大人们都不信,王元明要长相没长相,要钱没钱,谁愿意跟他?更不用说一个漂亮女人!他个子矮不说,品行还差,游手好闲,偷鸡摸狗,是村里最有寡汉条子相的男人。我娘就骂过他,他偷过一筐我们窖在地里的萝卜。背地里,其实我娘也挺同情他的,要是他有爹有娘,还会这样混日子?他已经过了三十五岁了,谁也没想到还有女人愿意跟他。

王元明带着纸烟也带着那个白女人挨家挨户地串门,那意思像是在声明,从今往后他也跟人家一样了,是有家的人了,肯定会安安生生地过日子的。到了我们家,我娘还给了他一袋红薯,他扭捏着不好意思要。我娘说,还让我们送过去?王元明这才将红薯扛到肩上,背了回去。

那女的,王元明叫她小侯,我们后来也一直跟着用小侯来指代她。事实上,王元明在村里辈分比较高,我们应该叫小侯婶、奶才对。但她后来东跑西跑的,我们觉得叫婶或奶让她占了便宜,也开始跟着王元明叫小侯。

有了小侯,王元明也勤快起来,犁地耙地,赶集卖菜,除了爱说笑,其他方面都直追村里的老铁。就连那个白女人小侯也越来越像老铁的女人了,没人见她下过地。要是有人问起来,王元明就学老铁,说家里一大堆活也得有人做啊。

第二年,小侯生了个女儿,也白白净净的,像是缺血。

王元明家热闹起来，女的去，男的也去，白天去，晚上也有人去。我也去过，站在门外看大人们在屋里说话。那小女婴一哭，小侯就赶紧捋起上衣，把奶头塞进婴儿嘴里。我那天是晚上去的，煤油灯发出的光影影绰绰，但小侯的奶就像一坨白光，闪人眼睛。

不久，村里好几家都闹起来。先还是闷声不响的，不敢让外人知道。最厉害的，不过是女人不声不响地回娘家住几天。但王连富家就不像话了，闹得鸡飞狗跳的，全村人都知道了。王连富的老婆怀疑自己男人跟那个小侯有一腿，两个人干了好几架。女人言之凿凿，说亲眼看到王连富两次从小侯家出来。王连富承认去过王元明家，说是一大堆人，能有啥？

小侯的历史随即被翻出来，说她本来就是个骚货——我怀疑是村里的女人们朝她身上泼脏水。小侯本来是窑厂老板的相好，跟人乱搞，老板将她打了一顿。在那儿干活的王元明看不过去，上前劝阻。老板一气之下，说不要她了，既然王元明心疼，领走算了。王元明那个样子，老板原意只是想污辱一下小侯，想到因此还可以赖掉王元明的一大笔工钱，就假戏真做了。

人家那边闹，王元明这边两口子也闹。小侯竟然跑了，把女儿丢在了家里。有人猜是回娘家了，女人生气不都是回娘家吗？小侯是南方人，家在山里面，离这儿很远。王元明翻山越岭找去了，连小侯的影子都没看到。

几个月以后，小侯回来了。两口子并没有和好，听说王元明将她吊起来，狠狠地打了一顿。有一次我听到几个大人在稻场边上小声说，小侯是被剥了精光，吊在梁上打的。几个大男人的嘴里不断地冒出来王元明、小侯，个个脸上放光。直到村里喊吃饭的声音此起彼伏了，他们才恋恋不舍地站起来。

那天我正在河坡放牛，看到小侯胳膊上挂着一个包袱，疾步朝我走来。她穿着一条蓝色的直筒裤，白色长袖衣，袖口挽到手腕上边，露出白皙的皮肤。走到我跟前，并没跟我说话，只朝我笑了一下，脸上瘪出两个小酒窝。我紧张极了，不知道该说什么。小侯很快就走过去了，直奔南边的码头，只给我留下一个背影。裤子将她的屁股箍得紧紧的，绷出一个又圆又满的轮廓。

差不多有一个时辰，王元明也急匆匆过来了。他问我，见没见你侯婶？我说没有——谁让他上个月又偷了我们两垄葱？他不放心，又问，你侯婶没从这儿走？我点点头，说没见她。

当天晚上我爹回来说，小侯又跑了。衣服都拿走了，元明急得……

也不光元明哟，我娘阴阳怪气地接过来，小侯这一跑，得带走多少人的魂儿。

我爹讪讪地，拿起扁担挑水去了。

我爹走好远了，我娘还在嘟囔，早说她根本就不是庄稼人。

我想跟我娘说其实我下午见过小侯，她坐船到河西去了，又怕王元明知道了怪我不早说，两家因此再生罅隙，生生地瞒了下来。

后来，有人说在皮店集上见过小侯，跟了一个做家具的。也有人说，在县城见过小侯，挽着一个老头的胳膊，打扮得比先前更洋气……

王畈又恢复了往日的平静，我们差不多都快忘了小侯了，这时候，又传来了她的消息。那是寒假，我正在屋里看书，王元明进来就递给我爹一盒烟，说是晚上行动，要我爹去帮他抢他的小侯——他在河西肖王街上亲眼看到她了。正要去招呼其他人，转眼看到我，迟疑着从兜里又从掏出一盒烟，让我也过去。我爹说，他小，做活少，没劲。王元明说，没事，壮个人势。

半夜十二点，王元明带着我们出发了。十几号人，分乘一辆三轮一辆昌河，很快就到了目的地。那是个小村，也就十几户人家。敲开门时，小侯和他男人还迷迷糊糊的，待明白过来，我们拽胳膊的拽胳膊，抬腿的抬腿，已经把小侯弄到了车上。谁知道那辆租来的昌河不争气，关键时刻硬是发动不起来。再加上村里的狗也叫，人又喊，我们的车很快就被包围了。

闹到天明，派出所也来人了。小侯没和王元明扯结婚证，她还有选择的权利，况且人家在这边又生了一个儿子，派出所不支持我们这方。

我们只好悻悻离去。

这次抢人之后，有一阵子小侯又重返王畈的主流话题。有人说，汽车发动不起来我们那时咋就没想到把小侯弄到三轮上去呢？人拉到王畈看他们还敢来抢？也有人安慰似地猜，小侯在那边的日子并不比在王畈好多少，看她住的啥房子。还有人暧昧地说，小侯肯定是看中了那男人，人家高高大大的，多壮实……

小侯后来也没和那个高高大大的男人过多久，她又跑南方去了。

王元明呢，十几年没回过王畈了，听说她女儿嫁了个南方老板，王元明给女婿看工地。那个女儿简直跟小侯长得一模一样，但小侯再也没有和他们父女联系过。

那些花儿

小　毛

我没见过小毛，小毛和我们不是一个自然村，她家在谢庙。也可能见过，反正我那时候还小，小屁孩一个，真见过也不知道她好看在哪儿。但小毛的美，在我们王畈七个自然村那可是有口皆碑的。多少年后，邻居大哥提到她还啧啧的，口水差点儿流下来。连我爹这么老实的人，背着我娘也说，小毛是王畈的人尖子。

小毛没上过学——我们这儿的女孩儿大多都没上过几天学，早晚都是人家的人，上学不是白花了钱？小毛跟人家又不一样，她一天学都没上，稍微大一些就开始照护下面的妹妹，还有两个弟弟。等妹妹弟弟大了，她又开始在生产队里挣大人的工分了。

跟别的女孩儿一样的是，小毛也是老早就定下了亲。小毛的爹是那种一泡屎都要憋到庄稼地的本分男人，诳话不多，闷干活，上工时是，回到家也是。但小毛的好看给她加足了分，来攀亲的男方是干部家属——他爹是另一个大队的会计，说起来也算门当户对。

男方急着要人，小毛的爹娘没答应。小毛才十六岁，再等等。等到十八岁，小毛的爹还是那句憨话，还小，再等一年吧。也不是真顾虑孩子小，小毛的爹其实存了私心，一大家子人还指望她挣工分呢，多留一年家里就多宽裕一年。

不知道是赌气还是巧了，男方那年冬天验上了兵，参军走了。军属是很光荣的事，门前钉块牌子，光闪闪的不说，过年过节上边还送张军民一家亲的画，算是慰问。但婚事还没办，军属光荣与这边无关。小毛的娘有点急，怕夜长梦多，耽误了闺女。爹却不急，光荣还不是早晚的事？那时候还没多少人敢毁亲，更不用说双方离得这么近。

男方从部队寄来的第一封信，小毛找一个小姐妹读了。信上说他们正在训练，几个月后就会分到连队。吃的不错，有白菜豆腐，有时候还有肉丝。只是最后一句话有多个版本，有说是“探亲回家一定去看你”的，有说是“代问咱爹咱娘好”的，还有说是“寄张你的相片给我”的……

小毛不识字，回封信还得找人代写，像在人家面前脱衣服，难为情不说，还传得乱七八糟的，回信就少了。有来没往，那边的信也越来越少。外人看不出小毛的悲喜，一上工就忙起来，哪还有心想那些轻闲？就怕十冬腊月，秋收一毕，地里净了，人闲得无聊，男的围一堆女的围一堆，没事儿也能说出个事儿。小毛呢，没有堆可围，村里跟她上下差不多的女孩子一个个都嫁出去了，就剩下她自己，跟人家扯不来。刚起来的这一拨吧，太小，还都是花骨朵，只知道嬉笑打闹。新嫁过来的那些小媳妇倒是与小毛年龄相当，到底是开怀过早，没遮没拦的，小毛稍一不慎，心尖尖就被人家戳得颤巍巍的。听说，小毛箱底藏了 13 双花花绿绿的男式鞋垫就是其中一个小媳妇给翻出来的。

新兵头一年不能探亲，但人家的相片回来了。相片裹在信里面，新兵浑身上下一身绿，军帽军褂军裤军鞋，英武着呢。小毛小心地把相片藏到自己枕头底下，每天临睡前拿出来看一会儿。信也没有请人读，一读人家还不知道里面夹了相片？看相片的时候小毛也会看看那封信，那些疙疙瘩瘩的东西到底啥意思她当然不知道，小毛的夜晚因此被想象填得满满的。

第二年腊月，当兵的回来探亲了。事情有点突然，本来说回不来的，部队临时有任务。既然回来了，那边就来提亲，也知道着实仓促，但毕竟是个机会。再等，就只能一年以后了。

这次小毛的爹同意了，娘却反对。娘本来是好意，小毛在娘家累死累活，这样匆忙走了，委屈呢。小毛不怕委屈，但她不好意思站出来说话——婚姻大事当事人那时候都羞于发言，尤其是女孩儿。

年根上的天总是短，一晃就过年了。过年当兵的也来叫了——准媳妇到男方家过年是我们这儿的习俗——小毛也羞羞答答地去了。两人路上中间隔了几丈远，话传到小毛爹娘那儿，还引出一阵好笑——要真离得近了，爹娘都觉得不好意思。

按说一两里地的路，晚上吃罢年夜饭拿了压岁钱就该回来的——这是女孩子的规矩，不能给左右邻居留下话柄。小毛一家人把一个树墩的火烤剩到几点火星了也没等到人回来。小毛的娘就有点挂不住，大初一的也没出门，怕人家问。

小毛在男方家住了三个晚上，回来是趁着傍黑。邻居听到小毛的娘压着声音骂，有你这样的女子不，还没过门就住到人家屋里不回来?！你不要脸我们还得要脸啊！贱货，还回来干吗，有种别回来啊……也有人说，小毛还挨打了，屋里噼里啪啦的，长凳子都打折了。

有一点是肯定的，年三十晚上之后，王畈再也没人见过小毛。她躲在自己屋里，又睡了两天。小毛的娘气不过，也不管是在院子里还是厨屋里，想起来就会骂几句。死妮子，多留你几天还留出仇来了……

过罢破五的第二天，小毛不见了。一家人也不敢声张，不声不响地找了一天，北庄也去了——小毛回来那天人家当兵的就归了队。小毛的娘恼羞成怒，顾不上脸面，站在院子里又骂了一通。

小毛被弟弟发现时，身子已经硬了。她喝了农药 1605，平躺在西坡一个没来得及拆掉的瓜棚里。身上也拾掇停当了，新花袄棉裤外面罩着崭新的军裤，从上到下都是当兵的送的。多少年后，小毛的娘偶尔还会念叨小毛的好，说那个死妮子就是好，到死还在为这个家着想——死在外头不说，还怕大过年的给家里招灾，硬是熬过了破五……

下葬那天，北庄也来人了。后来传出话，说是从小毛箱子里找到 7 双男式鞋底——小毛爹的脚也没那么大。小毛给当兵的纳的，连她娘后来都疑惑，那妮子啥时候做的呢？都烧了，包括那些鞋垫——听说要是过年不送出去,差不多有20双。十几天之后,当兵的才赶回王畈——没人给他翻电报,据说会计只是在家信里提了下这桩自行终止的亲事。

改　毛

改毛是小毛的妹妹,比小毛小三岁。据说生改毛时,爹一看又是个妮子,不太高兴,随口就给她取名改毛,意思是下一个得改一改了,改成男孩。

改毛的事我听得更多,毕竟她的年龄离我要近一些。都说改毛比她姐还好看——我不信,讲小毛的时候他们说这十里八乡再也找不到比她更好看的妮子了,讲改毛的时候又说改毛是王畈最好看的妮子,敢情死了的都是最好看的。

改毛到十八岁才定亲,可是爹娘吸取了小毛的教训。日子也没拖,定下亲事当年就答应男方把人送过去。嫁妆是现成的,本来给小毛准备的:高低柜、箱子、洗脸架、新纫的被子。凡事预备妥当。腊八头一天,改毛去河西大姑家送礼,表姐结婚。河东河西规矩虽不太一样,但娘的意思是让改毛看看表姐的嫁妆,高低一比,改毛就知道自己爹娘的好了。

哪儿送亲都一样,头天晚上少不了兵荒马乱。屋里一连摆了三桌,再加上小孩子来来回回地窜,大姑家就像一个大戏台。第二天一早,新娘子又哭哭啼啼不愿出门——也不是真不愿,是想让亲戚朋友知道新娘舍不得离开爹娘。大姑也哭——爹娘的哭要真诚得多,别说是养了十几年的闺女,就是喂了一年的猪,年根上要卖出去也不舍啊……诸事停当,才有人发现改毛不见了。细一问,昨晚就没回来歇。一干人都惊了,八天之后就是改毛的婚期,能不惊?大家都心照不宣地想到了小毛。

改毛跟货郎跑了。

那货郎,其实也是王畈的熟客。豁嘴,但不严重,吐字还清楚。

一年到头挑着担子，摇着拨浪鼓，走村串户。货担里除了针线布头，还有麻花、糖豆以及女人的头绳头巾——都是女人小孩儿喜欢的东西。

货郎那天正好悠到了河西——改毛后来跟别人说，之前她对他并没有啥好感。她那天从货郎那儿买了条头巾，当时在场的一个小孩儿也证实。也有人说，不是买，是货郎为了引诱改毛送的。

我现在愿意用一个作家的想象力来还原当时的场景。改毛遇到货郎，时间应该是傍晚——这个时候身在异乡的人总会无端生出些无助情绪——他乡遇故知，两人虽说算不上“故知”，但毕竟是熟人，肯定难掩心中的惊喜。“你咋也在这儿？”小姑娘嘛，话自然会一惊一乍的。货郎是什么人，见多了人世间的冷暖，闭着眼也能感受到改毛话里的那股亲热劲儿。不用说，改毛那天打扮得也漂亮，走亲戚嘛。货郎动了心思，反正改毛身边也没大人。也可能货郎早就垂涎这个小姑娘，正苦于没有机会。改毛春心稍一萌动，即被货郎捕捉，花头巾旋即送过去。再辅以三言两语，改毛想不动心都难——货郎嘴皮上的功夫不用怀疑，走南闯北的，早练出来了。

豁嘴也就算了，关键是那货郎一无所有，改毛和他只好住在生产队的饲养室里。这边改毛爹娘得到消息，左思右想，终不甘心，带了十几个人去抢人。改毛不知道是被货郎藏了起来还是自己压根儿就不愿意回去，反正连人影都找不着。事后掐指推算，那时候改毛已怀上第一胎。

改毛第一次回娘家，怀里搂着女儿。爹娘冷着脸，不让货郎进屋，还扔了人家送来的一麻篮油条。邻居半夜里听到改毛娘到屋后小树林哭诉，大的那样了，小的又这个样，我倒是上辈子作了啥孽哟……

一晃几年过去了，改毛又生了个儿子，那边的日子也越来越好过——货郎在集市上租了间房子，卖小百货。改毛也跟了去，守摊。好消息不断传到王畈，改毛的爹娘才算舒展开眉眼：私奔本来就坏了门头，小两口日子过红火了对他们也是一种安慰。

可是，好日子没有长久，改毛又跑了。货郎还以为改毛爹娘心结未解，怏怏地来王畈要人，这边才知道。

货郎从此一蹶不振。为了找改毛——小的还在吃奶呢——生意也停了，货郎带着儿女重新搬回乡下的饲养室。漫无目的地找了两个月，有人可怜他，小心地提醒，你问问那个染布的。货郎细细回望前尘往事，这才恍然大悟，怪不得染布的也突然不见了。

货郎在供销社里找到染匠老家的地址，当晚就找了过去。染匠有老婆，还有三个孩子，大的都十七了，染匠哪敢带改毛回家？

货郎决意一个供销社一个供销社地找。功夫不负有心人，终于在几百公里外的一个小镇上找到了。但没见改毛。染匠说，改毛只跟了他四个月，又跟一个打家具的跑了。

货郎无心再找，回到家等她自己回去。

差不多有六年，王畈这边没有改毛的消息。货郎那边也一样。他们的女儿长到九岁，货郎突然接到一个信息，说改毛人在信阳市区附近的某个山脚下。货郎没来得及捎信到王畈，匆忙带上一儿一女赶了过去。他已经过够了既当爹又当娘的日子，也厌倦了独对漫漫长夜的煎熬。带上一双儿女，是为了增加打动改毛回家的砝码。然而，终是难续昔日好运——改毛死了，撩人的眼睛再也无法闪动了。货郎战战兢兢掀开改毛身上的白布，她的脖子被割掉，只剩一点外皮和身子连着。

关于改毛的死，传言也多。有说是货郎杀的，改毛滥交，货郎被逼无奈。也有说跟货郎无关，改毛辜负的人太多。查来查去，改毛的私生活轮廓渐显，她与七八个男人有染……

改毛的照片我倒是见过，是她最小的弟弟藏起来的。跟小毛一样，改毛死后，家里把她所有的照片都烧了。那张照片很小，黑白的，改毛站一个巨大飞机后面——当然是布景，假的。那布景占了照片的整个空间，改毛只占了照片的五分之一，或者更少一点。总之，改毛一点儿也不像照片的主角。

上吊女人

小院挤满了人,像看戏。我个子小,看不见,只听到周围人的解说。人还吐着舌头。墙上踢的都是鞋印。衣裳是新的,结婚那天穿的……上课铃突兀地响起来,激起一股反向涌动的人流。我也没命地朝外挤,试图从人缝里钻出去,慌慌张张,鞋都掉了也顾不上穿。

事情的旁枝末叶都是我之后一点一滴收集到的。女人上吊时,儿子还不足一百天。邓姓男人也不隐瞒,承认头天晚上小两口生气了,打了一架——打架在这儿语义并不准确,事实上双方没有互动,严格来说,应该是男人打了女人一顿。

女人是北边的侉子——那时候,但凡好一点的家庭都不会舍近求远与南边的蛮子或北边的侉子结亲。邓姓男子是穷,没有更多的选择,不得已。但这个侉子人不赖,老实本分,这是邓姓男人后来自己跟人家说的。

事情还没完。女人下葬后,隔壁周家女人突然无先兆地成了巫婆。说突然,是因为周家女人之前在生产队不声不响,甚至在家里都很少说话。那一天傍黑,周家女人突然就趁着夜色咿咿呀呀地唱起来:“我死得冤,我祖祖辈辈清白几世,恪守妇道……”俨然从另一个世界转世回来。周家上下无不惊奇,她唱的竟然是那个刚刚上吊的邻居。而更加诡异的是她的唱腔,简直跟上吊女人一模一样——北方侉子口音重,一般人想学都难。

用我们王畈的话说,这是鬼上身了。周家人一夜没睡。没法睡,周家女人一直不停地哭、不停地唱。

第二天上午,周家着急起来,老这样唱下去怎么办?别说是人,就是一台柴油机长此下去也会有燃料耗尽的一天。周家不敢再家暴,血淋淋的例子就在眼前。况且,周家女人这会儿也不知道疼痛,更不用说羞耻了。队长试着过来威胁,说这是封建迷信,再搞下去非送公安局。要搁平时，别说威胁了，队长一个眼神周家女人就吓得屁滚尿流。但这个时候她还真成了鬼神，根本不屑于人间的权势。不得已，周家把人交给了倒霉的邓姓男人——侉女人虽死，但他还活着，活着就得为老婆的错负责任。

邓姓男人去请赤脚医生，人家摇头，说这是邪病，还是得用邪法。转身又去请阴阳仙。阴阳仙酒足饭饱之后，闭目掐算，说得敞坟——挖开坟，打开棺材，暴尸。这其实是一种羞辱，乡下最恶毒的羞辱。邓姓男人没有理由拒绝，周家女人是无辜的。他肯定被折磨得精疲力竭，对死去女人的愧疚恐怕早已经转为怨恨。

坟敞开，棺材头上按阴阳仙的指令钉进去一枚大钢钉。听人说，还真神奇，那边钢钉一锤下去，这边唱腔应声而止——这说法当然玄乎，当时又没有手机，谁来证明是应声？但周家因此多了一个能通阴阳的巫婆倒是真的，此后差不多十年，方圆十几里来找她求神问卦的络绎不绝。周家因祸得福，据说屋里再也没短过鸡鱼肉蛋。这是后话，当属另外一个故事。

邓姓男人的伤悲却没有应声而止。本来就穷，现在又加上一条：命硬——新媳妇过门不到两年就死了，谁还敢再朝火坑里跳？邓姓男人从此没有再婚。

他就住在村庄第一排的路边，出来进去都能看得到。几十年了，他给我的印象就像一尊石头，坐在门前的小矮凳上，样子猥琐，也很落寞。从女人撇下的那个儿子磕磕绊绊长起来的身影看，男人给过他爹的安全，也给过他娘的温暖。但男人毕竟代替不了娘，衣服缝补得有些歪斜，小身板也有些孱弱——瘦筋筋的，一副营养不良的模样。稍微大了些，可以跟在别人后面出去打工了，屋里又剩下邓姓男子自己，依旧落寞地坐在廊檐下，身后的房子越来越破。我常常替他操心，他要如何挨过那无数个无人陪伴的孤寂长夜……

日子就那样凄凄惶惶地过完也罢了，偏偏邓姓男人的老娘也莫名其妙地一病不起。说是老娘，其实还不算老，五十刚出头，搁城里，说正当年也不为过。老娘一生没有过好日子，年纪轻轻就守了寡,拖着儿子一直没走,直到娶了儿媳妇。一个家,全是她一个女人撑起来。男人越来越理解老娘的苦,因此在老娘面前言听计从。

在床上熬了半年,自知时日不多,老娘弥留之际向儿子道出隐情。娘该死,这是报应。我跟你根爹暗里好过几年——你那时还小,啥事我得找个人商量。不想那天半晌午你女人歇憩回来奶孩,正好碰上你根爹和我在里房说话……你女人生气了,阴沉着脸。这下她可抓住我的把柄了……我害怕人家骂我破鞋,也害怕你生我的气,咋弄呢,只好反咬她一口,说她跟人家眉来眼去……这些年,我也没得安生过,老是梦到你打她时的场景,她也不犟,就知道嘤嘤地哭……一闭眼梦里全是她坐在地上闷声哭的样子……我对不住她,对不住你们老邓家,对不住你……

邓姓男人一口气没过来,差点也晕死过去。真相迅速传开,像当下的反转剧,一波三折,一咏三叹。当时还有其他亲人守在身旁,想瞒也瞒不住。

今年清明回王畈,又见到邓姓男人,瘦骨嶙峋的,两个眼睛凹陷着,像一具骷髅。他还是坐在门前,孤苦伶仃的。我暗自算了一下,从小学毕业到现在,不经意间已经过去近四十年,他儿子也差不多这个年纪吧?我特意问了村里的留守老人,才知道那孩子娶了个四川女子,一起在南方打工,很少回来。

不回也罢,千万别走他爹的老路。

盼　盼

耿老师一连生了两个闺女之后就急了。农村得有儿子,男劳力多挣工分是一,传宗接代也少不了。耿老师虽说是老师,到底还在王畈,当然也盼着能有个儿子。老二一落地就取名盼盼——王畈有好多这样的先例,闺女一叫改叫望叫盼就能如愿。不想耿老师盼了四五年,却盼了一场空。老三又是一个闺女。那时候,计划生育风声渐紧,耿老师的男人又是镇上的干部,老三出生的同时不得不结了扎。

等盼盼也长到上学的年龄,妹妹就成了问题。耿老师要上课,总不能课堂上还背着个小家伙吧?耿老师和男人一合计,盼盼牺牲两年吧,把妹妹先照护大。

一牺牲就是四五年。妹妹大了,该入学了,盼盼也成了小大人,家务做得得心应手。真要和妹妹同时报名上学了,她自己也别扭起来。耿老师没有撺掇她,反正家里的田地也得有个人照应。

耿老师是一个特别和蔼的老师。我喜欢去他们家做作业,在那儿我老是受表扬,而耿老师的两个女儿就不一样了,总是被批评、被斥骂。教了你多少遍,还不会?!猪脑子啊,手把手也教不会你……这时候,盼盼总是在一旁抿着嘴笑。我从来没听到过耿老师吵盼盼,连一句重话都没说过她。赶上十冬腊月,家里没什么活儿做,盼盼就坐在屋檐下的太阳地里,手笼到棉袄袖子里,暖洋洋的,神仙一样。我们呢,则围在小桌旁写作业,直到小手冻得握不牢笔。

村里的初中停办,镇上又容不下那么多学生,只好通过考试选拔走一部分。盼盼的姐姐妹妹都没有考中,挨了一顿饱骂之后,还是到了镇上——耿老师那年春上转正了,秋季开学正好调到镇中学。

到了男女生碍口的年龄,见到同龄的女生我就紧张。盼盼比我长一岁,却不避讳,见面还是老远就打招呼,大学生回来了。

那几年,寒暑假经常见到她。我们家在村子最西头,盼盼去西坡做活拔菜都要从我家屋后过。我即便在屋里也能听到她跟我娘在外面说话的声音,明儿个赶皮店,萝卜再不卖都糠了;听说这几天北庄有人偷姜,可得防着点;葱可以再朝后压两天,这两集一直在涨……

我上初三那年,盼盼定了亲,和谢庙一个姓潘的。那姓潘的我认得,我们曾经是小学同学,他弟兄四个,一个比一个恶。盼盼咋能嫁给他呢?我心里异常失落。我娘说,耿老师是想让盼盼招个上门女婿，给他们老两口送终。耿老师还说，三个女子中还数这个不识字的盼盼最懂事。

那一年的暑假，我拿到了县城高中的录取通知书，盼盼的姐姐又没考上。午后，我坐在东屋山阴凉地里的躺椅上看闲书，盼盼下坡，胳膊底下夹了个小塑料凳子，右手拿着把小锄头。我娘招呼她，正热，先歇一会儿吧，还早。盼盼竟然真过来了。我赶紧站起来，我还穿着大裤衩子哩。

盼盼说，热劲儿快过去了，现在都两点多了。

我那会儿正春风得意，立即纠正她。错了，地理书上说，下午两点才是一天中最热的时候。说完我就后悔了，不该在没上过学的盼盼面前搬弄学问。

盼盼笑，还是读书好，知道得多。

我娘在一旁解释，庄稼人是越热越得下地，不热草咋能晒死呢？

我递椅子给盼盼，她没要，问我啥时开学。我说快了，不到一周了。她叹了口气，有智吃智，没智吃力……

县城离王畈更远，十天半月也难得回去一次。断断续续地听说盼盼的姐姐被安排到了镇里的供销社，妹妹进了国土所。本来还想再安排盼盼的，但盼盼大字不识一个，耿老师他们心虚，也没好意思再提。

寒假回去，娘让我去地里拔两棵葱。我去了，见北头有座新坟，花圈被雨雪打得凌乱不堪的。忍不住好奇，问坡地里忙活的人，竟是盼盼。我大惊，不相信，盼盼？对方嗯了一声，不冷不热地又重复了一遍。盼盼。喝药死的。

手空着回去了，忘了拔葱。娘的眼泪也被我惹了出来，可怜啊，还不是想着上有姐下有妹的，咋就不让她上学呢？想不开……

以前就想得开？我还没细问，娘就接了过去。以前？以前心里肯定也想不开。想不开有啥用，十几岁了还能从头去上学？

吃饭的时候，娘才细说，盼盼去城里给她姐姐送亲回来跟我讲，她出了大丑，让城里人笑话了。在饭店吃饭，盼盼中途急着出来上厕所，蹲那儿办完事才发现周围都是男人……她要是识字，还能进了男厕所？

我没头没脑地问，盼盼的亲事咋办？

人家姓潘的倒是好，娘说，还来吊孝了，哭得可痛呢。

那天晚上我半宿都没睡，老想着最后一次见盼盼时的情景。盼盼那天穿着件半截袖，白底暗花，圆领，露在外面的皮肤晒得红红的。下身是轻薄的高腰裤，不见身材，但便于下地，凉快轻盈。脚上是凉鞋，没套袜子。她的脚太小了，小得让人心疼。楚楚动人，大概就是那个意思吧。一头浓密葳蕤的头发，那么有活力，怎么就会死了呢？她去地里锄草，地里的草是锄尽了，她心里的草却长了起来……

无论啥事，乡下总少不了推测和猜度。很快，我又听到了一个版本，说是秋后的一个晚上，盼盼从河里洗澡回来，被人拖进了菜地里……战战兢兢地过了两个月，盼盼才发现自己身上的异常，又不敢跟爹娘说，才走上不归路。

不管哪种说法，盼盼一走，我发现我的青少年时代也突然结束了。老实说，盼盼并不多好看，但她曾经是离我最近的女生。每次我快要忘了她时，都会拿出那张照片端详一阵。照片是她妹妹给我的，盼盼穿着她姐的衣服，乔其纱长裙，的确良白衬衫——那时候城里的女学生都那样穿。盼盼靠在画在布景上的假楼梯旁，一只手握着本书。这个姿势肯定是盼盼自己设计的，我猜。

秀　秀

腊月间一场不大不小的雪，让王畈年前年后没有了好路。我在屋里憋了几天，老想出去透透气，凑个热闹。小卖部是我们王畈最热闹的地儿，靠公路。虽然路面早看不到柏油了，但人来车往的，雪早化净了，路比村子里面干爽。

一踮一滑地走过去，那里已经人满为患。屋里闹哄哄的，年轻人在那儿打麻将、斗地主,老年人排在小卖部的屋檐下晒太阳。我在边上找了个空儿,听老人们聊天。忘了谁说到钱了,有人开始为王畈的有钱人排序。秀秀,怕旁人不清楚,说的人还特意加了个定语,谢庙的秀秀,这两年不得了。我不信,就那个多大了嘴上还整天挂着鼻涕的小女孩?其实,也没什么大惊小怪的,这个世道就是盛产富翁。惊奇之后我又兴奋起来,问那人秀秀做的是啥生意。一圈人都笑,啥生意,你说不用厂房不用本钱的生意能是啥生意?见我一头雾水,有人揭开谜底,卖肉。哦,我明白了,他们的意思是秀秀做小姐,卖身。

说起来,秀秀还算我的侄女——我表哥的女儿。小时候的秀秀肉乎乎的,两道鼻涕一天到晚挂在嘴上边,生怕饿着了。在村小上到五年级,秀秀没考上初中,自己不上了。从那以后,我就再也没见过她。晚上吃饭时我装着无意中提起秀秀,娘说,秀秀去南方了。像是怕我不明白,娘随后又补了句,挣大钱去了。挣大钱在王畈是特指,特指做皮肉生意。我娘自然知道得比人家多,说秀秀也是没办法,不出去还咋做人?她被邻居强奸了。表哥怕影响秀秀将来找婆家,没敢声张,答应私了,请我爹去调解。所谓调解,无非是在中间传个话,这边不报官,那边给个能接受的赔偿。说到底,也是一次生意。

来年在她奶奶的葬礼上我又见到了她。还真是从前肉乎乎的样子,但嘴上干干净净——干净得像新生的婴儿。从她在葬礼上的穿着打扮应该能看得出,秀秀的生活品味不低——她那天穿了身庄重的黑。王畈人当然不知道,那是国际上葬礼的通用装束。秀秀跟西方接轨哩。黑西服黑西裤无意中把秀秀的皮肤衬得更加白皙。秀秀就这一个优点,这是她娘过去经常跟人说的一句话。听起来低调,又不失骄傲。这优点在一个成年女人身上更珍贵,人一白就显嫩显水灵,像吃了唐僧肉,还不显老。

因为急,买不到车票,秀秀是开车回来的。车就停在大门外面,铮亮铮亮的,很是耀眼。不是炫耀,是大门太窄,停在外面实属迫不得已——也许秀秀的爹娘做梦都没想到自家院子里能停上一辆小车。乡下人都不懂车,我也是,我们只在茶余饭后二十万三十万地瞎猜。

秀秀的奶奶活到了八十岁,算是寿终正寝。葬礼上我特意观察过秀秀,她哭得不愠不火,跟一般人没什么两样。她的眼睛也不见传说中的妩媚,甚至有些呆滞。迎面碰上,她叫我表叔,问我家庭、工作,三言两语都是礼貌。我回问她的工作——说实话,我没怀好意,企图一探人性丑恶——秀秀轻描淡写,同样三言两语,似不足挂齿。葬礼结束,我得出结论,秀秀虽文化不高,但言谈举止,待人接物,早已非王畈农妇能比。

到了年底,秀秀又开车回来了。这一辆更好,崭新崭新的,高且大,说是越野车,叫什么巡洋舰。我没记住,反正名字挺吓人的。年后串亲戚酒桌上再见,她怀里抱着还不到一岁的儿子,不等我们问起,就主动说,孩子他爸是南方人,怕冷,不敢回来。这解释犹如酒宴上的一盘凉菜,早预备好了,随时等人来取。也可能是真怕冷,到现在她那个"孩子他爸"也没来过王畈。

去年过年,我见村头停了辆宝马,牌号是粤,正费心地猜想王畈谁又在外面发达了,秀秀开了车门出来和我打招呼。她那天穿了件暗红色长大衣,并不厚,质地却相当考究,有一种君临天下的威仪。我再次怀疑有关她的那些传闻,秀秀的举止衣着不像做那种事的人。再说了,指望做皮肉生意买宝马委实困难。不过,我的思路还是被困在那条线上,难道她是老鸨?也有人说秀秀没有卖,她做了人家的二奶——还是卖,更巧妙而已。更有人说,秀秀的男人黑白通吃,明着是某局局长,暗里是黑社会老大。说的人言之凿凿,秀秀就是因为生了两个儿子,地位才提上去的,才坐上了宝马。但话都没经秀秀证实,终是飘着。

有了微信我才对秀秀的情况有了更加直接的认识。但她始终像罩着一个面纱,微信中要么是心灵鸡汤,要么干脆是一组风景照片,很少涉及自己的生活。我记得她只发过一次自己的自拍照,一套得体的职业装。客观地说,秀秀的形象相当淑女,与性感没有一丝关系。她在工作?她还需要工作?有一天她突然在朋友圈发了一组她自己的照片，全是她在丽江酒吧热舞的镜头。文字依然很吝啬，寥寥几行，意思是她刚刚恢复自由身，准备重新开始。那些文字就像学生时代的阅读理解题，虽说照亮了秀秀的一部分身世，但又生出更多新问题。男人放手了？既然放手肯定会有相当的弥补，秀秀毕竟有两个儿子。或者是离婚，从前的一切都是外人妄加的推测？她只是一个普通人，嫁了一个拆迁户……

恢复自由的秀秀比先前更恣意，把父母接到南方去了，弟弟妹妹也接过去了，又添了一辆奔驰商务。在她那个城市打工回来的人说，秀秀如今可不得了，除了从男人那儿分到一大笔钱之外，另外还得到了两间商铺、一个加油站，外加一个酒店……

小　　红

小红的命与她娘息息相关。

妯娌俩搁气，她娘年轻，将对方摁倒，塞了一把稻草进其裤裆。小红那年十岁，或者十一，其他都忘了，唯独记得娘骂大娘骚货那话，说她生的妮子也仿她，好不到哪儿去。娘嘴里的那个好不到哪儿的妮子就是秀秀，小红的堂姐。小红娘当时可能觉得委屈，因为婆家侄女的事自己在外被人耻笑抬不起头，多窝囊啊，于是借机出了这口气。不曾想，没过几年，她就被那个婆家侄女带回来的钱俘虏。

小红比秀秀晚生了七八年，等她稍微大了些，娘早等得不耐烦了，急巴巴地让她辍了学，跟她秀秀姐一块儿出去打工。人都传着，小红走的时候娘一再叮嘱，好好跟你姐学，让你娘腰板也硬起来。

偏偏这小红在学校表现出色，几天不见，老师骑着摩托车来王畈找。怕小红爹娘不信，老师还拿了小红初一、初二的成绩单，外加一沓打满了大红对号的试卷。小红的爹被老师说动，娘却及时出场，说我们村王本顺可是考上了大学，毕业回来还不是打煤球卖？他打的煤球还不如他爹一个没文化的人打的好使呢。老师哑口无言，悻悻而去。

小红比秀秀好看，这是王畈公认的。个头比秀秀高，身子也比秀秀苗条。至于脸型，公平地说，锥子脸和圆脸没有什么高下之分，只要看着舒适、看着大方，都算好看。可是——问题往往就出在这恼人的可是上，小红的运气不如秀秀好。

小红初到南方，因为有秀秀罩着，很容易就进了厂。那时候小红还未成年，在厂里圈了一年，过年回来像沥尽水的鸡，黄皮寡瘦的，没有一点年轻人的朝气。她娘不但不心疼，还比鸡骂狗的，暗喻小红不给她争气。小红一狠心，没过完破五就走了。

几个月之后，电话打回来，小红说找到活儿了。娘问啥厂，小红说，你想让我进厂？娘说，厂里一年到头见不到外人，有啥意思？小红不接娘的话，说她再找不到活儿就得讨饭，兜里的钱早花光了，已经吃了两星期的方便面了。娘也不接她的话，说你秀秀姐不也是打那时候过来的——无论小红说什么，娘总是能扯到秀秀身上。两个人自说自话，像不在同一个频道上。小红家当时还没有装电话，更没有手机，电话打到了邻居家，话是邻居家传出来的。

小红的新工作在洗头城。她娘心里感慨，城里人总让人琢磨不透，头按说金贵吧，却随便让别人摆置。洗头城就洗头城吧，反正经常摸城里人头的人，离城里人还能远了？多少年后王畈人才知道，洗头城其实名不副其不实。

说是城，其实就几间房子，每间房子分成几个隔间，用薄薄的布帘隔着。别说是说什么话，就连脱件衣服的窸窣声也能听得出来。明珠暗投到这样逼仄的地方，小红自然鹤立鸡群。很快，她就被一个大款看中。大款第一次出场，也是气势磅礴——后面跟着两个马仔。吃饭去的是一家五星级酒店，小红还以为那是大款他们日常用餐的地方，饭没吃完就开始计划秀秀那样的生活了。

没出一个月，伟哥的大款角色再也演不下去——也不用演了。他被人呼来唤去，今天带着自己的一班小混混去砍人，明天又去帮人砸场子。小红想抽身，已经身不由己。

生下女儿后，小红回王畈休养了一段时间。跟秀秀不同的是，小红的男人来过王畈，而且住了很长一段时间——有人说，伟哥是犯事了，来王畈避风头。但人家在王畈出手大方倒是眼见得着的，只要出门，回来总是大包小包，给爷爷的鸭绒袄、给奶奶的大衣、给爹的皮衣、给娘的深靿马靴……嘴还甜，一家人就不用说了，外人来，不叫叔就叫伯，那个家常啊。娘也想开了，没有秀秀那样的福贵也算了，有一个这样的家常女婿也不错嘛。

按说，小红娘的目标已经一降再降了，但没想到伟哥却有自己的打算。小红回到南方，家常女婿突然不见了。一个大活人就像空中的羽毛，小风一吹，突然就无影无踪了。小红不甘心，问遍了他身边的人，找遍了他经常去的地方。这一问一找不打紧，别说伟哥这个人，连他那个名字都不一定是真的——怪不得他叫了个这么普通的名字。

人没了，有关他的消息却时常真真假假地传过来，被人砍断了腿，没脸再见小红；卷入一场火拼，被人砍死了……

等了两年，小红才又成家——还担心着那个伟哥回来找茬哩。这次听说还不错，小红嫁了个公务员，好歹是公家人。家安在了乌鲁木齐，男方工作的地方。从那以后，我再也没有见过小红一次。

小红撇在王畈的那个女儿倒是经常遇到，落落寡合的，听说一年到头说不了几句话，身上一点儿也没有伟哥的那种喜翘劲儿。2016 年冬天的一个早晨，她从学校不辞而别，老师的电话慌慌张张追到王畈，我表哥还一无所知。

那孩子独自去了南方，没有找她娘，短信里说她谁也不靠，要凭自己的能力闯荡天下。小红稍有宽慰，有志气，比她当年强。可孩子毕竟只有十五岁，尚未成年，不能让人放心。辗转打听到她的工厂，长途大巴下来又换乘了几次公交，终于找到地方。正值下班时间，厂区里到处都是年轻姑娘。小红突然有点头晕，恍如时光倒流，美好人生重新炫目开场。

殇之歌

1

二花是我头枕上的事。但我避不开她，因为她死那天我正好出生，人家见到我自然会想起她。二花短暂的一生就这样从他们嘴里给兑完整了。

二花是独生女，之所以叫二花，是因为她前头本来还有个大花，长到三岁时，生病走了。二花生得好看，这一点几乎是众口一词。我见过她跟另一个小姑娘的合影，两个人站在镇照相馆里的天安门布景前，看不出她有多好看——也可能是因为摄影师为了照全天安门，人反而太小了，看不清。长大后我才明白，对一个死了的人，谁会吝啬形容词呢？

二花没上过学——我们这儿的女孩子大多都没上过几天学，早晚都是人家的人，上学不是白花了钱？二花跟人家又不一样，她是一天学都没上。二花的爹是那种一泡屎都要憋到自家小菜园的本分男人，诳话不多，闷干活。上工时是，回到家也是。但一家有女百家求，二花竟然被大队的小学老师李春光相上了——这也间接证明了二花长得不算难看。

男方急着要人，二花的爹娘没答应，二花虽然早出落成大姑娘了，但年龄小，才十六岁。等到十八岁，二花的爹还是那句憨话，孩子小，再等一年吧。可能是舍不得，家里就她一个小的，走了多闷啊。也有人说，二花的爹当年存了私心，一个劳力的工分呢，多留一年家里就能多分点口粮。

二花的娘别大惊小怪也出不了事儿。那年春上，人一走动就出小汗了，二花还是不愿脱掉棉衣换夹衣。她娘警了心，晚上突然跑到闺女房里,发现了秘密。发现就发现呗,二花娘没沉住气,咋咋呼呼骂了她一通。农村都这样,气头上,爹娘骂闺女都没什么好话。第二天上工的时候,那些小媳妇们就躲着她说三道四的。年轻人守不住也不是什么大不了的事儿,提前结婚呗。可没过几天,李春光那边好像听到动静似的,过来退婚。

二花喝的是农药1605。保管员最先看到的,可能是喝的多了,人还没走出生产队的那间小屋就倒下了。赴死的决心很明显,身上早拾掇停当了,新花袄、新笼袄褂、新棉裤……从里到外全是预备结婚那天穿的。多少年后,二花的娘偶尔还会念叨二花的好,说那个死妮子到死还在为这个家着想——怕给家里带来灾祸,还专门跑到生产队……

对于服毒自杀,我们那儿的土方法是灌粪,让服毒的人吐出来。二花娘扛着锄头跑过去,远远见她一头一脸的粪,看不清神情,以为不过是吓吓人,气得扔了锄头咒她,死了干净。等围在里面的人出来说人不中了没气了,她才堆在地上哭起来……

二花一家统一了口径,说是二花心眼小,一个大姑娘还天天晚上天南地北地疯着去看电影,她娘不该骂她几句?二花喜欢看电影是真的,生产队里跟她上下差不多的女孩子一个个都嫁出去了,剩下她自己,跟人家上下都扯不来。刚起来的这一拨吧,太小,还都是花骨朵,只知道嬉笑打闹。新嫁过来的那些小媳妇倒是与二花年龄相当,到底是开怀过早,没遮没拦的,二花稍一不慎,心尖尖就被人家戳得颤巍巍的。忙起来还好,十冬腊月人闲得发慌,白天几个人围着有一搭没一搭地做些针线活儿耗着,晚上就去追电影——屋里实在熬不住,爹娘不让点灯,煤油贵,还短缺。但要说因为看电影被骂了几句就去图死,谁都不信。最可信的一个说法是,二花有次去东庄回来,半道上被人摁在了菜籽田里……也该她倒霉,就那一次就怀孕了,显了怀便藏不住了。

二花至死都没有二心,从她的嫁妆箱里翻出了6双针脚细密的男式鞋底,17双鞋垫,都是给李春光的——二花爹的脚大。二花一死,都扔进火堆里烧了。王畈的规矩是死人的衣物留不得。

下葬那天李春光也来了,不知道他是听说了那些鞋底和鞋垫受了感动,还是早有计划。

打我记事起就经常见李春光,他过来给二花爹娘挑水,一直挑到他们家打了压水井——听说打从他和二花定亲时他就这样,好像二花家的这个活儿包给了他李春光似的。二花那个死妮子,没福气啊!二花娘有时候会跟李春光说——我也亲耳听过她这样感叹。也有人说,李春光毕竟是有知识的人,跟咱们哪能一样?村里最有学问的王书分析说,是二花的死成全了李春光。还说不光成全了李春光,也成全了她自己,还有她爹娘。

我长到十几岁,才约略明白王书的话。

2

王善举是我的邻居,也是离我最近的英雄——我在作文里写过他不下10次。

我这辈子知道的英雄,好像都集中在小学时代,课本里有堵枪口的黄继光,舍身炸碉堡的董存瑞,不愿暴露目标而被活活烧死的邱少云,舍身拦惊马的欧阳海,跳进冰窟救人的罗盛教,"生的伟大死的光荣"的刘胡兰,"向我开炮"的王成,还有小英雄王二小、雨来……那是一个人人学英雄、人人都想当英雄的时代,可我们却生在一个没有枪口没有惊马更没有国民党反动派或日本鬼子的生产队,当英雄的机会就非常少。但英雄王善举的横空出世,让我们看到了希望。

应该是初冬的一天——我后来找到县志的"英烈传",上面有确切日期:1979年11月8日——放学回来我听到东院几个人在哭。母亲说,王善举死了,在河里淹死了。母亲当时没有用牺牲这个词,一开始,王畈谁也没想到王善举能与英雄连在一起——只有英雄的死才能配得上牺牲那两个庄严的字。

我踅到东院,远远看到王善举一家大小都在院子里哭,他老婆据说吓傻了，王善兰替她抱着孩子。王善兰是他堂妹，正跟围着她的人讲上午的事。我哥揪着我的头发朝岸边拽，我说不用管我，我没事，我的脚其实已经打到河底了，我让他去救其他人。我哥穿着厚棉裤，又浸了水，拖累了他，没游多远，人就不见了……

我父亲中午没回来吃饭，生产队里的男劳力都去下游打捞王善举的尸体去了。我们一帮小孩子也跑到渡口，那里除了等着上船的人，还有好多跟我们一样看热闹的人。河对岸不远处有个大集，王畈男劳力轮流在渡口摆渡，秋收后生产队再派人去四乡八邻收些粮食充作摆渡钱。那天其实并不轮王善举摆渡，他听河坡下有人喊救命，停了机器，飞奔下去，跳进河里。王善举有文化，在公社农业中学时就是共青团员，回来在大队机器房开打米机打面机。按说，淮河那个季节水不会大了，怎奈接连下了几天的雨，水位明显比平时高。船快到岸时，翻了。男人还好，都会凫水，苦的是女人……

王善举的尸体是第二天早晨拉回来的，第三天早晨就埋了。他老婆披麻戴孝——我听到女人们小声议论，说她戴这么重的孝，怕是不打算再走了。他们结婚还不满两年，小欢欢将将半岁。

不久，王畈就有人说听到了县里的广播，说王善举是舍身救人。广播稿是李春光老师写的——他是个文学爱好者，诗歌散文新闻什么都写，有关王善举的那篇通讯是他正式发表的第一篇作品，听说市里的广播也播了。王畈开始不断有吉普车开进来，报社的、广播电台的、团县委的、县委的……王善举的坟前还被政府竖了块墓碑。王善举的爹起初不同意，我们王畈的规矩，有爹娘活着的人是不能立碑的。但架不住政府来做工作——政府什么时候在他们面前这么低过？王善举是英雄，英雄跟一般人可不一样。况且，碑又不用他们出一分钱……

放寒假之前的那段时间，学校一次又一次地组织我们收听广播里王善举的英雄事迹。共青团省委授予王善举“舍己救人的模范共青团员”称号，省人民政府批准他为烈士，省军区授予他“舍己救人的英雄民兵”称号，县委追认他为中国共产党正式党员，并做出《在全县范围内迅速开展向王善举同志学习的决定》……

听得多了，王善举的事迹我们都会背了。在公社农业中学时，有一晚王善举被救火的呼唤声惊醒，“第一个跃上屋顶，与师生一起奋力切断火源，避免了一场火灾”；回来务农后，王善举学习陈景润，勇攀科学高峰，使王畈小麦亩产提高了五十公斤；治理黄大港工程，他被誉为“以工地为家的好民工”；他乐于助人，不仅把自己的新毛领大衣给了常年在外放鸭子的社员，还多次把打好的米面送到老弱病残及五保户家里……尤其是牺牲那一段，李老师用词优美，语句形象生动，我们经常在作文里引用。“王善举像跳水运动员一样，纵身从陡岸上跳下去，身体在空中划了条优美的弧线，游向落水人群。只见他避开浪头，把50多岁的代康美老人推上河岸，随即又转身扑向在波峰浪谷中时隐时现的女青年王善兰。其时王善兰已生命垂危，冻得脸色发紫、浑身颤抖，王善举拼尽最后一份力气在一个巨大的旋涡靠近她之前将王善兰推上了岸。王善兰得救了，王善举自己却被卷入水中。英雄王善举就这样献出了自己年轻宝贵的生命……”

学习王善举的活动一度轰轰烈烈，持续了很长一段时间。我们一放学都争着朝五保户家跑，生怕慢了会被其他同学抢了先。打扫卫生，抬水——我们那时候个头还小，一个人挑不起水桶。

我还经常偷偷去王善举家。说偷偷，是因为我想做无名英雄。坚持了一学期，还是没人发现，只好作罢——其实一点也没必要，王善举家都是大劳力，他父母还都年轻，老婆更不用说，就连弟弟妹妹也都比我大。除夕前两天，我们发现他们家外墙上订了一块刷着红漆的小铁牌——烈士光荣，这与我们常见的那种黄色的军属光荣牌明显不一样。晚上我听母亲跟父亲说，上午东院来了一大屋人，说是慰问烈属，一张画，还有好大一块肉。母亲的语气明显是艳羡，说这下他们过年连肉都不用割了——恐怕以后年年都不用割了。父亲哼了一声，隔了好长时间才嗡嗡地说，一个大活人就换了一块肉，有啥眼气头？

王善举是英雄，他老婆可不是。过了两年，王善举的老婆就走了。听说还想带走烈属光荣的牌子，王善举的父母当然不同意，连政府都过来劝，才算作罢。欢欢跟了爷爷奶奶倒是没有争议，反正那边也不愿意多个累赘。

3

1982年有两件事我记忆深刻，一是我从村里考到镇上，那是我将来走进城市最为关键的第一步。第二个就是《少林寺》来了，我逃了课，在镇上用圆木订成座位的简陋电影院里一连看了两遍。除了一些视觉上的冲击，《少林寺》并没有给我的人生造成多深远的影响，但它无疑给了很多绝望的乡村孩子另外一种可能。

王连义说他一共看了七遍，也是逃课看的。他当时正上高一，第二年镇里的高中合并到其他镇上，他辍学回了王畈。等待接班的那段时间——他爹在公社工作——王连义煞有介事地练起了武术，师傅是一些不知道他从哪儿弄到的书。每天早晨，他都会在东头稻场里比画一阵子。

王连义真正扬名，是在去镇上赶集的路上。两辆自行车相撞，王连义是受害方，反倒被对方推搡。一怒之下，王连义一招将对手打倒在地。我后来问过王连义，他说他本来没敢动手，但对方欺人太甚，加上有小跟班在旁边，要不还击多没面子啊。也是急中生智，突然想起书上的招数，踩住对方的脚，一头撞过去……

他身边很快聚集起了一帮人。没人敢惹他们，但他们主动出击，只要有人被欺侮，他们就上。最严重的一次是他们在一个小集市上，把当地一个小流氓的手踩骨折了。警察把双方带到派出所，有人怒吼，打！接着再打！王连义当了真，扑上去就撂倒了一个……要不是王连义有个好爹，非坐牢不可。

王连义不愿去部队当兵，直到他爹答应把他弄到武警部队——他幻想着能在那儿练一身好功夫回来。部队在北京，他爹一个公社干部自然鞭长莫及。新兵训练结束，王连义被分到炊事班。剩余的三年，别说功夫了，王连义连基本的军事训练都很少参加。

我上高二那年寒假，王连义复员。他比走之前胖了一点，话也少了，因此略显沉稳。我问他是否真拜了高师，他笑，说哪呀，首长的一个警卫员。见我没了兴致，他自己倒沉不住气了，补充说，也算是高手，那人曾经在武警大队的擒拿比赛中拿过第一。因为犯了错误，在他们炊事班待了半年。

那天晚上村里放电影，有人结婚。主家招待放映员，顺便请了王连义——王连义刚复员，年后又要去公社土管所上班，村里谁家来了客人都会请他作陪。酒至半酣，放映员提醒说，这种场合打架的多，还有偷鸡摸狗的……本来是好事，别到时候落人家的埋怨。有人指指王连义，有连义在，谁敢？现在偶尔还会有人提到那天王连义应声而起的豪迈状，放心，治安这块交给我！

饭后，发好电，装上胶带，电影开始。来看电影的人出乎意料的多——人都喜欢看录像了，镇里的高音喇叭每天傍晚都会放广告，今晚上映彩色宽银幕爱情武打惊险侦破故事片——王畈离镇上录像厅还有四五里路，但电影的名字诱惑了不少人，《南北少林》和《女模特之死》。

王连义真的巡逻起来，我那天在边上坐，看到过他，带着两个跟我差不多大小的男生。

《女模特之死》没放完，场里就乱了，有人大喊，死人了！我以为说的是电影——事后大家发牢骚说，结婚放啥死不死的电影？不吉利！

谁也没想到死的竟是王连义。那晚跟着他的人后来说，王连义一直在尽心尽力地巡逻。《南北少林》他只停下看了几分钟，说假得很，根本没法跟《少林寺》比。

换片子的间隙，西北角有人浪。王连义飞奔过去，早有人上前报告，说是关林的人，他们调戏村里的妇女，还打了前去叱骂他们的男人。

虽然复员不长，我相信关林那名字王连义肯定也不止一次听说。都传他吃喝嫖赌样样俱全，手还狠，不怕死。但此人很容易给人以假象，因为他又瘦又小，再狠能狠到哪儿？

王连义先动的手，跟他的人后来证实说。擒贼先擒王，王连义自然是先拿关林。他出手太快，很少有人能说清关林是怎么被掀翻的。关林的几个同伴一看那阵势，都愣了，没人敢上前搭手。关林爬起来，假装镇定地拍了拍手上的灰，狗日的，眼睛瞎了？不知道是骂王连义有眼不识泰山还是骂他的人见死不救。一边骂一边又扑向抱着胳膊的王连义。王连义抬手一挡，捋住脖子又把他摁倒在地。他自己也顺势蹲下身子，轻蔑地看着地上的关林，问他还能不能再打一夜——关林最为人知的就是曾经孤身跟人家三个人打了一夜，被打倒后躺在地上歇一会儿，起来再打。人家反正吃不了亏，有人愿意当靶子做陪练，哪找？天快亮时，那三个人被缠怕了，才跑。

这次关林没那么傻了，他从身上摸出一把尖刀，突然刺到王连义的大腿上。血迅即喷涌而出，流了一地……

关林被关了半年就放了出来，官方的结论是流氓斗殴。王畈人把王连义没有成为英雄归结为没人为他写广播稿——李春光老师两年前得肺癌不在了。不过，王连义的葬礼还算体面，王畈几乎全员出动——有人是囿于王连义爹的面子，更多的人则是因为王连义为的是整个王畈的安全。

那也是王畈最后一次放电影——公社的电影放映队从此式微，不久就解散了。

4

有一天我正在家里午休，门卫打电话说老家有人找我。是欢欢的爷，说他有急事，想见我。我一边朝学校赶，一边想，我一个教师无权无势的，欢欢爷这么急着见我会有什么事，莫非欢欢回来了，想让我跟学校说说，接着再上？

欢欢跟着爷爷奶奶生活，她爹王善举死后第三年她妈就又走了。小的时候还无所谓，不缺吃不缺穿的，欢欢看起来跟那些有爹有娘的孩子没什么两样。十岁以后，小姑娘开始敏感，明显比同龄的孩子早熟。初三没上完，她就要跟人家出去打工。

爷爷奶奶不同意，孩子太小，出去了怎么叫人放心？老师追到王畈，拿着欢欢历次的考试卷，说她成绩这么好，不上真亏了……但欢欢死活不愿再回学校，她私下跟我母亲讲，实在不忍心爷爷奶奶这么老了还为她操心。正好有同事需要一个保姆，我就把欢欢介绍了过去。工作很简单，接送孩子上学放学。同事忙的时候，偶尔帮着做顿饭。工资也不高，小县城收入毕竟也有限。

熬了不到一年，欢欢不辞而别，远走南方。第二年春节再回来，除了个子高了些，身子仍像豆芽菜。但她皮肤白，映衬得胳膊上的小血管分外青嫩。我推算了一下，她那时候也不过十六七岁。听说自己的工资是我的三倍，她脸上马上换了骄傲神情，说他们加班多，最多一天能干十四个小时。

那是我最后一次见到她，但她的情况其实我都知道。先是从工厂辞了工，去商场帮人家卖化妆品，后来转到一家酒店，没干满一年，又被一家高尔夫球场挖去当球童。她给我打过一次电话，用的是大哥大，说是才买的，让我记着号，有事儿联系。没多久，那个大哥大就打不通了，家里人再也没有与她联系上……

我说去办公室，欢欢的爷说没时间了。老人想让我带他去深圳——按老人的话说，我是见过世面的人，又可靠——帮忙处理欢欢的后事。欢欢找到了，一堆尸骨。

到了深圳，我们没顾上吃饭，打车先去了派出所。警察说，他们破获了一起系列抢劫杀人案，案犯的目标是欢场女子，欢欢就是其中之一。案犯曾经与欢欢同事，在高尔夫球场当勤杂工，发现欢欢暗里还与来打球的老板做皮肉生意，起了歹意。趁夜深人静，他跑到欢欢住的工具房，逼着她拿钱。屋里没现金，歹徒只好拿了卡自己出去取。密码不对，又赶回去，其时欢欢刚刚折腾掉嘴里的毛巾，歹徒大惊，扑上去用手捂住欢欢的嘴……尸体就随手埋在工具房后面的草地里。

警察带我们看过现场。草早长得跟周围没什么分别，紧邻的那间工具房里倒还残留着欢欢的痕迹——墙上带日历的高尔夫球场宣传画上有十几个手写上去的电话号码，桌子上有面女孩子用的小镜子，一本时尚杂志，一盒不知道什么用途的化妆品……

我们在深圳一共待了五天，等 DNA 比对结果，签收欢欢的遗物，与高尔夫球场谈赔偿——案犯先后杀了四名失足女，没有赔偿能力。

这事儿很快成为王畈的焦点，先前只是失联，还可以存着各种各样的希望或侥幸，但现在却是彻底明朗了：王善举这一支绝了户。有人总结说，都是王善举的那个碑惹的祸，爹娘好好的，立个啥碑哟。也有人联想从前，怀疑过欢欢的职业，有次她邮回来一条毛毯，当着众人面一层一层揭开，谁都没料到最里面竟是一沓百元大钞——那个年代，只有那种特殊行业才能一下子挣到那么多钱。但我这个唯一的见证人二十多年来却始终咬定欢欢是出车祸死的，连跟我父母都没透露真相，我相信欢欢的爷也一样瞒着欢欢的奶。

欢欢的遗骸就埋在王善举的坟旁，阴阳仙说是躺在她爸的怀里。听说葬礼很隆重，我没有参加，欢欢的爷给她扎了好多陪葬品，纸电视、纸冰柜、纸洗衣机、纸手机、纸汽车……

我拿不准欢欢的那场葬礼到底是爷爷真的怜惜自己的孙女还是感激她给他们留下了一大笔钱——高尔夫球场赔了五万，再加上欢欢卡里剩下的六万，欢欢一共给他们撇下十一万巨款。

5

报纸电视上不断有关于拆迁的报道，某城中村拆出了几个亿元户，某某的房子因高架桥幸运被拆，但更多的却是对抗拆迁的负面消息……拆迁离王畈很遥远——我们那儿离镇街还有三公里的路程，离城市就更不用说了。但天下一家，真不假，大城市有的病，王畈一样也未能幸免。

早在二十一世纪初，王畈就有传言说，有条公路将要穿过我们村。虽是小道消息，却着实让王畈人有了盼头。二十世纪八十年代以前，王畈就像一个孤岛，东面南面都是淮河，北面一道大坝，把王畈匣在中间。空手出去还好，要想挑担菜去集上卖，渡河或翻坝都不是一件轻松事儿。不知道愚公是谁，好像突然之间坝下面被掏了个通道，上面走水，下面走人走车。王畈因此方便多了，生个孩子或患了病都可以快速送到镇上或者县里。不久又修了柏油路，村村通。听说修好后还闹了个笑话，上面来验收，说是没铺柏油——到处都是泥巴，路终日被泥巴覆盖着，哪里能见到柏油？又传出要修省道，王畈人哪能不激动？

传了五六年，还真的传出了眉目。果然是省道，沿淮路。之前王畈的一些能人在东坡地里栽的树啊搭的简易房啊，都白费了心思，沿淮路嘛，沿着淮河，没在东坡，在西坡。政府也利索，开会、宣传、谈判、签协议、领钱，前前后后也就一个月的功夫。都是一样的地，标准不能乱了。农村这一点不像城里，人人没有隐私，东家被征了多少地，西家领了多少钱，自己不说外人也给摸得清清楚楚。

例外出在五保户老树身上。老树住的那间房子是王畈要拆迁的唯一一间土木建筑。本来是变电站，变电站挪到东坡，原来的房子空出来，就给了老树。老树鳏居久了，人变得孤僻，不太说话，一说话就打人，他知道人家都不待见他，坚持要从村里搬出来。村里还为他打了眼井，又划了一小块菜地给他。一开始人家答应补偿三千——其实两千也要不了，变电站嘛，自然又矮又小——有人想落个人情，多嘴说，人家一个五保户不容易，补五千吧。五千就五千，人家也没再讲价。老树说话不中听不假，但人不傻，这边领到五千块钱那边就搬走了，借住在人家废弃的一间厨房里。反正也没牵绊，白天他还在工地上转悠，那里热闹，可以捡点司机们扔掉的瓶子。

老树的死有两种说法，有说他去捡一个空机油桶摔倒了，头磕到了挖掘机上。另一种说法是挖掘机师傅没看到他，铲斗扫到了他的头。我当然相信前者，一个大活人，开挖掘机的师傅能看不到？

工地上不愿负责，最多出于人道，拿点安葬费。老树的侄子不乐意，去镇上闹。镇上推脱说，政府管不着那工地，人家是企业。老树的侄子不信，管不着你们为什么牵头签协议？回来有人给他出点子，说是把尸体抬到镇政府，不怕他们不管。两口子便分头出去请人，却没几个人答应帮忙。有亲近的明白人知道他们叔侄平素都不为人，教他们先许下酬谢，到底是担风险的事。

第二天，几个妇女把“反对强拆，严惩凶手”的白横幅挂到了镇政府大门上，青壮男人随后抬着棺木堵上去，要求解决丧葬费及死亡赔偿金 50 万元，如不答应，一方面通知各大媒体，一方面到市里省里甚至北京上访。政府果然害怕，县信访局也派员来帮助协调。谈了两天，最后达成 18 万——3 万元丧葬费，15 万元死亡赔偿。

我回到王畈时，葬礼刚刚开始——路上堵了会儿车，因为沿淮路那个工程。葬礼热闹得出人意料，老树毕竟是寡汉条子，与左邻右舍没有人情往来，但钱在那儿撑着，就不一样了。老树侄子就不用说了，村里只要有人出场，都跟去镇上闹那两天一样的待遇，每人每天 80 元，抬棺的 150 元。也甭管真哭假哭，反正葬礼该有的悲情都有。再加上唢呐，虽然不太熟练，但人家分明尽了力——从他们脸憋得通红这一点就能看得出来。我们王畈这儿本来没有用唢呐的习俗，老树的侄子也是被自己的话赶上架子下不来了——谈判的时候人家问他丧葬费得多少，他张口就是 5 万，棺材、墓衣、人来客往的吃喝，但觉得还远远不够，临时才想到唢呐队。

母亲说，老树一个五保户，恐怕做梦都想不到自己死得这么体面。

6

周仁礼出事那天，蓝蓝的天上白云飘，根本不像要出事的日子。政协有个活动，抽了十几个人去一个单位调研。马上就要轮到我发言了，主持会议的领导接了一个电话，表情凝重地回来说，周仁礼出了车祸，在县城到京港澳高速公路 10 公里处。

周仁礼是省政协委员，也是县里的明星企业家。他是我们王畈人，从外地倒插门过来。我还清楚地记得他结婚那天的情景，两个男人一前一后，他穿着蓝色中山装夹在中间。那是我这辈子见到的唯一一次倒插门婚礼，很奇怪，所以印象深刻。

他的发家之路也像那场婚礼，很奇怪，像个玩笑。

在王畈不声不响地生活了五六年——谁都以为那就是周仁礼这个孤姓男子余生的状态，转机却意外降临：周仁礼老婆的舅舅要回大陆探亲。

周仁礼的激动可想而知，他可能当时就意识到那件事的重要性了，逢人便说他有个台湾的舅舅，马上就要来王畈看他们。那个台湾的舅舅听说妹妹家在镇上卖挂面连间铺面都没有，答应回来帮他们买间房子。不知道是周仁礼故意为之还是话传变了，到最后就成了台湾的舅舅要给他投资一个工厂。镇政府工业办刚刚成立，正愁完不成上级指派的招商任务，马上派人找上门。

这段历史周仁礼后来跟我细讲过，一开始我们俩都是县政协委员，又都是从王畈出来的，联系比较多。他说那次他去政府院里的路上始终惴惴不安的，别说工厂，一间铺面他都确定不了。没想到政府比他更不靠谱，指导他在表格投资额一栏里填十万元。他不敢写，人家不耐烦了，让他只管先填上，以后真短点也无所谓。此后的事儿就像做梦，舅舅人还没回来呢，建厂房的地就已经给围起来了，公路边的围墙上还醒目地挂了一块牌子，“仁礼挂面厂”——名字是镇党委书记起的，周仁礼的岳父也没好说别啥。周仁礼人生的第二次转机是镇党委书记因为招商成绩突出，升任副县长。副县长进城不到半年，又把“仁礼挂面厂”迁进了县城的工业园。岳父开始死活不答应，台湾的舅舅只给了他们五千美金，在镇上折腾折腾就已经差不多了，再闹到城里，不被人家笑死才怪哩。再说了，几个老农民，进了城跟睁眼瞎有啥分别？但周仁礼不怕，有了第一次，他心里有底了，去就去，自己又不损失什么。他背着岳父偷偷刻了厂章，签了协议。这次他没有怯，直接填了十万，人家却给退了回来，说十万在乡里还差不多，在城里根本入不了园，至少得五十万。五十万周仁礼也不害怕，他知道那是政府需要，犯不了错。但这次没那么幸运了，挂面厂在城里撑了四年，后来因为缺少营销渠道不得不关门，负债近五万。那段时间，周仁礼整天在外面游荡，一回家全家人都骂他。有次周仁礼转到旁边的油厂，门卫的话启发了他。油厂一天都没生产过，老板打的就是圈地搞房地产的主意。

再后来的事不用周仁礼跟我讲，几乎尽人皆知。“仁礼挂面厂”在自己院内也搞起了开发，楼还没完工就卖完了，轻松挣了上百万。债还清了，周仁礼的腰也直了起来。起第二栋楼时遇了点阻力，有人举报，说他那是工业用地，不能随意更改土地用途。吃吃喝喝之后，有人给他支着，可以打着改善厂里工人住宿条件的旗号……一直到2010年，厂里除了几间做样子的厂房没动，其余地方全盖满了。本钱有了，经验也有了，周仁礼开始瞄向厂外，成立了仁礼房地产开发公司，并迅速成为本县最大的两个房地产商之一。有了钱，头上的光环也多起来——县政协委员、市人大代表、省政协委员、省明星企业家……有一次他喝多了跟我说，什么明星企业家啊，我的能耐也就是胆子大。

周仁礼没能回王畈，就埋在县城西边的陵园里。说是埋，其实连骨头都没见着，汽车都烧化了更何况人的肉身？墓地是周仁礼早买好的，为岳父母，为他们一家。理由是回王畈的路不好，清明十月一儿怎么忍心让后代们跑到乡下祭奠？岳父明知女婿在意自己的倒插门身份不想回王畈，也不好反驳。

县电视台播了条简短的新闻，省政协第十一届委员周仁礼因车祸不幸身亡，部分市、县政协领导参加了今天早晨在陵园举行的悼念活动。

葬礼过后我才听说当时周仁礼的车上还有一位女性，高高的，瘦瘦的，胸部很饱满。我想了想，不知道他们说的到底是芳芳、娜娜、小倩、大双还是小双，或者我没见过的也说不定。还有人说那个女的从车里爬出来时，车上的火还不是太大，困在车里的周仁礼向围观的群众求救，你们谁救救我，我有钱……

第二辑　天伦

代 元 美

1

母亲突然打来电话，说是正往县城赶，上午骑电动车赶集摔倒了，手腕老是疼。我不敢怠慢，赶紧联系县医院的医生。我是了解母亲的，不是痛到无法忍受她是不会进城找我的。

要开单子拍照，医生问我母亲的名字。我愣怔在那儿，嘴里涩涩的，发不出声。母亲的名字，我当然不可能忘记，我曾在无数的表格里填过，入团登记表、毕业生登记表、出国签证表……问题是，那三个字还从没有从我嘴里发出过。对于我们这一代农村孩子来说，父母的名字特别神圣，小辈人不能随意乱叫。要是哪个玩伴大声地叫了谁父母的名字，那就是大不敬，就会引来一场捍卫父母尊严的"战斗"。不像现在，大人经常以小孩子能叫出自己的名字而自豪。也难怪，名讳一直是中国的传统，据说早在夏商时代就盛行了。《春秋公羊传·闵公元年》就有"为尊者讳，为亲者讳，为贤者讳"。皇族国戚有名讳，镇守一方的小官小吏也不例外。一个小小的北宋太守田登，甚至禁止州内百姓提到与"登"相关的任何文字，留下贻笑千年的"只许州官放火，不许百姓点灯"的典故。还有司马迁，因为父亲名叫司马谈，整部《史记》里没有出现一个"谈"字。

我的名字就曾经费了一番周折。开始是叫讲新，上学的时候老师严肃告诫父母必须改名，中央有个领导叫江青。其实也只是读音相近而已，但敏感时期还是改了。第二个名字没叫多久，春节串亲戚时有人发现与我三奶名字中的一个字相同，于是被改成现在的名字。

社会进入人权时代，名字不再只是一个单纯的称谓，老百姓借此张扬自己的个性。他们标新立异，不惜顶上反传统的"罪名"，李

A、王贺西亚……还有人梦想永垂不朽，把名字镌刻在墓碑上，或捐出万贯家产换取用自己的名字给桥梁或学校冠名的机会。

我不知道这个世界上到底还有多少人知道我母亲的名字。即使对于母亲自己，名字也只是她短暂少女时代的记忆。后来，像嫁到张湾的所有女人一样，母亲只剩下一个虚泛的符号——代女子。我们那个地方，长辈叫已婚晚辈女人都是某女子。代女子这个称谓跟了母亲大半生，是母亲这辈子用得最长的一个符号——远远超过代元美这个她身份证上的法定名字。

2

女人嫁了人就失去了自己，这也是我们国家五千年的传统。

代元美的惯性还没有完全停下来，母亲隔三岔五就会和父亲生一场气。因为远离自己的娘家，母亲无处诉说，只好去屋后的小树林里哭上一番。我好奇，偷偷跟过去听过一次。母亲反反复复地哭诉自己可怜，远离自己的娘家，没人为她做主，没人为她撑腰。后来我们搬回了淮河岸边的老家张湾，离母亲娘家近了，也就一公里的距离。但母亲再有委屈的时候，还是躲在家里哭，不回娘家，但屋后也去不成了——新房子后面没有小树林可以隐身。有一次碰巧三奶来串门，母亲终于有了倾诉的对象，哭自己如何委屈、如何辛酸，三奶不停地安慰母亲，代女子，女人都是这样过来的……

在三奶的劝慰下，母亲反而哭得更长久。她说她为了省卫生纸，把我的废旧书本撕下来揉几揉夹在卫生纸中间。我那时候当然不明白母亲的意思，现在想起来，母亲身为女人的生活真是辛酸。

母亲和父亲的抗争好像从来都没有停止过，主题大到一个家庭的外交，小到油盐酱醋。他们不断地争吵，每一次仿佛都要分崩离析。然而，每一次又都以重归于好结束。他们那一代人的感情，我们似乎很难理解，就像现在孩子理解不了我们一样。

有人站在农家门外问有人吗，女人经常都会条件反射般回应——屋里没人。我母亲也一样,天生就有一种附属男人的心理。

有一次,母亲向我讲述过他们结婚前后的事。父亲那时候在大队的毛泽东思想宣传队工作,拉二胡。父亲上过几年学,略识文字,前程似乎锦绣。再加上年轻,面容清秀,自然会受到姑娘们的青睐。刘姓大队干部要把自己的侄女介绍给父亲,父亲没同意,于是招来百般刁难。父亲正无措,公社把会算账的他挑选去做了某处工地的司务长。姓刘的不死心,反复向上级报告父亲的“劣迹”,终致父亲被辞退。1974 年,父亲患类风湿性关节炎,几至瘫痪。母亲和二姑用架子车推着父亲去求医,医生偷偷跟母亲说,回去准备后事吧。回去的路上,母亲和二姑哭了一路。但是母亲没有放弃,又带着父亲去市里……

在我的记忆中,好像父亲从没拉过二胡,我甚至怀疑母亲是借音乐来提高父亲在我心目中的地位。但是那把二胡却证物一般确切地挂在我们家南边的墙壁上。虽然是装在套子里——褚红色的套子,严严实实,但二胡的形状还依稀可见。上面长年累月积着灰尘,很长一段时间都没人动它。再后来,它就不见了,像舞台上的群众演员,悄无声息地退场了。

也许是因为不好意思,母亲故意略去了恋爱的那一部分。但从母亲仍然闪着光的眼睛里,我看到了年轻父亲玉树临风的形象。毋庸置疑,母亲那时候肯定是认定了年轻有为的父亲,把自己的一生都托付到父亲的身上。好在父亲坚守了他们的爱情,不惜牺牲“锦绣”前程。这应该是他们能够经受得住生死考验的爱情基础。

关于父母,我其实还有好多疑问,但我到底没有追问,怕扯起母亲的伤痛,也怕我自己不能自制。后来便有了我,好多事我也算亲历者,不需要母亲讲述。父亲虽然行走自如了,但类风湿性关节炎是慢性病,根治不了。父亲的关节就像气象台,天阴下雨之前都会疼。即使晴好的日子,父亲也不能再沾水,不能干重活。

有一段时间,许是田地里的活太重太紧了,父亲累倒了。医生说,是营养跟不上。七八十年代的农村,都是省吃俭用过日子,哪家的营养能跟上?没钱买鱼买肉,用开水冲生鸡蛋喝也行。母亲得到这个偏方，每天冲两杯鸡蛋茶，加少许白糖，一杯给父亲，一杯给我。我那时正上初中，母亲说，学生用脑子，营养也得跟上。

坚持了一段日子，家里的鸡蛋却供不上去了。鸡蛋金贵着哩，油盐酱醋都指望它。没办法，母亲只好停了我的那份。我已经尝到甜头了，突然停下来，有一种不被重视的失落感。可我从来没想过，几乎承担了家里所有繁重活计的母亲为什么不给她自己补充一点营养呢？

3

我跟母亲话不多。跟父亲也是。我们面上很生硬——躲不过去的话，也就一两句的交流。这种状况可以追溯到我的少年时代，他们从未对我有过亲昵的举动。农村的父母总是有做不完的事，照顾我下面的弟弟、妹妹，侍弄庄稼……我的成长氛围让我养成了很少表达感情的习惯。

偶尔打一次电话，很家常地问母亲吃饭没，在做什么。想好的问候总觉得拗口，说出来反而远了，有矫情做作的嫌疑。因为电话少，以至于母亲一接到我的电话就很紧张，不停地问是不是出了什么事。有一次母亲节——城里早已经搞得轰轰烈烈了，我鼓起勇气拨通家里的电话，想学外国人说一句“我爱你，妈妈”。但我突然意识到，母亲一个乡下妇女，哪里知道这样一个洋节？三八节还好，可惜是公历，乡下人只知道与农事紧密相关的农历。

我心里很清楚，我们之间的亲情只在地下奔突，滚烫且羞怯。我天性如此，不喜欢夸张的热情，不喜欢浓烈的表达。也许，我们都怕被烫着吧。

平时回老家我一般都不敢提前告诉母亲。即便如此，母亲还是像待客一样弄几个菜一个汤。毛巾也换上新的，生怕我责怪。有次回家，家里的毛巾用得都看不出颜色了还挂在洗脸架上，我很生气，一条毛巾能省几个钱啊！母亲记住了这事，每次我回去她都会提前换上新的，像城里迎接上边下来检查的领导。要是我哪天不期而至，母亲在厨房的忙碌中还不忘抽出身从里房中拿出一条新毛巾给我用。

工作二十多年，每一年的春节我都是在老家度过的。有一次我跟儿子站在当院比身高，我老婆瞄了瞄，说儿子已经超过你了。我母亲也在旁边，她坚定地支持她的儿子，哪啊，还是他爸高一些。婆媳俩谁都不让，差一点吵起来。

一眼就能看出高低的简单问题，为什么她们还会有分歧？面对皇帝的新装，两位母亲谁也不愿做那个“无邪”的幼童，尽管她们都曾嘲笑过皇帝大臣们的虚伪。

节后某日，母亲打来电话，问我在做什么。我答，晚上有学生来家做客，正在超市采买。反问母亲，母亲答，没事，在路上晒太阳。我感觉母亲好像有话，她不会打电话就为了告诉我她在晒太阳。果然，母亲说，别忘了，今天你过生。

我总是记不住自己的生日，因为是农历。我在城里工作了二十多年，早已习惯了按公历安排自己的工作生活。母亲忘不了，每年的这一天都会给我打个电话。

4

2003年春天，父亲被查出直肠癌。虽然我们对直肠都不太了解，但癌症的后果我们还是清楚的，何况又是中晚期。

从那一天起，母亲和父亲再也没有怄过一次气。

现代医疗的进步并不能终止癌症患者的绝望。父亲的状况越来越糟糕，癌细胞从直肠转移到肝，人渐渐萎缩，直到又一次瘫痪在床。最后一年，父亲无法自理自己的生活，全靠母亲护理。

有一次我回家探望父亲，母亲怯怯地递给我一小片纸。那是从一本时尚期刊的夹缝中撕下来的一则药品广告，说是可以化解所有癌症。我受过这么多年教育，当然不信。但我不忍拒绝母亲满怀希望的眼神，照着广告上的地址邮去了一笔钱。十五天后，父亲依然躺在床上，没有像广告中所说的那样精神起来。我当着母亲的面打电话质问对方，人家改口说五剂见效。我看着母亲依然怯怯的眼神，只好去邮局汇去第二笔钱。

老实说，直到父亲咽气，我都没有多少他危重的记忆。没有深夜里不能自制的咳嗽，没有沉重得透不过气来的喘息，没有痛苦的呻吟……母亲的尽心尽力，得到了左邻右舍一致的称赞。

让母亲觉得神奇的是，父亲的生命竟然又多坚持了一天一夜。父亲完全昏迷时，我远在千里之外出差。晚上没有车，我只好一程一程地倒车朝家里赶。一路上，不断接到母亲的电话，问我到哪儿了，说父亲一直看着大门口，等着见他最亲的人。我伤痛欲绝，几乎一天未进水米。车到村口，一棵小树一般的黑影迎上来。母亲反复说，你爸不见他最亲的人舍不得走啊！我搀着母亲，深一脚浅一脚地往回走。她轻飘飘的，随时像要摔倒。

只剩下36公斤的父亲可怜地蜷在当门的稻草上——这是我们老家的习惯，垂死的人都要从床上挪到地上，身下铺着稻草。父亲果然眼睛向着门的方向，恋恋不舍。我上前一步握住他的手，语不成调，只知道一声接一声地叫爸。半小时后，木乃伊一样的父亲如释重负般咽下最后一口气。母亲呼天抢地，不能自制。我太熟悉这哭声，想一想都让人断肠。

你爸没良心，死在我前面。这是过后母亲说过的一句话。母亲除了怀着对父亲的眷恋，似乎还有对我们这些子女的不满。我是负担了父亲的医药费，但他病倒的这一年，我没有给他喂过一匙饭，没有给他翻过一次身，没有抱他出来晒过太阳，更不曾为他擦屎端尿……我后来不断反省，我是不是因为自己出钱给父亲看病就在母亲面前漾出过居功自傲的神情？

葬礼稍显奢华，有欲盖弥彰之嫌。包括接下来三年中的所有祭日——周年、七月半儿、清明、十月一儿，我都小心翼翼，恪守着乡下的各种习俗，以期弥补自己对父亲的愧疚，安慰活着的母亲。

张湾从此于我又有了更宽泛的感知。除了生我养我的土地，除了母亲和弟弟一家，还有一座坟。

故乡,就是有你最亲的人的坟墓的地方。

5

父亲走了,房子塌了一个角。这个世上从此少了一双关注我的眼睛。很多事情父亲已经做完了,把我们扶养成人,起房子,给我们娶媳妇……也有他未完成的,厨房里的地锅还没有砌,东坡地里的稻谷等待收获……无论我活成什么样子,他都是我的父亲,他未完成的活我会一件一件地接下来做完。包括照顾好母亲。

男人再不济,也是撑家门的柱子。乡下都是这样,母亲永远是家属,是代女子。有的地方甚至唤作,谁谁谁家里的。父亲没了,她还是没活回代元美,孤单单的,被人介绍为谁谁谁的母亲。

这个失去了靠山的老人,看人时总是一副躲闪不定的眼神。她还不到 60 岁,身板也早早地佝偻下来。我多么想让母亲也像城里人那样,昂首挺胸,充满自信。可母亲是农民,她的一生都在弯腰劳作,割罢麦插秧、播过种锄地。稍有闲暇,又得去积粪。可怜的母亲,当她兴奋地跟我讲她在路边意外捡到几块整砖时,她不知道我有多么心酸。

我让年届花甲的母亲选择,是愿意跟我进城还是在乡下跟我弟弟住在一起。我刚刚在县城边起了新房子,三层小楼,一个大院子。母亲到我们家,无非是做饭,连洗衣都用不上她。

"我有啥选的?你弟弟他们出去打工了,孩子谁管?"母亲仍是怯怯的,不看我们。

到年终父亲的生日,我突然想起来还没给母亲庆祝过一次生日,我们的生日她倒记得清清楚楚。不知道其他地方的农村是不是也这样,孩子们只知道给父亲过生日,忽略了母亲。

我问过母亲的生日,母亲笑着说她也忘了。我知道她不愿说,怕劳烦我们。我问妹妹,妹妹也不知道。身份证上倒是有,可农村老人的出生时间,大多都是随便填上去的。

我想设法补偿母亲，回老家的次数越来越多。我甚至想尝试一下电视上的教导，给母亲洗洗脚，抱抱母亲，趁她还健康的时候。临了，又嫌矫情。无论怎样，母亲见到我总是很高兴。她不缺零花钱，不缺吃穿，但她脸上偶尔也会露出小孩见大人时的怯。村里人说我孝顺，我内心很惭愧，我这哪是孝？至多算供养。我好像从来就没有俯下身子贴近过她，没有真正关注过这个叫代元美的女性的精神空间。

元宵节，可以算作是农村女人唯一的节日。我们当地的风俗，正月十六是女人回娘家的日子。以前因为穷，母亲很少回娘家——这也是父母经常生气的一大因素。我给母亲备了礼物，嘱母亲去姥姥家看看。母亲说，一看你舅那个样子我就难受，还不如不去。话是这么说，母亲还是乐意回娘家的。我舅快50岁了还单着，用农村的话说就是不成人。年轻时老是赌博，家里大到架子车小到铁锨都输给人家了，女人谁愿嫁给他？

母亲回来跟我说，等到你姥做不了饭了，我把你姥接过来住一段。粮食关那年，你姥自己饿得要死，省下口粮给我们姊妹几个。要不是你姥，哪会有你们？

不久，弟弟家又添了个侄女。小侄女才四个月大，弟媳妇就撇下她出去打工了。我知道照护一个婴儿的麻烦，没日没夜地，怕母亲身体受不了，我极力撺掇弟媳妇把侄女带到一岁再出去。母亲反对，你弟弟连个房子都没有，还不让他们趁着年轻出去挣点钱？

6

弟弟不在家，我回老家更勤了。每次在村东头碰到母亲，我都以为母亲自己在家待不住，来东头人多的地方凑热闹了。小侄女大了，知道学话了。她奶声奶气地告诉我，奶奶说你要回来，给我带有好吃的，我们在路上等你……

有一次，母亲神秘地拉住我，惴惴地问，可否帮我买一辆电动车？在我愣怔的当儿，母亲又补充，不用你再出钱，我平时积攒的就够。

我拒绝了。理由很多，你一个老人能上街几次？再说了，电动车速度那么快，根本不是你们老年人控制得了的。最关键的理由我没讲出来，母亲住在弟弟家，我怕弟媳妇怪她乱花钱。

后来，电动车还是买了。母亲惴惴地解释说，买了一个冰箱，人家加送一辆电动车。我知道这只是托词，但还是没有责怪她。我不也继承了母亲的基因，与生俱来地热爱新生事物？十几年前，我家里连台洗衣机都没有却花了将近一年的工资买了一台没用的音响。还有摩托车，哪一件搁当时不是超前消费？

对新生事物充满了渴望，这其实是一种年轻的心态。对那辆电动车，我寄予了隐隐的期望，期望它能把母亲带回到她的代元美时代。

好在母亲那次摔倒并没有骨折，有惊无险。我怕母亲再骑电动车赶集，跟她讲了很多老年人骑电动车出事的案例。当然，都是我临时编的。母亲怕给我们带来不必要的麻烦，终于同意把电动车锁上，再也不骑它了。

2012 年秋，我去美国参加国际写作计划，之前的准备工作耗去了我大量时间，几个月没见母亲了。走之前，我想回老家看看。电话先打过去，我问："家里需要什么，我随车给带回去。米啊、油啊，你上街不方便带……"母亲打断我的话，啥也不缺！

晚上从家里返回县城的时候，我仍不放心，转回身又问母亲："还要啥不？"

猜猜，母亲会怎么回答我？

"要你！"母亲竟然冒出这样"妄为"的话。

邻居笑了，你妈是想让你多回来几次。

坐到车上，我也不禁笑了。这两年，母亲好像偶尔又活回到她的少女时代，活回到代元美。她是父亲的妻子，在父亲的影子下活了几十年。她也是我们的母亲，在我们的依赖中活了几十年。现在我们终于看到，她是代元美的样子了。

我家有儿初创业

A

儿子快两岁了还不会走路，我们怀疑他腿有毛病。大雪天，送到医院门诊，儿子光着下身在医生的办公桌上展览。没见异常。我们只好半喜半忧地回去了。

儿子的姥爷说，这孩子，肯定天赋异禀。姥爷是那种旧式小知识分子，说话的语气带着一种不容置疑的权威预判。

我当然不信，岳父母不光看女婿越看越上眼，看外孙也一样。但做父母的，哪个能存着这种侥幸？

儿子后来偶尔的表现，像是特意印证他姥爷的话。比如小学三年级时，路边一家灯饰商店开业征集广告语，他竟然写出："是谁照亮了你的夜晚？某某灯饰。"四年级暑假，儿子在一个当地有名的数学老师那儿补课之后，说是已经学完了小学数学。我们被误导，开学直接让他升入初中；初一那年的寒假，他突然做起门画买卖——我们家邻居在做门画批发。儿子找了个小伙伴，挨门给我的同事送门画。这事迅速在我们单位传开，众口一词都是不费力气的夸奖，这么小就有商业意识，将来可不得了……

很多人一生的志向可能就是一次玩笑，抑或旁人的起哄。比如儿子后来的创业，就跟周围人的起哄与鼓励脱不了干系。当然，这只是一个外因，根本的原因应该是大环境，以及他的大学经历。

不过，话又说回来，这也与我们对孩子独立意识的培养有关。我的经验是，早一点放手，孩子就能早一点适应这个社会，而早一点适应社会，就能少走一些弯路。

初中毕业那年的暑假，儿子十三岁，只身带着另一个孩子去近三百公里远的郑州。当然，这之前我们就有过类似训练，比如牢记父母的名字、工作单位、家里的电话。我们还曾经故意把他一个人撇到县城大街上，躲在一边看他如何回家。

郑州之行其实很顺利，按我们的指导，下了长途客车儿子没有和拉客的黑出租或三轮纠缠——他谎称爸爸就在外面等他，出了站径直上了出租车。

第二年他又要骑自行车去郑州，被我们拒绝。不是怕他一路上应付不了各种意外情况，而是担心他的安全。

大学是在广州花都读的，三本。本来那一年他没想着走，想再复习一年，他才刚刚十七岁。三本是我背着他报的志愿，学校都在北上广一线城市，我以为城市的影响甚过学校，知识在哪儿都能学，但城市环境对年轻人观念的影响绝不是知识可以取代的——儿子这个年龄正是世界观养成的关键时刻。

儿子自然是自己去大学报到。很正常的一件小事，却在我们那个小县城像新闻一样疯传。连他妈有时候都抱怨我，跟周围的父母相比，我们为儿子做的真是太少了。

大学二年级开学，他给新生做了一张精致的小卡片，上面印着学校门口所有公交车的发车时间、途经地点以及校内的各种服务电话。另一面，印着他自己的销售广告，新生军训用的防晒霜，甚至二手洗衣机。

之后不断有好消息传来，他做了网易的兼职游戏推广，进入了广州大学生销售排行榜前十，与学校签了为宿舍供洗衣机的合同，等等。同事亲戚谈到孩子时，我们也会有意无意地讲一些他的事。话语间，免不了虚荣的自豪，甚至炫耀。

大四，儿子和十几个大学生同时进入日本一家有名的安保公司实习。三个月试用期结束，公司同意与他们中的两位签订合同，儿子是其中之一，但他放弃了那份工作。儿子说，他去那儿主要是想熟悉他们的一些工作及管理经验。

如果按我们的意愿，当然还是希望儿子考研究生，或者公务员。但他像是早有选择，我这个专业靠的是从业经验，我又不搞研究，考研究生有什么用？公务员安稳是不假，但至少前十年得像个孙子一样跟在领导后面吧？我立即想到自己，为了获得工作之外的方便，我这个教师偶尔也会低下头，虚与委蛇，更何况公务员？

如果这也算是我们让他过早独立的代价，我愿意承受。但我更愿意把它看作是我们两代人之间的差异——我们当年没有选择，而儿子在我们那个年龄，有他自己的选择与判断。

在山东的一家民营企业实习结束后，儿子给企业老总写了一封信，谈到企业内部的一些问题与建议，老总回信邀请儿子到武汉总部去面谈。

不久，儿子便领命在武汉那家公司总部组建了一个新部门——创意策划部。他踌躇满志，说对于他们刚刚毕业的学生而言，民营企业比成熟的国企或外企给他们的机会更多。

这项被老板委以重任的工作儿子并没坚持太久，理由是没有安全感。儿子的安全感不是安定的工作，而是自己得为雇用他的人创造价值。年底，儿子辞了职，决定自己创业。

我支持儿子，除了被迫，可能还与我经常接触的那些深圳的同学、学生有关。他们多是大浪淘沙之后的成功者，挥金如土，气定神闲。这是我的日常生活中缺少的画面，艳羡是自然的。

儿子最初的打算是与同学一道盘下他们大学门口新建的几间房子，开超市。供货方都找好了，人家上门服务，他们做好管理就行了。但因为所需资金不菲，又看不到确切前景，最终放弃。

事实证明，放弃是错误的，那家超市的生意后来一直很红火。儿子也许意识到我们在这方面的迟钝与不可信，果敢盘下附近位置稍差一点的门店卖正装，专门针对那里即将毕业的大学生。

店不大，生意还好，他很快又在增城的一家大学城附近复制了一家。因为两个店相距太远，儿子坐公交车来回需要近5个小时，决定用分期付款的形式买车。车到手，儿子反复跟我们讲，这种型号的车，发动机是全世界最好的，还省油，在市内行车一公里也合不到5角钱。我知道儿子的意思，怕我们责怪他还没见利润呢，先学会了享受。车牌号为60Y1，儿子笑言，暗合了他的目标——60

亿。

不知道是新车助力还是儿子真有那么大的宏图，之后他加大了步伐，把目标定在扩大加盟的市场上。我问他加盟费多少，他说不收费，但得保证由他们供货。我们质疑加盟商的信用——这本来就是一个信用极度缺失的时代——加盟之后人家不从你这儿拿货你怎么办？儿子自信地说，他们找不到比我们性价比更高的进货渠道。我们不信，儿子一句“你们的观念过时了”，或者“你不懂市场”就中断了我们之间的交流。

第一家加盟店在从化大学城开业，紧接着又是西安，生意都还可以。银川也有人愿意加盟，那儿的大学城集聚了五万多学生，却没有一家像样的正装店。

儿子春节返乡，不免被问到工作，我们只能说他在创业。创业这词容易给人误解，似乎与红地毯咫尺之遥，转眼就会成为财富的神话。也难怪，它在我们的电视、报纸里都是一个极具褒义色彩的词，花团锦簇，积极向上。毕竟与“业”字搭配更多的是业绩、大业这样功成名就的词。人家明里暗里都夸儿子厉害，小小年纪就知道创业——做老板、开连锁店……连我们都有点飘，以为儿子已经登上追赶马云的台阶——他的才智远远超过他目前从事的工作。过后想想，真是可笑，父母对孩子的崇拜多么盲目啊。

就在我们隐隐担忧儿子似乎有些膨胀之际，好消息又一次站在了儿子那一边——武汉原来的东家又向他抛出了橄榄枝：邀请他将他的店复制到武汉，第一年开四家，第二年再四家，资金全部由公司出。连办公室都预留好了，是老总先前的一处住房。

本来是江河中的一根小树枝，儿子却当成了可以依靠的小舟。也不能怪他，小舟毕竟比橄榄枝抗风浪。况且，武汉的市场理论上更有前景，那儿有 100 多万大学生……

儿子用了一个多月的时间跑遍了武汉的所有大学，初步选定了四个店址。为降低风险与成本，他忍痛放弃了广州的市场，将重心全部转移到有后台支持的武汉。最赚钱的花都店一个月内匆忙转手，仓库也搬了过来……

我不知道被告知取消合作之后儿子是怎样的心情，反正我从妻子那儿得到消息后恨不得当面去武汉痛骂那个老总一通。我第一时间通过微信给儿子发过去四个字符——为什么？看似简洁随意，却暗藏着我的愤懑，以及为儿子的不平。我也不知道，我从儿子发来的文字里似乎看出了他的忐忑，老总突然就说董事会决定不再投资服装了。那怎么办？我又问。儿子说，花都的店也卖了，仓库也搬过来了，还能怎么办？少开两家吧。

像是补偿，我们毫无怨言地东借西借，总算凑够了两家店开门的资金。

过了很长时间我才听妻子说，儿子那段时间一直睡不好觉。我当即打电话过去安慰他："儿子，别担心，权当那些钱买了教训。你爸妈还能挣钱，我们赔得起……"

祸不单行。银川的店因为加盟商又有了新的想法，无心打理，开了几个月便关门大吉。

武汉的新店生意也不好，当初为了节约成本，两家店的选址都不理想。撑了一年，儿子决定将仓库重新搬回广州，一门心思开拓正装的供货渠道。

B

2016 年暑假前，儿子打电话问我是否有闲，想让我去帮他开一阵车。

儿子平时对我的开车技术极为不满，不系安全带、乱插队、压线行驶、停车不打转向……只要我们俩在一起，他决不会让我开车。现在主动提出这种要求，肯定是磨不开身了。我放下手头的工作，硬着头皮到了广州。

说硬着头皮，是因为我自己也不相信自己的车技，尤其是在广州那样的大城市。大马路上肩并肩行驶的车，看着都让人害怕，更别说亲自驾驶了。但儿子需要，我心一横，做好了被剐蹭的思想准备，反正有保险。

儿子的仓库在白云区一个偏僻之地——南村。像很多城中村一样，南村到处都是缺少规划的亲嘴楼，路很窄，勉强能走车。隔不多远就有一处工地，翻修老房子，加高到七层。可能村委有公约，尽管道路逼仄，建房者却很少占道，即使不得不，也很短暂，道路很快就恢复畅通。这个小村差不多有上万租客和商户，村委有相应的制度保障他们的出行也属自然。租客们多在早晨或傍黑时现身，都是年轻人，行色匆匆，耳朵里大多塞着耳机。

南村离机场只剩下一站路，头顶上每隔几分钟都会有飞机起落的巨大噪音。儿子的仓库在一楼，很大，差不多有 300 平方米，货架上摆满了西裤、衬衣、领带，衣架上挂着西服，鞋按码摞在地上，高低不等。角落里摆了几张办公桌，权做办公室。加上儿子，一共五个员工。

儿子说，他们给自己的店供货，也搞批发——给全国各地的同类商店供货。之前的那个批发商不干了，转给了他。我敏感地意识到可能有转让费，一问，果然，20 万。知道我不高兴，儿子又补了句，已经还了 12 万。我压抑住心底的怒气，怎么不和我们商量一下呢？商量什么？他说，你们也不懂，商量的结果肯定是不答应。

我发现儿子越来越不像过去了，他身上陌生的东西突然多了起来，长大成熟了？过去他的每一步我们可都是一清二楚，考试成绩、朋友圈、喜好、行踪……大学虽然远了点，好多事他还会打电话向我们咨询，至少会告知我们。

检讨自己，我承认儿子身上有我们的影子。我其实也很少与父母交流，电话打得也少，一是觉得自己比他们知道得多，二是想着讲给他们听他们也帮不上什么忙，反让他们惦记。儿子肯定是耳闻目染，以为这就是正常的父子关系。说难听一点，这叫轮回。

我的主要任务是去厂家拿货——儿子反复告诫我，不要向任何人透露我们拿货的地点。这就是传说中的商业机密？我忙不迭地点头顺从。

第一次出车，儿子先带我熟悉路，顺便介绍我与厂家认识。车刚上路，儿子就熟练地一边开车一边回微信，我没有批评他，主动要求替他开。儿子说，没办法，这两个月是他们的销售旺季。

儿子还是看不惯我开车，别的车插队，我总是习惯性地打方向避让。儿子说，人家插队你只能减速，打方向很可能会别住另外一侧车道上的车。到那时候，责任可就完全是我们的了。减速慢行才是最好的选择。

虽然导航让我省了很多麻烦，路上还是像打仗一样赶时间。有一个厂门前不允许临时停车，警察随时上来驱赶。另一家虽然没警察，但超过15分钟开始收费，一小时之内16元。其间还走错了路，该拐弯的地方没拐弯——路上车挤车，快到路口再变道，晚了。紧赶慢赶，还是没赶上其中一个厂家的营业时间。

车回到儿子仓库门前，我才长长地吁了一口气：来回总共50多公里，我开了近3个小时，憋了一大泡尿，好在总算完成了几乎不可能的任务，尽管中间很曲折。

儿子笑我，我们开车是一种享受，你倒好，紧张得不得了。

我第一次感受到儿子比我们艰难。我刚毕业那几年，为了消耗掉多余的荷尔蒙，大部分时间都在逛街，等着看电视上明星们的演唱会，或者睡觉。儿子呢，几乎没有看过电视，更不用说无所事事地逛街了。我们之间最大的区别还不是工作的紧张程度，而是他的工作随时都有生命的危险。

第二次出车，我依然忐忑不安，市内岔路太多，一不小心又走错了，竟然被车流裹挟到高速路口，不得不多走了几十公里冤枉路。我心里很自责，多出来的过路费和油费又加大了儿子的成本。

我刚回去儿子又要出车，说得给加盟商送一批货。我怕他又边开车边发微信，说还是我送吧。他说他到市里还有事。马上就要吃晚饭了，我不死心，不能吃过饭再去？儿子不耐烦，吃饭多大的事啊？我闭嘴，并没有觉得多委屈。想起昨天他吃完第一碗后我就掀着锅盖巴巴地等着给他再添的情景，暗笑自己在儿子面前的低贱。

第四天中午，儿子说，今天不用出车，没有店要货。我松了一口气，但又替他操心，没人要货生意不就不好了？

晚上我趁空领他去见了一个高中同学。同学姓刘，高中毕业就来广州打工，先后做过工厂工人、业务员、书商等，算成功人士。我们本来联系不多，但为了激励儿子，我主动联系了他。儿子并不怯生，与人家侃侃而谈，管理、市场、实体店比网店的优势……不仅我听愣了，连我那个见多识广的同学也大呼，你这个儿子不得了，有自己的想法，又敢闯。我已了解儿子的生意，心虚地想转移话题，问他现在在做什么。他也不隐瞒，说赋闲在家。不工作？我好奇。有合适的房子，就买一套。他淡淡地说，过段时间再卖。哦，这可能就是传说中的炒房。我问，能挣多少钱？他笑，几十万的有，上百万的也有。我还是有些意外，一套房子能赚这么多？他点点头，怕我不信，又补充了一句，现在房子涨得快。

回去的路上儿子话很少，刘同学投机炒房的暴利可能打击了儿子做实体的信心。我有点后悔，早知道这样，就不该让他们见面。

你那时候给学生宿舍供洗衣机的押金收回来了吗？我突然想到这个。

儿子没好气地回答，人家根本就没想给。

人家？我问，不是学校吗？

儿子说，是学校的后勤人员。那人是个地痞，家族势力很大，当时连白条都没打。地痞看儿子在校外开的正装店生意好，把校园内的一家店生生赶走了，自己也开了一家。

你怎么不跟我们说？话一出口我就后悔了，儿子还不是仿我嘛，报喜不报忧。我现在还这样，有什么不好的事都想自己扛着——说出去徒增别人的烦恼。

有一天早晨我去仓库，车顶上立着一块砖头——不是落上去的，车顶并不见凹陷。邻居说，可能是村里停车场不让停路边，都停路边了停车场收谁的费？如果每天再交停车费的话，那可不是一笔小费用。我心里再升愁云，儿子真不容易，他遭遇如此难为，肯定远不止这一次。我提醒儿子赶紧联系房东，让房东出面协调停车的事。儿子倒一点儿也不急，让房东跟谁协调？我们得知道是谁啊！门前不让停车，哪有这样的道理？

是啊，谁放的砖头呢？看着那些牵着狗抱着猫在村道上转悠的当地人，听着他们像内地领导一样拖得长长的尾音，觉得好像比他们矮了一大截。

我想起来广州的卧铺上做的那个老师让我到黑板前做数学题的梦，梦里的黑板诡谲异常，是无边无际的蓝天，方程式由白云绘成。上学时我最怕的就是数学，这莫不是一种隐喻？但我强打精神安慰儿子，算了，以后再遇到这种事，有证据的交给警察。没证据的交给因果报应。经常作恶的人，早晚会有报应的。

那二十多天里，我会使用导航了，能自如地在多车道的路上并线了……偶有一两次完美的出车，我都会很激动，就像完成了一篇自己满意的作文。

临走那晚我问儿子，现在想回去考公务员不，小县城的公务员很好考的。儿子再次毫不犹豫地拒绝了。

拉着行李箱离开南村时，头顶上又有飞机轰鸣。我抬头，飞机正在负重爬升，机翼上的红字清晰可见。哪来这么多飞来飞去的人呢？儿子笑，说还是坐地铁的人多，你没看那边刚走这边又满了？停了停，又说，天上的人，毕竟是少数。

师·生

1

从混沌走向清明，人类需要专业人员的帮助。教师这个职业应声而出。不过，教师用知识武装学生的同时，也用模式和纪律囿制学生。小学一年级——我没有上过幼儿园，幼儿园城里才有——老师在黑板上画下一个圆，我们争先恐后地喊，太阳、西红柿、车轮、妈妈的脸、向日葵、烧饼……那时候，我们的想象力何等丰富啊！然而，科学非A即B，老师早已给我们预备好答案：零。等我们从教室里出来，老师和家长无一例外的激动和满足——孩子识字了！这是所有适龄儿童的悲哀——入学，在老师的威逼下开始学习进入另一个世界的技艺，就像农民叔叔试图用犁耙征服整个世界一样。

我那时6岁或7岁，还没有学会掩饰人之初的善、恶，甚至势利。每逢下雨，顺路的郭老师总会带我去学校——我没有胶鞋。在雷锋精神的感召下，高我几个年级的表哥暗地里和郭老师争做这件好事。有时候郭老师提前到了，我存了自己的心思，慢慢地朝嘴里扒饭，拖延着吃饭的时间，一俟表哥出现在大门口，便毫不掩饰地扔下饭碗飞跑进他的怀里——表哥跟郭老师不同，他背我到学校。

对老师的敬畏，与学校里的钟密不可分。钟象征着纪律与秩序，因为铸就它的是坚硬的钢铁。学校的信号是它，生产队的信号也是它。敲钟人老师或生产队长也因此被赋予了神圣的荣誉。村小建在全村最高的高岗上，教室占据了高岗的四个边，中间部分自然成了操场。除了教室，钟几乎是我们学校最具代表性的标志，它挂在操场中间的一棵老槐树的树杈上。学校小，没有杂工，敲钟的工作由老师们轮流去做。有时候钟声紧凑激烈，催着操场里的男女同学躬身紧跑；有时候它又悠扬婉转，有着伴奏音乐的嫌疑。教室里的同学挤在破窗户前，看老师慵懒地敲钟。我不知道其他同学怎么想，我总是被敲钟老师那种木然的神情刺激——他们真是不知足啊！也有学生忍不住冲动，想体验一把做老师的神圣。敲出的钟声短促无力，毕竟是做贼，一听就知道太心虚。胆敢放肆的也只有极少数，大多学生只是远远地试探着朝它投掷一些小石块，老师抓不住同学看不见。

人一踏进学校，便启动了人生的无数个第一。第一，总会让人刻骨铭心。

我第一次被老师关注，是因为考试。这完全可以上升为我此后的人生经验——最为可靠的自我救赎方式不是来自上层的扶持，也不是来自周边的援助，而是你自己的努力。小学三年级，同村的几个同学都分到了尖子班，只有我进了普通班。表面上我依然满不在乎，暗地里却在使劲，想在下次大考时考入前三名——这是进尖子班的唯一机会。果然，我成功了，成了老师家长包括学生们都看得见摸得着的励志典型。

绝地重生，我后来多次经历这样的险境。

上夜自习，是小学校最高年级学生的骄傲，是他们区别于低年级学生的标志。擎着煤油灯从低年级学生面前经过，那种自大感不是谁都能拥有的。几乎所有的未成年人都希望能提早享有年长者的特权，这也是总有那么多的青少年嘴上叼着烟卷，大大咧咧示人的原因。除去反叛的因素，其实还有渴望被认同的心理。那时候，老师所有的偏爱都给了一个代姓男生。我现在已经记不起代姓男子的确切名字，他克解数学难题之后的孤傲神情我倒是记忆犹新。

到了初中，我才有机会真正体会为人师的乐趣。我早记不清是因为老师的厌倦还是我自己的强烈要求，反正我成功地从英语老师那儿揽下批改作业的活。每天放学后，我都会骄傲地抱着一摞同学的作业本回家,就着煤油灯微弱的光,用那个时代老师专用的红笔在同伴们的作业本上肆意圈点。我因此浪费掉大量的煤油,它太费钱,还紧缺,母亲反复唠叨。

我遇到的第一个好老师是我的本家。毋庸置疑,优秀的老师,或者说成年后回顾自己的求学生涯真正能让我们想起来的老师,其实很少。

一开始我并不喜欢他,我都上初一了他还打我,揪我的耳朵,拽着我的头发朝黑板上磕。我后来才知道,挨打其实也是我的特权。我父亲特别嘱咐过,要他对我严加管教。他辈分低,我父亲在他面前享有特权。上第一节课他就震住了我们,他出口成章,随口吐出的都是对仗工整的四字成语。他那时刚刚高中毕业,正是卖弄自己的年龄。我对他的好感,始于秋收。打谷场上,他跟村里人讲起我的一篇作文,说我语言感觉特别好。雨横扫过来,“横”字用得好!过了好多年我还不明白这个“横”字到底好在哪儿——那是我从作文选上抄下来的一句话。

我却从此喜欢上了语文课。工作后,我听过很多教育专家的讲座,他们都不约而同地肯定了赞扬的威力。

我第一次发表作品是在黑板报上。你不要笑,黑板报可是有级别的,班里后墙叫班级黑板报,教室外面叫校级黑板报。对于当时的学生而言,校级黑板报跟班级黑板报的关系就跟现在的省级刊物和县级内部交流刊物之间的关系一样。我们是村里的初中,上了学校的黑板报就等于全村都知道了。放学后,按照老师的要求,我把我的作文尽可能工整地抄写到学校黑板报上。回去的时候天已经很晚了,月光从树枝间漏下来,作文选中的斑驳月光就是这样吧?我睡不着觉,甜蜜地想象着第二天隔壁班校花眼睛里的妩媚。

初二,我考到镇上,重新与代姓男生并肩坐在同一个教室。遗憾的是,他已被各村集合到镇上的优秀学生淹没——外语成了他天才路上的拦路虎。我有点幸灾乐祸,因为我离他越来越近。然而好景不长,新来的英语老师第一次提问竟然选中了我。我终于找到出风头的机会，镇定地答，张运涛没来。全班哄堂大笑，老师听出了名堂。

作为学校的“恶性肿瘤”，我被及时切除了。初三那年，我不得不背井离乡到外地求学。后来我回本镇报考高中，学校不相信我能被改造好，坚定地拒绝了我的请求。那是我求学生涯中经受的最大打击。我只好转战到邻乡，小心谨慎地度过了初中的最后阶段。

中招英语我只考了29分。我已经隐约看到自己的未来，跛着脚走路，肯定走不多远。我在父母黯然的神色中撕碎了高中入学通知书，每天不是放牛就是缩在瓜棚里看瓜——我还没来得及学会农村的其他活计。高中开学一周后，城里的一个亲戚听说我放弃了很多人梦寐以求的高中，专程回来带我入学。

城里到处都是大红的标语，学校第二天有集会。我没有来过县城，以为城里人每天都在过节，心情也随之激动。进了会场才知道，是第一届教师节。教师突然被纠正为天底下最光荣、最无私、最崇高的人类灵魂工程师，连他们自己都没有做好思想准备。

宣传部长亲自来讲话，他在尚无实际地位的老师们面前很自信，抑扬顿挫，激情飞扬。遗憾的是，学生们并不知道部长是多大的官，但他们听不得有人把莘莘学子念成“辛辛学子”，别墅念成“别野”，诱惑念成“秀惑”。他们用嘘声跺脚声表达自己的不敬。班主任就坐在我们旁边，乘我们不注意时也谨慎地跺了几脚。

英语老师据说刚刚从初中调来，课讲得结结巴巴不说，学生的好多疑问他都支支吾吾，无法解答。我不以为然。就我的英语成绩来说，任何一个老师教我都足够称职。为了攻克英语，我开始做自己的老师。当然，我还不具备足够的教师资格，在想要进步的领域里试探、摸爬，左冲右突，寻找方向，试图靠自己的认知冲出瓶颈。

这是我第二次绝地重生。

我采用的是最笨、最无奈的方法——一丝不苟地做好初中课本后面的所有练习。很多问题我怕太简单，不敢问老师，只好死记。这恰好暗合了语言学习的规律。它不像理科,没有太多的为什么。

高二,我选了文科,可能与那个语文老师的赞扬有关吧。相对摩尔和力,我更喜欢组合起来便会魔幻般产生神奇效应的方块字。

文科班的学生都非常活跃,他们故意做出与文科相匹敌的桀骜不驯,与同学、与老师,甚至与校长辩论。我羡慕那些勇于与老师或校长过招的同学,他们满面红光,就像击倒对手的拳击运动员。他们以轻量级的劣势打倒对方,脸上挂满年少气盛的骄傲。我不行,我来自社会底层,在师长面前天生怀有深深的自卑。我们不平等!当然也有疑问,叛逆期的孩子哪个没有疑问?我躲闪着身边的同学,怯怯地给老师写信,惴惴不安地寻求解决疑问的最佳方式。只有在文字里,我才是无拘无束的。

一个内向的同学,这是我给大家的错觉。

高二新换了班主任——原来的班主任被同学们的辩论吓跑了。由于经济原因,学校的生活已经难以为继,我决意退学。新来的班主任范老师派了两个学生找到我家,劝我去学校,许诺拿出全班的助学金给我。我得以重返校园,成绩并不理想,可范老师依然对我充满信心,他言之凿凿,相信我一定能考出自己的真实水平。

我沉下心来,成了一个学习的机器。我的拗劲又上来了,我要证明范老师对我的判断。这是我第三次绝地重生。

我曾一度想做个历史老师。范老师讲历史从不拿课本,他好像是偶尔从教室门前经过,顺便进来讲两句。一上课,他先让我们想一想,中国历史上与台湾有关的史实,然后再工工整整地板书。最后,再用大括号括住那些史实,前面写上"为什么说台湾是中国的领土"。这样的课,其实也是艺术。

我后来才听说,大多数男生对范持有不同的意见。夜自习辅导的时候,他喜欢坐到女生的座位上。微醺的时候,甚至轻轻拍打女生的肩膀。他们对范的怨怼,出乎我的意料。是男性的嫉妒还是争宠未遂?他们甚至用了一个不该和老师连在一起的字——色。好在他们嘴下留情,没有在后面再缀上两个叠音字。

二十世纪末，范老师患病去世。这个不幸的消息传到我这里时已经相当滞后，我黯然坐在黑暗处，为自己对老师的无情惭愧。

整个中学阶段，我最有优越感的其实是语文。也许正因了这种优越，高中时我特别挑剔语文老师。正好当时县城图书馆成立，语文课又是连堂课，我就借了城里同学的自行车去图书馆读书。

图书馆并不大，但于我已足够。新到的书刊散发着墨香，还真有扑到面包上的感觉。直到现在，我都是这座不见生机的图书馆中几个少得可怜的固定访客之一。我被其中大量的美文感动，同时也被小说中那些时代的、恣意的符号震撼。原来，在我们的课本之外还有另外一个世界。我才知道我厌烦的不是语文老师，而是语文课本——它远离我们的生活，缺乏时代感。

高三的语文老师是个老先生，跟教材类似，缺少生机。我让同桌替我留意着，老师讲《阿Q正传》时通知我一声。我怀着侥幸——老师对阿Q这个人物肯定有自己的认知。那两节课，老师留给我的唯一印象就是用自己已不太灵泛的身躯扎马步。我觉得无聊极了，对语文课残存的一点儿希望彻底破灭。

高考成绩公布，我的语文又在小县城拿了第一。语文老师喜不自禁，可惜他还不认得我是哪个。

高考前两个月，我终于没有抵挡住身体荷尔蒙的袭击，陷入热恋。我不听老师的劝诫，像所有初涉爱河的少男少女一样飞蛾扑火，不顾一切。在我们牵手拥抱接吻抚摸的时间里，我的同学正在背英语单词、做数学模拟题、记历史年代……我如果有如今的世故与理智，自信绝不会浪费掉那些能改变我命运的两个月。

我始终不是个好学生，这是范老师对我的总结。我承认，他看得很准，至少我在思想上不算好。那些象征积极向上的红领巾、团徽，都与我无缘。我辞去大学班长职务时，辅导员劝我改做团支书，他不知道我还不是团员。

如今，再鲜有做一回学生的机会。当然，我指的是形式，有教室、有同学，也有老师。我们为小时候犯过的错误悔恨，为那些曾经的错过遗憾。不过，倘若我们真的都是严格按照老师要求毕业的学生,不说谎话,不做坏事,规规矩矩,既适应不了社会也难有创新。所以,我还是很庆幸,自己不算“好学生”。

2

参加工作第二年,我以高中教师的身份去初中督考。刚进学校,就遇到我的初中老师。师生俩进行了一场有趣的对话。

老师问,你现在在哪啊?

我恭敬地回答,县高。

县高?老师以为我还在复读呢。我们这儿,有在高中上过八年的,号称“八年抗战”。

是的,我在县高工作。声音低了八度,好像是向老师致歉,我的人生没有在老师的预算内。

老师没有向自己的判断妥协,接着问,你在县高做什么啊?电工?

当老师。我真是太不好意思了,怯怯地吐了三个字出来。

老师终于没藏住自己的惊讶,声音提高了许多。当老师?教什么啊?

英语。我怕吓着老师,声音更低。

老师还是敏感地捕捉到这两个字,吓了一跳。啊?英语?!

……

可能你已经猜出这老师是谁了,对,就是那个第一节课被我气哭的英语老师。我没有做成历史老师,阴差阳错地选择了英语。

我其实并不想当教师,还抱怨省供销中专没有录取我。那时候,外贸、供销是热门。有个笑话说,一个乡长到中学去给老师训话,你们要好好教,教好了,将来提拔你们去供销社当营业员。现在说起来是笑话,那个时代可是真事。

教师这职业除了没社会地位,还枯燥无味,前途一目了然。你从高一教到高三,然后再返回来重新开始,如此反复,周而复始,一眼就可以看到十年二十年后的光阴，能有什么意思？可我们农村孩子，理想不外乎离开土地，吃商品粮。

事实证明，我这种性格当教师还真选对了职业。学校是一个去行政化的地方，老师之间关系单纯，老师与领导之间更是如此。最典型的例子莫过于饭局，行政单位的领导一定得坐上席，无论他多么年轻。学校里不是，上坐的往往是年长者。

1989 年 8 月，我开始带第一届学生。我有好多做老师的想法要与实践结合，所以在班级管理上显得犹犹豫豫。我敬佩那些为学生鞠躬尽瘁死而后已的同行们，我承认我怀有私心，只希望师生之间平平和和，他们别太挑我这个新手的毛病。我努力贴近他们，与他们打成一片。我试图通过与学生交朋友来弥补我教学上的不足。也因此，他们是我印象最为深刻的一届学生，直到现在还和我保持着密切的联系。成绩呢，却不理想。师生之间缺少那种神秘的东西，缺少距离，我在他们面前缺少一个教师应有的威严。

第二年我改变了教风，变得严厉。我的目标是让学生们紧张，让学生们服从。我已经具备一定的实力应付调皮的学生，还有教学经验以及对课堂纪律的掌控。我依然怀了私心，希望他们成功之后永远记着自己的老师。果然，我教的那两个班英语成绩在全县高中班评比中分列第一、第三。可我还是不安，我太严肃，甚至太苛刻，没有留出缝隙给想贴近我的学生。二十年来，我对“好老师”的标准始终心存疑问。

有个学生家长，儿子考上大学后来谢师。他是屠夫，四处给人杀猪，身上油腻腻的，看不出布料的成色。当时外面正下雨，他举着一把破得不能再破的老帆布伞，身上却淋得精湿。进了门，先毕恭毕敬地把兜里的东西一个一个拣出来，我才知道是梨，一共九个，胖胖的。为了省路费，他步行了二十多里路。可以想象得到，他在大雨中是怎样小心地呵护着这些他认为能够表达他心意的梨。这是我收过的最贵重的礼物，当然，不是货币层面上的贵重。

老师的崇高，常常与窗户里透出来的烛光联系在一起。“春蚕到死丝方尽，蜡炬成灰泪始干”其实是李商隐的寄情名句，后世更多地用它歌颂老师的奉献精神。相对于社会，教师的力量很微弱。没有白大褂、国徽或制服作依托，老师难掩平凡。

有一年我带学生去广场接受教育。小时候我们接受过法律常识方面的教育，打击犯罪分子的目的是什么？惩戒犯罪，威慑群众。威慑还有意料之外，公判大会上有我的学生——刘。他其实一向很好学，捕前还找我借过一本英语教材。如今刘站在我们对面，身后是两个解放军，威严，荷枪——是不是实弹我不清楚。我因此有瞬间的迷茫，意识到教育力量的卑微。

教师作为一个特殊的群体被社会认知，是因为他们承担的社会角色的特殊性。他们是孩子们的导向，衣服要简洁，不能繁复；行为要端正，不能异端；语言要文明，不能粗鲁；形象要传统，不能先锋……这是一个不需要个性的职业，你的创新精神绝对不经由你的外在形象承载。我有一个女同事，一天要换三套衣服。当然，爱美之心女性尤甚。可她是教师，太专注于自己的衣着，就忽略掉了自己的导向作用。而且，有些衣服确实背离了教师的身份，比如网袜、超短裙、低胸上衣、露脐装……学生首先奋起抗议，直至学校不得不出面干预。

英语教师又是这个群体中最引人注目的。外国语本身就充满了神秘，引来世人的好奇也不足为奇。我回老家，人家信手指着身边的实物问我，石磙英语怎么说，板凳英语怎么说，或者干脆就让我顺口来几句。石磙和板凳是有典故的，说是一个大学生——大学生一直是农村人心目中的天之骄子——人家问他石磙怎么说，他答扛动谁信。人家又问他板凳，他答板凳四条腿儿。本来是笑话，至少大学生还算机智。不过，石磙这词还真难找到对应的英语。乡亲们有些失望，原来老师也不是无所不知啊。

2009 年 8 月，因为写作的原因我离开了学校。巧合的是，这一年恰好是我做教师二十周年。我早已习惯使用祈使句，不要说话、坐好、不准谈恋爱……校园恋情猛如虎。我承认我也不待见学生谈恋爱，尤其是女生。女孩子往往对爱情怀有更多的希望和幻想，一旦陷入其中，误了学业，也毁了前程。我不知道女教师们是不是恰好相反，她们是不是最不喜欢男生恋爱。这情景就像家里的父母，一旦知道儿女恋爱了，第一个反应便是反对，无论对方多么优秀。自己的孩子总是最优秀的，没人能配得上。按弗洛伊德的解释，父亲下意识里不希望有人从他身边抢走自己的女儿——父亲的另一个情人。

最不能容忍的，是外班的男生纠缠我班的女生。有一次，我在班门口恰好碰到一个男生含情脉脉地叫一个女生。一气之下，我踢了那男生一脚。每每回想这件事，我都会暗笑自己失态，简直有点恼羞成怒的意思，忘了自己的教师身份。后来见得多了，才习以为常。楼道的拐角处，操场的角落里，常常有男生女生眉来眼去，含情脉脉。我装着没看见，青春多美好，如果再加上爱情，岂不锦上添花？偶尔发现一对恋人争吵，我必定会把他们带到办公室，劈头盖脸一顿训斥，再讲一堆大道理。当然，少不了重申中学生守则和学校的规章制度。这么美好的年龄，这么美好的爱情，竟然不知道珍惜！

当然，也有朋友好奇地问过我，有没有过师生恋。一个老师，尤其是高中老师，在他正灿烂的年龄得到学生的爱恋，这不算意外。女生到了高中，正值感情的敏感期，除了老师和同学，她们没有接触其他男性的机会。同班的男生稚嫩、青涩，根本不能跟老师比。我的理解是，女生们对男老师的感情不是爱，而是敬畏。

大多数师生恋都源自学生。她们是花苞，正待开放，年龄、感情都是。我承认我曾有过两次这样的经历——称不上恋情，我只是碰巧赶上了她们的绽放而已。

第一个女生是我的第一届学生，我们只差四岁，她向我递来“秋波”，暗示她的好感，不顾一个少女应有的羞涩。我这样说，并不是想表明我多有男性的魅力。我那时刚刚踏上讲台，花名册里有个女孩与我女友同名。我藏着这个秘密，其实也玩味着，不断地提问她，把她从幻游中牵回到课堂。她误解了我的关注，这是年轻教师经验上的不足。

该女生身材颀长，具有运动员的天赋。学校运动会，她终于有机会展示自己。她说，如果得金牌，运动鞋（奖品）送给我。我信口开河，答应她必须得四枚金牌，我才接受。这其实几近不可能，因为每生最多只能报四项。不知道是爱情让一个少女陡生超人力量还是她本来就具备这个实力，该女生果真独得四枚金牌。

学期结束，我不再担任她的英语教师。她去我的办公室话别，吞吞吐吐，欲言又止。我是过来人，当然深谙她此时的心理，却并不委婉推拒，甚至还温柔相对，鼓励怂恿，逼她说出那个字。我当时已有女友，并没有与她共享爱情之果的意思，是男人内心深处的虚荣在作怪。我很快就意识到自己的阴暗，或者说可耻，及时切断了与她的来往。

我要感谢第二个喜欢我的女生，谢谢她曾经偷偷地爱过我。

二十一世纪初，我中途接替别的老师，带她所在班的课。她从外校刚转过来，坐第一排。几个月之后，课堂上开始有不同的声音，疑问甚至是质问，言辞犀利，暗含挑衅。我并没在意，以我的经验，文科班太有纪律反倒不正常。

多年以后，我和她的同学聚会，秘密揭开。她当时受到许多男生的关注，却公然在女生宿舍宣称她喜欢的人是我。一个学生提醒我，您还记得我们毕业那年暑假的一个电话吗？我当然记得，而且一直纳闷，电话中的女生躲躲闪闪，言不及物。原来是她！我当时有感动也有庆幸，以她的魅力，如果主动示爱，我一个凡夫俗子，恐难自制。真如此，她的前程岂能保障？

好在她一路顺利，大学毕业读研，如今在沿海一所中学任教。我们见过几次面，她已褪去年少时的青涩，娇美之外又平添几分沉稳。她的身边，自然少不了优秀男生。我对她的祝福无关男女，而是发自内心，也超越师生。

恋爱只是校园社会化的症状之一。关于校园社会化的优劣，我无法做出界限分明的判断。但有一点可以肯定，我不喜欢我的学生太功利。师生之间，彼此心里惦念着对方，间或一声问候，足矣。

这几年，随着学校的扩招，每年都会新分来一批年轻教师。军就是其中一个。军比其他新教师特殊,他同时也是从这所学校走出的学生。他很会利用自己既有的资源,很快如鱼得水。教师比其他职业的人更热衷于为人师,何况军是我们真正的学生。他还未进校前,我帮他留意学校招聘的时间、注意事项,找他那个专业的老教师给他指导……军就这样成了我虚荣心的道具或载体。幸运的是,军顺利考进我校,我们做了同事。未几,军的另一个老师升为学校中层领导,军弃我而去,转移了他对我的热情。

都是老师,我并不是在和军的其他老师争分学生的尊重。关键是军的转变太快,目的太明显,让人一时无法接受。

还有比军更聪明的,他们口口声声称主任或校长为老师,以示自己与主任、校长的特殊关系。学校由此延伸出一个新名词——表老师。叔有表叔,为什么老师就不能有表老师?表老师这个称呼极其宽泛,包括了求学期间在那所学校教过课的所有老师。

2007 年的某一天,我突然收到一封热情洋溢的邮件。这封邮件来自一位从未与我联系过的学生,据说还是在外省。邮件说,祝贺我升为校长,并语气坚定地说春节要回来给我祝贺。我没有回信,我不知道怎么回复。这封信让我很尴尬,升为校长的不是我,是我的同事,我们的姓名仅一字之差。

这是个美丽的错误,我在本地也多次受惠于这种错误。或者被误以为校长,或者退一步,当我是校长的兄弟。热情之后,是失望。这当然令人不爽,然而却容易接受——功利社会一向如此。真正让人不爽的是,主体变成了学生。我并没有责备该生对老师未尽探望之情的意思,社会竞争如此激烈,大家都在为生计奔忙,师生往来难免也会受到影响。可该生能找到我的 E-mail,足见其用心之深——这之前我一直没变动过工作,找到我的电话应该比找到我的 E-mail 容易。

该生并没气馁,不断发来邮件,重叙师生情。我忘了是第四封还是第五封,该生在邮件中终于附了一个只有校长才能解决的“小小”要求。没办法,我只好简短地给他回复,对不起,你搞错了,我是你的老师不假,但你想找的应该是校长。

也许是生了愧意,也许是了解真相之后的失望,该生没有再次发扬锲而不舍的精神,邮件终止。春节前后,我还隐约怀着希望,希望能见到该生,当面再叙师生之情,或者等到该生的一封邮件,解释他没回来看我的理由。

3

像所有的家长一样,我对自己的儿子同样充满了希望与幻想。跟大部分家长不一样的是,我是教师,已经累积了足够多自以为是的教育经验,急等着用在自己的孩子身上。

儿子还没入学我们就开始担心,他周围到处都是老师,担心他对老师没有神秘感。神秘感直接关系到一个学生对老师的信心和接受程度。我记得我上了初中还不知道老师也是凡人,隔着水塘见到自己的老师端着饭碗我竟大吃一惊,天哪,老师也要吃饭?!

儿子是我们家——甚至我们这个家族第一个上幼儿园的人。他很迫切,看到别的孩子背着小书包去上学,也急不可耐。幼儿园里无非就是玩,大班才开始教孩子识字,与小学衔接。为了防止儿子厌学,我没让他上幼儿园的小班中班,直接进了大班。

及至儿子进了小学,我们全家才紧张起来。学校门前有时间表,上午 7 点 40 到校,11 点半放学,下午 2 点半到校。这个规定第二天就被各班老师修正成上午 7 点到校、下午 1 点到校。我们不得不 6 点钟起床做饭,却不忍心同时叫醒酣睡中的孩子。等到时间差不多了才把儿子叫起来吃饭,再慌慌张张送他去学校。这个过程就像打仗般紧张,但是有条不紊。你不得不承认小学老师们的敬业精神,他们会早早地站在教室门前。校长呢,则背着手,那笑容明显是领导对辛勤下属的满意。

我问在小学当教师的朋友,为什么改了时间。答曰,学校的时间没变,是各班私自改的。因为期中期末考试班级之间要进行评比,抢到了时间就等于抢到了成绩。到了 11 点半,放学铃一响,候在学校大门口的家长们都把热切的目光远远地投向自己孩子的教室。然而,门阻挡了目光的深入。11点40分,那些门还不见动静。11点50分,偶尔有老师从门后探出头,看到其他教室门窗紧闭,又缩了回去。12点,孩子们才陆陆续续从教室里出来。晚上放学回去照样闲不下来,语文数学抢着布置作业。儿子不利索,我们不得不轮番督促他。很多时候,都要弄到10点才能上床。有时候,我都想上去替他把那些作业做完。我们家钟表最多的时候达到6个,饭桌上、床头上、客厅里、厨房里,甚至厕所里都备着……

儿子虽然生在这个不愁吃不愁喝的年代,可他的童年乐趣并不比我们多多少。好不容易熬到周末,街上各种各样的补习班宣传得铺天盖地,躲都躲不及。不去吧,又怕将来少了项特长竞争不过人家,只好也随了大溜,以儿子兴趣为由,替他报了电子琴班。好在这个我们可以做主,我们不奢望儿子成为电子琴大师,只是想让儿子有点乐感。

儿子还算聪明伶俐,他小学的班主任认定了他的潜能,某一天突然提出,要认他做干儿子。我被认亲仪式吓倒——我一向不大喜欢形式的东西,它太正规,让人生畏。我们没有这方面的经验可以借鉴,犹豫踌躇了几天,人家以为是拒绝,再也没提。

小学毕业,儿子一切正常。不,是超常。儿子从四年级直接跳到初中。

初中的生活比小学反而轻松了。整个初一,儿子的成绩始终中上游。初二第一次物理测试,儿子考了个第一。儿子是那种不太专心的学生,看上去吊儿郎当,暗地里却是下足了功夫的。物理老师刚刚大学毕业,不相信儿子的成绩,在班里点名批评他,下次不要再抄别人的了。这事过了很久我才听说,儿子哪敢回去讲。也怪我心太软,没有及时去责问那个物理老师。人家一个新手,挺不容易的。期中考试,儿子物理又得了个第三。这回物理老师比上回委婉,路过儿子身边时弯腰警告,考试要诚实啊。

还是这一次考试,思想品德课老师捎话,让我好好看看儿子的试卷,这样的学生家长势必得严加管教。我一看试卷,忍俊不禁。

倒数第二大题问:“你认为前进路上有没有挫折?怎样克服?”儿子在老师留下的大幅空白里只写了几个字:“我认为没有。”

我没有按老师的要求教训儿子,这样的命题本身就是一个错误。我自己身为教师,深知教师也不是万能的上帝,能普度所有学生。我甚至对老师们——包括儿子的老师,常常持怀疑或不信任的态度。我动用自己在教育部门的资源,帮儿子转了班,转到一个据说获得过省级优秀班主任称号的班主任名下。优秀班主任管理学生还真有一套,让学生互相揭发,谁揭发其他学生违犯纪律一次,自己再犯错误就可以免予处罚一次。这样管理学生的方法绝对是优秀班主任的首创,不知道后来的电视剧《潜伏》是不是受了他的启发。儿子很快被举报,跟邻桌女生谈恋爱。证据是给女生照相,并经常跟女生说话。

我最忌讳的事到底还是发生了。我让儿子早早入学、跳级,并没有育出神童的野心,只是想让儿子的高中时代避开他的青春期,免得被爱情这样的“猛虎”伤害。优秀班主任让家长去学校受教育,我没有去。我不相信儿子这个年龄知道恋爱,他才十二岁,他甚至没有性别意识。每次洗完澡,都会光着屁股大摇大摆地从客厅走进自己的房间,不管家里有没有客人。

这件事导致的直接后果是,儿子不愿再去学校。他坚持在家里自学,两个月后如果考试不理想再回学校。这个在我们小县城应该算史无前例的要求被我接受,我没有其他的选择。儿子这个年龄正有勇气,就像放学后在大街上飙自行车的孩子们一样,他们横冲直撞,目中无人,因为他们还意识不到碰撞的恶果。

中招儿子考了207分。这是意料之中的,我并没有太惊讶,也没有埋怨儿子的学校,优秀班主任都升成校长了,我能说什么?儿子就这样以全校倒数第一的成绩进了我工作的高中。

高一,除了他母亲教的化学之外,儿子其他功课都是一塌糊涂。分文理科的时候,我给他讲了很多理科的好,儿子没有分辨,他也知道“人穷气短”,规规矩矩进了理科班。我抓住吃饭的空隙,努力搜集这十几年的育人经验,苦口婆心地给儿子讲道理。终于有一天，儿子反问我："爸，你跟刘叔叔也是高中同学，你怎么不拿十七万的年薪啊？"

儿子第一次让我哑口无言。如此迫切地想让儿子考上理想的大学，实现我那时候未竟的理想。多么自私啊！

偶尔，我会想起儿子小学的那个班主任。我相信，他当年一定对儿子怀着隐约的希冀。倘若他知道了儿子目前的状况，我不知道他是否心存侥幸，侥幸自己免除了教育如此孩子的责任。

高二下学期，儿子突然提出转文科。其实也不算突然，只是我们从来没有问过儿子的想法。我没有犹豫，答应了他。我已经对儿子失去了幻想，尽管我不承认。但还怀着最后的希望，以最快的速度为儿子准备好书本。

让我意外的是，儿子小心谨慎地又提出找老师给他补习数学。我大喜，这是一个信号，值得父母欢欣的信号——高考的时候儿子数学竟然考了 130 分，这是后话。

儿子执意不让我给他补英语。我知道自己有责任。当老师的，教人家的孩子都能耐心，轮到自己的孩子就沉不住气了，讲一遍记不住语气就会加重，就会发脾气，甚至打人……

高考时，儿子几乎让所有的老师跌破眼镜，这个一年前还倒数的学生竟然离二本只差了几分。

兄　弟

1

去殡仪馆的路，总是让人五味杂陈。隔老远，就能听到里面的动静。鞭炮声是零星稀薄还是密集高亢，昭示着逝者在生者心中的低微或尊贵。这一次，我们送的是高中同学红，银行副行长，小县城金融界屈指可数的人物。红工作期间心脏病突发，不幸离世。

冰棺里的红，慈眉善目，方面大耳，如午夜酣睡的一尊菩萨。是化妆师的一双巧手，掩盖了死亡的狰狞与痛苦。一层透明的玻璃隔断我和他，是生离，也是死别。

殡仪馆的院子从来没有这么拥挤过。送葬总比庆生郑重，大家都希望担上死者朋友的名号。死者为大，人之常情。这其实也是一场表演，摒弃后顾之忧，展示生者博爱的胸襟。这样的聚会，欢快轻盈的苗头反复被掐灭，久别重逢的惊喜一再被克制。人流不息，但又不像市井那般热闹。红 42 岁，再严格一点说，到下个月 1 号刚满 42 周岁。这位 35 岁就晋升为副行长的昔日同学，据说马上就要迎来转正的考核。风华正茂，前途正好。

我与红最近的一次聚会，是在老师家。春节，给老师拜年。桌上的杂志上写着一句励志名言——人的一生，不是燃烧就是腐朽。有同学不解，什么意思啊。红用自己一贯的调侃口吻解释，这还不明白？燃烧就是火葬，腐朽是指土葬呗。声音低沉，语速缓慢，仿佛字斟句酌早有准备。我们都笑，红却不动声色。这是红一贯的风格，直到现在他还在坚持，任外面红尘滚滚，哭声震天催人泪下，红依旧表情无辜。

瞻仰遗容，安慰家属，是葬礼例行的程序。红的妻子也是我同学，他们俩的婚姻是我们高中时代仅存的恋爱硕果。他们的儿子跟我的儿子也是同班同学，两代人走了相同的路。节哀的话很无力，根本无法抵御死亡给亲人带来的伤痛。红活着的时候，我们交往并不太密切，但同学之间的纯洁并不显疏远。再加上随着年龄增长，参加的葬礼越来越多，同学的长辈、同事、亲属。正常的、非正常的……次数多了，连眼泪都少了。履行完所有的仪式，从屋里出来，突然看到墙上挂着的横幅——沉痛悼念红同志。白底黑字，墨迹似乎还没干透，闪着莹莹的光，那么刺眼。我的眼睛开始酸涩，然后是止不住的泪水。一个年轻的名字，过早地出现在如此庄重的场合。

最后是追悼会。从此后，我们再也见不到红那熟悉的肉身。悼词不知出自谁手，虚且空洞，甚至冷漠。红的名字前照例加了很多赞美，革命战士、优秀党员、好领导、好同事……可是，他走了，他曾经追求的这些也随着火纸化成灰烬。

我突然想起红同学曾经讲过的一个段子。某领导为激励部下，问他们将来躺进棺木里最希望别人说什么。有人说，最希望别人说他是一个容易相处的人。也有人说，最希望别人说他是一个勤奋的人。有一个人却说，最希望别人说，看，他还在动！

这场景有点梦幻，红同学如果此时还有意识，他一定也会有如此希冀，看，他还在动。然而，那毕竟是段子，生老病死是自然规律，不要说行长，市长省长也违背不了这个法则。我倒觉得，悼词要想让红同学自己满意，除了革命战士之外，最不应该漏掉的是，好兄弟！

兄弟这个词，其实是最高的褒奖。有时候，它比任何荣誉都实在。优秀党员太虚泛，好领导暗示着距离，好同事少了温度。兄弟亲密无间，是名词，也是形容词。一声轻呼，融化坚冰，点石成金。浓烈处，兄弟如手足，不可分割，重如泰山。

2

兄弟如手足，虽泛指朋友之间的友谊，但毕竟是比喻。而真正的血缘兄弟，不是如，而是天生的手足之情。

弟弟九岁那年，从村头的桥上摔下，胳膊骨折。因为没钱看病，全家人如眼睁睁看到陆地却无望的溺水者，哭成一团。那是我第一次为亲人落泪，家境寒薄如此，疾病跌伤都无力应对，还奢谈什么小康？眼看就要错过最佳治疗时间，父亲一狠心，把来年的蒜种贱价卖掉。杯水车薪，弟弟不得不去了一家小诊所治疗，最后留下终生残疾，胳膊无法伸直，勉强到160度。

弟弟20岁，还没有人来说亲。在我们张湾，稍微殷实一点的家庭，无论男女，都会早早定下婚事。弟弟的明天，很可能如村头的五保户，因残疾孤身一人终其一生。那段时间，爱情与婚姻几乎成了我们全家的忌语，谁都不敢面对。我力主弟弟走出去，外面机会多，弟弟毕竟初中毕业。这是弟弟的光明，也是全家人的希望。

然而弟弟在南方并没有意外发达，反倒入不敷出。有一年春节回来，竟然拿不出返回南方的旅资。我那会儿刚参加工作，区区一中学教师，没钱没势，无法给他一个体面的工作。弟弟倒不急不缓，笃定从容。怒其不争之余，我只得放下兄长的架子，爱情婚姻，循循善诱。弟弟根本没有意识到形势的严峻，或自觉我们杞人忧天。他始终坚信，自己跟其他男人一样，冥冥之中应该有一个对应的女人在某处等着他。

弟弟后来进城开三轮载客。他喜欢看电视晚会，偶尔也能哼唱几首让人勉强辨得出歌名的曲子。他床上有个笔记本，找不出哪一页是封皮，里面手抄了大量的流行歌曲，《懂你》《想你的365天》《最熟悉的陌生人》《单身情歌》……我怕他太专注于女人，影响开车，每次见到都反复叮咛，咱势单力薄，务必谨慎驾驶，小心行车。

某日某时，听说他弃生意不顾沿街聚众打牌，我当即火起，奔赴过去。我最怕他沦为赌徒，舅舅是我们身边活生生的例子。他一生嗜赌，赌光了微薄的家产。我私下分析，舅舅光棍一个，缺少生活乐趣，只有赌博才能刺激他乏味的人生。或者反过来说，赌博致使他光棍到老。弟弟与舅舅有太多的相似，我怕他误入歧途，情急之下，踹了他几脚。回程路上，一想到弟弟身上的衣服都是我身上淘汰下来的，还有他低头讪讪无语的可怜表情，我又心生愧意。一边是繁花似锦，一边是贫瘠乏味，这种差距不应出现在兄弟之间。

岁月蹉跎，弟弟仍是孤身一人。他没有成为赌徒，光棍的嫌疑却依然存在。有一段时间，到处流传着拾破烂的农民工找小姐的传闻。我无力严防死守，只好泛泛地叮嘱他，外面乱七八糟的病太多，千万要注意。

苍天有眼，弟弟的笃定终于让我看到了依据。27岁这年，弟弟的生活中一下子出现了两个女人。我和我的父母，都松了一口气。弟弟依然不急不躁，从从容容，在两个女人间举棋不定……

婚后，弟弟、弟媳去南方打工。还没站稳脚跟，父亲被诊断直肠癌。我给弟弟打电话，告示父亲的病情。弟弟一点也不含糊，哥，咱爸的病，你多操心。费用，咱兄弟俩分摊——弟弟一向嘴甜，深得左邻右舍喜欢。

父亲最后的日子，弟弟回来。爷爷跟我嘟囔他，说是回来看你爸，哪落过屋啊？咋不陪你爸说说话，给他擦擦身子……我对照自己，这不怪弟弟，我也做得很少。父亲有母亲照顾，我们其实插不上手。

父亲精神转好，我催弟弟回厂。老在家里守着，靠什么生活？

弟弟刚走，父亲就不行了。我决定不让弟弟再回来。他们刚走两天，再往回赶，折腾不说，钱都花在了路上。

母亲在家照顾弟弟的两个孩子，我不时回去看看。弟弟感激不尽，不停打电话给我。哥，我不在家，你多回去看看。哥，我寄点钱过去，你抽时间给咱妈送回去。哥，你多操心了……我也想略显矫情地嘱咐他注意身体，别太拼，话到嘴边，却改成，还有事吗？大脑储存的记忆里，找不到可以亲热起来的言语。每个字都很平静，但缺少温度。弟弟那边惴惴地答，没事。哥，你忙，我挂了。我唯一一次送过去的关心是，放假了，你去附近转转，也算旅游了。弟弟显然被感动，爽快地答应了，唯恐他这个哥哥收回这句难得的关心。当然，弟弟最终哪也没去。旅什么游啊，我们哪有那份闲心。

有一次，他打电话问我，哪里可以看到我的文章。我支吾半天，也没想出一个农民工去哪儿才能找到我的小说。文学期刊受众面小，报刊亭书店难觅踪迹。还是去网上搜吧，网上都能搜到。那边嗫嗫嚅嚅，我才恍然醒悟，弟弟可能还不曾玩过电脑。

新闻报道中有很多农民工业余生活的旖旎。我不相信。弟弟的业余生活，除了玩牌，我想象不出还能有什么。农民工这三个字，总会让我不由自主地落实到弟弟身上。他甚至堵塞了我对农民工的所有其他联想。

弟弟木讷、虔诚，对社会永远保持着仰望的姿态。他那么真实，那么具体，再精湛堂皇的文字也替代不了他。

3

一对虎崽在人类的狩猎中被捕获，凶悍的哥哥被卖到马戏团，弟弟则成了贵族的宠物。为了参加猛兽比赛，弟弟被送去驯养，最终成为斗士。一年后，陌生的兄弟俩在比赛场地相遇，展开厮杀。凭着记忆深处那童年兄弟特有的气味，它们很快认出彼此，并齐心逃向丛林。猎手随后追杀。危急关头，哥哥凭借自己在马戏团里跳火圈的经验，带着弟弟逃离了火墙。兄弟俩最终回归自然，与虎妈团聚……

这是导演让·雅克·阿诺的电影《虎兄虎弟》。这位曾经拍过《情人》的大导演试图向观众证明，世间所有动物的天性里，都少不了手足之情。

现实中，动物兄弟相亲相爱的例子也随处可见。有媒体报道，湖北大寨山农场，一匹黄马不慎跌入为了防止依山就势建造的房屋、靠溪河的农田和道路坍塌，在外坎用砂、石、砖修建的保坎里。它的黑马兄弟守候在那儿，从上午10点一直到下午5点，不吃不喝，双眼痴痴地乞望着过往的路人，希望自己的兄弟得到救助。马的主人介绍说，4岁的黑马性子刚烈，却和大约2岁的小黄马非常合得来，它们成了感情很好的兄弟俩。

人类因为其高级，则有更多的延伸。

三国鼎立时，皇族刘备礼贤下士，桃园结义家喻户晓。蜀汉政权的建立与巩固，与此息息相关。刘备的名言“兄弟如手足，妻子如衣服”更成了《三国演义》里众好汉升格成英雄的准则，小人物刘安就是其中的一个典型。刘备被吕布部击溃，逃亡途中，投宿山中猎户刘安家。刘安一时找不来野味，便杀了妻子给刘备吃。刘备知道真相后，“不胜伤感，洒泪上马”。后，曹操被其兄弟情义打动，命人送去一百两黄金酬谢。

无独有偶，另一名著《水浒传》中也有一个这样英雄为兄弟杀妻的故事。不过，此故事里的妻子并非无辜，其罪状之一就是挑拨杨雄与石秀的兄弟情。杨雄年轻貌美的妻子潘巧云试图勾引寄居其家中的石秀，石秀却不为美色所动，潘巧云心生嫉恨，转而诬陷石秀调戏她。当然，拨云见日，杨雄最终认清了敌友，以“坏了我兄弟情分”为名，与石秀携手杀了潘巧云，并烤其嫩肉。杨雄于是成就英雄美名。

兄弟情是印在中国古典文学上的一个浓深标志，也是中国文化的传统审美之一。男人若要在世上留名，首先要重兄弟，至于夫妻或父子之情，都黯然退其后。

当然，这都是艺术。然而，艺术离不开生活。

年轻的时候，我不习惯与人称兄道弟，也不习惯别人与我称兄道弟。尤其是，两个人初相见。飞来的兄弟，多少有些嫌疑。倾盖如故的前提是，要么一方有权有势，要么一方身价不菲。但是，男人的现实生活中总会有很多兄弟。或远，或近，或真，或假。出来混，兄弟这个词要经常挂在嘴边才行。现在，我已百炼成钢，连哥哥这样腻的叠称都能脱口而出。

三十岁以前我不是这样。那时候，真正与我称得上兄弟的，只有高中时代的叶姓同学。

从镇上考到县城，我的生活更显捉襟见肘。冬天还好，两人共睡一张床铺，沾同学的光，用对方的草席。到了夏天，天气炎热，我根本无力买席，只好借课桌当床。等同学离校后，拼起四张课桌，权当床铺，省去一床席钱。但那时候年龄尚小，外面一有风吹草动，遂心惊胆战。心里还得时刻绷紧一根弦，怕被第二天晨读早起的同学撞见。

我至今也没搞清楚，叶同学是看错了表还是过于勤奋，反正那天他起得异常的早。进了教室，我才被惊醒。叶同学惊叹，我怎么想到这个办法，既凉爽又不会睡过头。我们仿佛有了秘密，从此心照不宣地亲近起来。后来他自然而然地邀我去他家住，说是有个伴免得掌握不好时间。

叶给了我自尊，也给了我要命的帮助。

我大学毕业，分到县城高中。他家成了我的临时厨房，三天两头去饕餮一顿。他问我，《亲爱的小叶》是不是写他。我没承认，笑着敷衍，怎么可能？一段爱情而已。

1996年，他举家迁往渭南。我去送他，依依不舍。有人当面戏言，我们像同性恋。从此，我们天各一方。这是我最兄弟的兄弟。我敢肯定，我和叶同学没有互称过兄弟。如果有，也肯定是酒后。

这样的兄弟，一个足矣。

历史上兄弟情深的故事很多，最集中的莫过于梁山好汉。一百〇八位好汉啸聚梁山，举酒结义，舍生取义，肝胆相照，把英雄结拜之义举搞得波澜壮阔。他们可以没有爱情，但绝对不能没有兄弟。兄弟情，是整部《水浒传》的主题。美国女作家赛珍珠在将它介绍到国外时，直接翻译为“All Men Are Brothers(四海之内皆兄弟)”。

但那都是走投无路的乱世豪情，死里逃生当然感恩戴德。我更看重的是平和年代的兄弟之情，自然本真，绵远悠长。

大文豪苏轼的《水调歌头·明月几时有》其实是为弟弟苏辙所作。苏轼与苏辙六年未见，中秋之夜，苏轼望月思弟，生出无穷悲欢之感，遂用他最擅长的词，以明月为线索，发自肺腑地抒发自己的兄弟亲情，给世人留下了一首关于兄弟亲情的杰作。“兄唱弟随”，第二年，也就是神宗熙宁十年，苏辙也写了一首《水调歌头·徐州中秋》回赠其兄。当时苏轼出任徐州知府，四月离家赴任。苏辙与之偕行，并在徐州停留百余日。临别之际，又逢中秋佳节，他们一同泛舟赏月，苏辙就写了这首词来告别其兄。苏轼读了也即席写了一首同调和韵之作，序中云：“余去岁在东武作《水调歌头》以寄子由，今年子由相从彭门百余日，过中秋而去，作此曲以别……”全篇语调凄凉，抒写了二人久别重逢接着又将分别的依依难舍之情。

在勘问“乌台诗案”的过程中，苏辙愿意以自己的官爵为长兄苏轼赎罪，结果被贬为筠州监酒。后来苏轼第三次被贬，居于海南儋州，而苏辙也因为哥哥而受牵连被贬雷州。兄弟二人同时遭贬，患难与共，倍觉情笃。“中秋谁与共孤光？把盏凄然北望。”

我有一同事，替朋友担保贷款三万。银行清欠，同事的朋友消失，银行找不到借款人，于是担保人的工资被停，用于抵债。同事遭一圈人抱怨，为什么替这样的人担保？真是脑袋进了水。同事无奈，低语辩诉，不禁让人刮目。错不在我。我为兄弟担保有什么错？换作你急着用钱，我能袖手旁观？

如此朋友，堪比兄弟。

4

追根溯源，手足有情乃动物本性。不过，兄弟相悖的例子也有，比如牛背鹭。在父母出去觅食之际，小牛背鹭会因为无法分得足够的食物而不顾手足之情，互相残杀。这例子有点极端，就像人类也有兄弟反目的例证一样。牛背鹭并不能因此被认定为坏鸟。相反,因为它专门啄取耕牛和其他牲畜身体上的寄生害虫而被人类划归到益鸟的行列。

最不堪兄弟之名的,当属皇室豪门。几乎历代王权更迭都会引起兄弟互相残杀。铲除随时觊觎皇位的兄弟,毫无例外地成了历代帝王必经的大考。历史上记载最早的兄弟之间的仇杀,发生在周朝第二位天子姬诵在位期间。姬诵只有十二岁,由他的叔父姬旦摄政。其三个弟弟怕姬旦权力过大,会篡夺王位,于是联合商朝的后裔起兵反对姬旦。经过三年苦战,姬旦获胜,姬诵将自己的一个弟弟处死,一个发配,一个贬为庶民。

历史上著名的《七步诗》,就是对皇室兄弟操戈最真情的反诘。"本是同根生,相煎何太急?"千百年来,这两句诗已成为人们劝诫避免兄弟阋墙、自相残杀的普遍用语。曹植 12 岁那年,遇上大他十来岁的上蔡令甄逸之女,怦然心动,不顾一切地缠着他的老爸曹操去给他提亲。但甄家并没有答应这门亲事,反而把女儿许配给了曹操的对手袁绍的儿子做媳妇。从此,曹植"昼思夜想,废寝与食"。官渡之役,曹操攻下了袁氏家族据有的冀、青、幽、并四州,袁家家眷包括甄氏在内,全都成了曹操的俘虏。曹植喜出望外,再次向父亲表达想娶甄氏做老婆的心思。"东阿王求甄逸女,既不遂,太祖回与五官中郎将。"(《文选》)东阿王就是曹植,曹丕就是那五官中郎将。文武双全的曹植眼看就要被立为世子,曹丕嫉恨顿生。曹丕后来如愿得到皇位,找借口杀了曹植的左膀右臂杨修、丁仪丁廙兄弟。好在曹植曹丕一母同胞,又有卞太后在,曹植几次死里逃生。但曹丕担心威震朝野的曹植图谋篡位,一直寻机铲除。相传,曹丕想把一桩宫廷谋反的罪名扣到曹植头上,苦于没有证据,又不想放弃,便让曹植以兄弟情谊为题七步之内作诗一首,诗中不能出现兄弟二字。否则,云云。曹植闻到远处飘来阵阵煮豆的香味,灵感突生,借物抒情,刚走到第六步就作下了这首脍炙人口的诗。此传说的真实性无从考证,但四句诗的比喻却颇为得体,印证了其语境。曹丕也许是被曹植的文采折服,也许是囿于兄弟血缘,最终没杀曹植，将其贬黜到洛阳。

5

据说，北京公交集团曾印发“规范文明用语”，今后在北京乘坐公交车，年轻乘客将被统称为先生、女士或乘客，年少乘客统称为同学、学生，而年幼乘客则统称为小朋友。“同志”这个曾经在公交服务用语中一统天下的称呼，今后只被限制在年老乘客身上，而且还是最后一个选择。对年长乘客的统称分别是老师傅、老先生，最后才是老同志。

除了同志、小姐，汉语的语境还会滋生出更多因歧义而被敏感规避的词语，譬如干爹。爹，顾名思义，是那个生养儿女的人。躺在他怀里叫一声爹，是儿女的真情流露。而躺在干爹的怀里叫一声爹，则是一个女人千娇百媚的风情。在暧昧干爹的掩饰下，男人将老腿安全地劈出去，用长舌恣意地卷起嫩草，免去了弃正堂玩小三授人以柄之虞。

除了内涵的变异，汉语语言还将会失去很多具有丰富内涵的词语。比如，如果我们继续坚定不移地执行计划生育，就会导致哥、弟、姐、妹、姨、姑、舅、叔、嫂、弟媳、姐夫、妹夫、姨父、姑父、舅母等词的消失。不过，也许我们等不了这么久。因为我们的急功切利，兄弟这个词几近成为被糟践的新客。即使辅加上亲热的搂抱，它再也不能一声夺人无坚不摧。兄弟这个呼语，像众多的病毒疫苗，对关系砌就的堡垒只能无奈地摊手耸肩望洋兴叹。此肢体动作翻译成语言，最贴切的是两个言简意赅的象声词——嗯哼。

这还不算什么。如果兄弟这个词有朝一日让我们习惯性地睁大双眼，试图寻找其背后含着的沙、射出去的影以及潜伏着的暗箭，我宁愿它现在就从新华字典中消失。

您认为呢，兄弟？

你爸，我爸

提到婆媳关系，已婚女人大都会一二三四地列出婆婆的诸多不是，语气听起来像怀着深仇大恨。是啊，对于女人来说，婆婆怎能跟自己的妈妈相提并论？女人们理所当然地认为自己的妈妈是天下最好的母亲之一，她们没有想到自己的妈妈也会是其他女人的婆婆——也可能是其他女人眼里最不讲天理的婆婆。毕竟，公婆没有养过媳妇一天，没有 20 多年的相濡以沫，让她们互相容忍对方的一切缺点，有点不现实。婚后的男人和女人一样，骨子里很难认同那对突然多出来的父母。与女人不同的是，囿于情面，男人会做好表面工作。

我们家如果赶在五六十年代，是个绝对光荣的家庭——穷。我大学时谈了女朋友，两家仅隔了一条乡村小路。她爷爷是教师，在那个特殊年代受到过很严重的迫害，她爸爸当然也就有点文化，是那种在农村有脸有面的人，用乡里人的话说就是“高级社员”。婚前我去过她家里几次，说实话，她爸很有气质，也是我们当地极少数不信迷信的家庭之一。屋里像城里人一样，醒目地挂着禁止吸烟的宣传画，这在二十世纪八十年代末的农村绝对是不寻常的。最关键的是，她家境殷实。

我们的婚事在她的坚持下费了很大周折才获得她爸爸的许可，接下来就是钱的问题。一想到钱，我对我们家更失望。我爸形容“猥琐”（老婆语），不停地跟在别人后面奔波，到头来还是家徒四壁，就连我结婚办酒席的钱都需贷款。无论如何，我嘴上还是不愿意承认他笨，更不愿拿他和岳父比。有时候与老婆争吵，说到我爸她会有不易觉察的不屑，一种明显的优越感。

背着老婆，我承认我有过自卑。我甚至当着我爸的面说过：

“也不知道你们是怎么搞的，人家是越来越有钱，我们是越来越没钱，越没钱还越迷信！”话是没错，可这不是一个孩子该对父辈说的话，而且其中还不自觉地拿我爸和岳父进行了对比。我爸在那样的环境中竟然把我逼上大学，现在想想，为人父他已经很优秀了。

结婚第三天，我去岳父家，时间是五月份。我趁饭前的那段时间想小睡一会儿，岳父说了句：“这两天迎来送往地，累了，先睡会儿咱再聊。”这样的话我父亲很少对我说，我有些感动岳父的细心，暗里却心安理得地把这种问候归为客套。也许是农村孩子的缘故吧，我和我爸都很少用语言表露对彼此的关心。一直到现在，我都极力避免在岳父面前叫“爸”。

我爸总是以我为荣，无论谁提到我。因为我是教师，他便开始对做官生出许多的不屑，说搞行政的人工资不高，生活不稳定……他向一些不相关的人说我的成绩，说我是一个作家，言语里充满了儿子是县城最高学府老师的骄傲。这让我更加不喜欢他的浅薄，他的虚荣。但是，作为他的儿子，我在文章中提到他时，也像很多作者一样，用矫情的文字挤出藏在心底的那点父子感情。

2003 年秋，他到县城做直肠癌切除手术。在手术前的例行体验中，我看到体重那栏里填着 76 斤。那是我第一次内心深处为他震撼，一个 1 米 7 多的男人仅剩下 76 斤骨肉。

晚上回去，我一鼓作气写了篇散文《躲躲闪闪的父与子》。那时候我已经在报刊发表了 20 多万字，作品见诸报刊已不是什么新鲜事了。可是，我还是急于想让这篇文章印成铅字。我跟相熟的编辑们说，把这篇文章发了吧，我宁愿不要稿费。可是，投了好多报刊，都没有通过。很多编辑都说，文章很有感染力，但是与杂志的风格不一致。那篇文章，我是用最质朴的情感、时尚杂志作文的风格，描述了最俗套的父子关系。

还好，《新青年》的陈大霞老师把《躲躲闪闪的父与子》交给了主编，然后是《好家长》杂志，我爸在临终前看到了这篇文章。

2005 年农历腊月二十二，是我爸 58 岁的生日。我买了瓶茅台酒，请假赶回家。茅台被乡里人认为是最好的酒，是国家领导人喝的，我妈幸福地唠叨："他的病哪还能喝酒……几百元钱能买多少东西啊……"我爸说："也好，尝尝茅台到底啥味儿。"他或者早有觉察，这样的日子对他已经不多了。

在他已剩不多的时间里，我极力地孝敬他，是希望他能享受到儿子对父亲的尊敬与爱。还有，希望借此掩饰自己内心里曾经嫌弃过他的内疚。

2006年6月份，他的病情突然加重，当时我还在青岛。因为出门在外，我的手机设置了拒绝一切来电，只能接通家里的那个号码。电话响时我就有预感，正是晚饭时间，我很镇定，因为还有朋友在场。可是，妹妹的声音由慌乱变成泣不成声："哥，咱爸快不行了，你快回来！"

我看看表，9：07，青岛每天发往武昌方向的火车只有一趟，7点多一点。我让朋友帮我联系当晚飞郑州或武汉的飞机，结果没有。我决定立即动身，一程一程地朝家里挪，必须在第二天晚上回到家。如果错过了与父亲的最后一面，我会自责一辈子的。

到了火车站，买了最近一趟路过济南的火车。一夜无眠，到济南时，天刚亮。然后又一程一程地往驻马店方向挪。离家越来越近，越来越近。每换乘一辆车，我都会挤到前排，全神贯注地注意着司机开车，唯恐他们有一点懈怠。晚上9点多到了县城，我打电话给家里，妹妹已经哭得嗓音喑哑："哥，你快点，咱爸就等着你哩。"

赶了一天一夜的路，感觉自己好像在与时间赛跑。没有来得及吃上一粒饭，可还是不觉得饿。10点多的农村早就漆黑一团，我在村子东头又打了一次电话，其实也有通知我爸再等我一会的意思。深一脚浅一脚地跑回了家，还好，爸还在。他的胳膊在头一天就已经扎不进针了，按照当地的风俗他已经被挪到铺了稻草的地上。我进屋时，他的手还半举着，嘴微微地张开，眼睛向着门的方向，身体缩成一团。我抓住他瘦骨嶙峋的手，大声地喊"爸——"他已经不能说话，嘴里含糊不清地想说些什么。我们相处了一个小时，11点30分，他长长地吐出最后一口气，眼神慢慢地暗淡下去，没有了光泽。

我没有哭，不知怎么竟也没有眼泪。第一次经历这种与亲人阴阳两隔的痛楚，却不能放肆地哭，因为这个家需要我来主事。后来听到83岁的爷爷在哭儿子为什么走在自己的前面时，我的眼泪才开始在眼眶里打转，但依然没有掉下来。

我无法用电话通知要好的朋友，一说到我爸走了，就语不成调，好几次都不得不中断了通话。

老婆虽然也早早地回了家，可是我爸走的那刻她没有守在身旁，在邻近的岳父家睡觉。我隐隐地生出不快，当然也波及我对岳父母的感情。以岳父在我心中的形象，就不应该这个时候放纵自己的女儿。我知道我妈是在意这一点的，她不说，是怕影响我们夫妻的感情。

还好，岳父是最早赶到的人之一。说到这点，应该先回到我新婚的那一年。在我们当地，新女婿在第一年的春节拜见岳父母后，岳父应该回访。那一年，岳父没有去我们家，让他的一个儿子作了代表。我爸我妈耿耿于怀，说是我岳父不给我们面子，看不起我们这家人。

我爸在家里停了五天，用冰棺。夜里停电，我又摸黑去租人家的发电机。平时连鞭炮都不敢放的我，守在他的棺前却一点都不觉得怕。

我按当地最高的规格安葬了父亲，就让他死后奢侈一回吧。我也笃定地坚守着曾经让我不齿的所有农村丧事的习俗，希望自己的虔诚能让我爸在另一个世界里得到妥善安置。

其实我也是一个唯物主义者，不相信生老病死中的一些感应。我妈事后说，很神奇地，你爸本来头一天就已经不行了，只剩下一口气，他迟迟没有咽下那最后的一口气就是为了等你。我相信，他不是留恋这个多姿的世界，只想等着见我这个他最亲的人。

通常情况下，一个男人，一辈子有缘叫爸爸的只有两个人，自己的父亲、岳父。在家里，老婆有时候说，咱爸如何如何，我就打断她，到底是谁爸？你爸还是我爸？老婆气极，说我不该分什么你爸我爸。我说,孝心不在乎你怎么称呼他们,而在于你心里是不是已经把他们分成了你爸我爸。“咱爸”过于近乎,“你爸”“我爸”又有些生分,我想了一个两全的称谓“张旗姥爷”。很委婉中性的称呼,不偏不倚,两个人都能接受。

岳父现在也60多岁了,患有高血压、脑血管硬化。其实,他也像我爸一样关心我,一样为我出书炫耀,一样不厌其烦地嘱我注意身体,一样在我每次回家时做上一大桌子好菜……他对我的爱,何尝不像我对他们,不似与亲生父子间来得那般浓烈纯粹,怯怯地,小心翼翼地,因了我和老婆的婚姻。我总是埋怨老婆处理不好婆媳关系,而自己又为岳父母做过什么?不记得他的生日,没有给他买过茅台,没有叮嘱过注意饮食起居……

无论是“你爸”还是“我爸”,既然称爸,就都是亲人。爸,应该是儿女们在外失意伤心时最安全的港湾,是家的概念中最重要的两个人之一。爸爸走了一个,我再也不能拿“咱爸”指代不明说事,爸前面的定语该退休了。

下次再回老家前,我会记得去医院咨询一下岳父的病,注意什么,用什么药。在家里耐心地和他谈谈我的生活,他的身体。记得常常给他打电话:“爸,你要注意按时吃药……”让那一声“爸”,不再生涩拗口。

躲躲闪闪的父与子

1

打我记事起，父亲就是缺席的。1972 年，他因为类风湿瘫痪，那个时候我只有四岁。一直到我八岁，他都在外面求医。大部分时间是在驻马店住院，因为那儿有一个和他年龄相仿的亲戚——他的舅舅，我叫舅爷。如果没有舅爷，恐怕父亲也活不到今天。

由于无人看管，我六岁时便被送进了小学。在七十年代的农村，六岁进小学是绝无仅有的。老师们常常把我带到办公室，像逗弄一个玩意儿，当然也怀着善意的怜悯。还记得有一天我放学回到家里，在厨房的草堆里睡着了，恰好妈妈那天回家，心疼得抱着我哭了好久。

去学校附近的国营商店买东西，售货员常常会错误地多给我些其他的东西，不知好歹的我却总是折回去退还给他们。小小年纪已尝尽被同情的滋味。

后来，父亲能够走路了，但是一直到现在都不能干重体力活不能下水。他用心地把别人扔掉的烟盒收集装订，背面的白纸供我练习用。有时候他用橡皮把我作业本上的铅笔字一个一个地擦掉，可是那些红红的对号却怎么也去不掉，为此我总是暗里期望老师把对号阅号打小些。

长大以后才知道，父亲其实很有音乐天赋的，他会拉二胡、吹口琴、唱样板戏……

2

1978 年，我们举家回迁到没有稻田的淮河以北。

初中毕业，我没能考上重点高中，你能想象得出，一直指望我光宗耀祖的父亲是多么失望。因为太顽劣，学校不愿再接收我复读。父亲狠狠地骂了我一顿，我恨恨地发誓：长大以后不养活他。可是，他还是贼心不死极力让我复读。开学时，他又把我送回到我的出生地复习。

他其实一直都不知道该怎么管教我，只要我一回家，他就坐在我旁边看着我把课后练习从开始做到最后。为了让我体会干活的苦，我十四岁便会套牛犁地耙地。不过，我总是想尽一切办法逃避劳动，比如去上厕所，或者干脆装病，耗去一个早晨或上午的时光。

终于如他所愿我考上了重点中学，那个时候家里已经穷得几乎揭不开锅。从学校到家里是 6 角 5 分钱的车票，为了省钱，我很少乘车，回家大多时候都是借城里同学的自行车，要是逢放假便步行，其实夏天的晚上步行回去也是件挺浪漫的事。高中三年，我最大的愿望就是坐趟公共汽车，最害怕的是回家，怕临走前千篇一律的那道程序：跟在父亲的身后一家一家地借那一个月五元的生活费。那种痛楚就像明明知道地上有刺还要踩上去一样，是提前预知的不幸。现在想想，最难过的其实应该是他，一个成年人，明知被拒绝还得硬着头皮去试。记得有一次他骑自行车去给我送钱，把我拉到教楼的拐角处，把兜里的角分硬币都掏给了我。

因为缺钱，弟弟摔断了胳膊，我们全家人眼睁睁地看着他因错过了接骨的好时机而落下残疾。还是因为缺钱，我们家过春节没有燃放过鞭炮。那个曾经救过我父亲一命的舅爷远在驻马店听说后，每年的春节都会寄来一些钱，附言栏里写着：“外甥，这些钱你拿去买鞭炮。”

3

我考上大学，着实让他兴奋了一段时间。原本许下的愿，如果我考上大学就在村里放场电影，也终因没钱未能实现。

开学那天，他执意要送我去大学，我坚决拒绝。除了因为我怀里只揣了125元钱作为一学期的所有费用之外，还有一个不能说出口的原因——怕同学们笑我父亲土。整个大学时代，为了节省钱，我没有舍得在学校的食堂打过一次荤菜，不知道穿皮鞋是什么滋味。

参加工作的头两年，国家还提供商品粮。农村收成不好，我每月都想办法买粮食回家。春节回家，村里有人指着我教育自己的孩子长大要像我一样有出息。突然之间，我成了别人看得见的理想，父亲为此像功臣一样待我。

可我还是不喜欢他的唠叨，总是那两句话，听领导的，团结同事……

4

成家了，在单位熬了10多年，自己的孩子也已长到10多岁了，父亲也理所当然地老了。

回想父母带给我的，没有财富，没有机会，有的只是心酸的回忆，心里不免有些愤恚。

2003年秋，父亲来我城里的家，他瘦得皮包骨，很陌生的感觉，我才惊觉很久没回家了。由于忙，我还像从前一样，给医院的朋友挂了个电话让他自己去检查。

那天上午，是9月6号，我正上课。朋友打来电话说，父亲得了癌症——直肠癌。我一下子愣在那儿，不知道该说什么。那一年，他只有56岁。

他以前总是说："大难不死，必有后福。"可是，现在他得了癌症，却还没有享过一天的福，福到底在哪儿呢？

9月9号做手术，医生给他称体重，76斤。第一次，我为他伤心地流下了眼泪。

从20多岁起，先是和疾病纠缠不清，然后是监督我走向他的理想（当然也是我的），他几乎没有一天消停过。

有人说，孝心就是你有一碗稀粥，他一半你一半，而不是你有山珍海味却只让他吃饱饭。没有人逼我做千古留名的孝子，我只需偿还他当年勒紧裤带供我上学的精神气，我的孝心只需抵得住他当年没有自尊地领着我挨家挨户地借钱就行了。

可是，做儿女的，永远也不可能比父母付出得多，永远也不可能还得清他们对你的好！

两只猴子的梦想

我们有很多共同的地方，高鼻梁，皮肤白皙，聪明，喜欢音乐，就连属相也一样，属猴。不一样的是，他常常会突发奇想，半夜里敲开我的门，只是为了问："你有没有觉得我的名字很俗？"

尽管在那样的时间讨论那样的问题任谁都会烦，可是看在他平时很少主动找我征询意见的份上，我还是尽量藏住声音里的不耐烦："那你想叫什么？"

"张子强，怎么样？"哦，想起来了，他近段时间对世纪大盗张子强特感兴趣。

我说："那可不是个好人啊，况且他又没有什么好下场！"

这事还未完，没过几天他又拉住我："你看我叫张朝阳怎么样？"言语里透着少有的热情。

我知道，他想发财都想疯了："拜托，发不发财不在乎叫什么名字，如果你功成名就了将来也会有人把你当成理想的标本，甚至连你的名字张旗也会是一种时尚！"

我们住的是一套两居室的小公寓，他住小的，我住大的。屋子里的卫生基本上都是我打扫，他太懒。每次让他拖地，他总是嬉皮笑脸地找借口溜走。

"太忙顾不上，改天放假再说。"要么就是："你年龄大些，怎么能忍心看着我干？"

这样懒下去岂不是在害他？有一天我趁他高兴时激他："你要是能连续拖一个月的地，我付给你一百元钱。"也就是说说，料他也不会干的。没想到第二天他就开始拖地，唉，我忘了他的财迷本性。

不过，那一个月我真是过得惬意啊！每天晚上回去，像皇帝一样，只管大腿跷到二腿上，窝到沙发里看电视。看到他在我周围忙前忙后的，不由得让我想起了郭达在小品《机器人》中的台词："蔡明啊蔡明，你也有今天啊？爽！"有时候他也想撒赖："我今天实在太忙了，你能不能替我一次？"我呸，小子，我走过的桥可是比你走过的路多！表面上却不动声色，笑着接过拖把："好啊，按约定一次扣10元。"

他听到这话，一把夺回拖把。很快收回先前谄媚的嘴脸，开始毫不留情地讥笑我太土，和我争抢遥控器。我一直说不过他，常常被他驳得一无是处，自信心全无。毕竟，咱的脸皮还没有那么厚。有一次，真的是被逼得走投无路了——我发誓，只好怯怯地把自己发表的大大小小的文章拿出来撑门面。

"切，这年头发表文章还不容易得像从网上下载个手机铃声！"一副不屑一顾的神情。

眼看硬的斗不过他，只好改用糖衣炮弹去拉拢腐蚀他。趁着那天得了一笔可观的稿费，我破天荒地拐进了商场，忍痛给他买了一件衣服，想他至少也会吃了咱的嘴软啊！

不曾想，得到的还是讽刺："你还没有老到这种程度吧？品味那么差啊！"

不管他怎么嘴硬，好像那件衣服还是起了作用。有一天，我听到他在隔壁和他的朋友们聊天，总算找回了一些自信："可别小看隔壁那个其貌不扬的人，好歹是个作家！他可是我一直以来的理想！"语调里满是因我而生的骄傲、自豪，害得我签了一下午的名。

写字的人都对电脑有着特别的敬畏，怕它突然死机找不到几近结尾的文章，怕它被病毒侵害把文章搞成乱码，怕它不能正常工作错过最佳的写作状态……就差天天给它烧高香了。后来，我干脆买了一台笔记本，打算只用它码字，上网或干其他的活都用办公电脑。

买回来的第一天，我宝贝似地把它藏在卧室里。晚上回来一打开，在最近的文档里就发现了周杰伦的歌。这家伙，准是偷偷地玩了我的电脑。

在一个屋子里住着，难免会发现他有太多我看不惯的东西，他总是满不在乎地回应："不要把你的想法强加在我身上，难道你的朋友个个都得按你的标准生活？为什么你没有你的同事职位高挣钱多？"

也是，自己的事都管不了怎么去管别人？

在我面前，再也没有哪一个朋友像他这么得脸。你也许早听出来了，他是我儿子。他吃准了这一点，所以在我面前为所欲为，美其名曰"新时期的父子关系"。反正无论怎么着，哪有父亲怨恨儿子的道理？为他，我可没少做糗事。我们第一次见面，他就给了我个下马威，谁也不理，可把我给吓坏了。医生倒提着他，拍了一巴掌他才委屈地哭起来。在寂静的凌晨，那声音那么嘹亮，仿佛响彻了整个县城。他喜欢有人逗他玩，我只好经常把他举过头顶，听他疯笑，也常常被他的尿洗脸。一岁多时，他还不会走，我总怀疑他的腿有问题，到处找医生，直到被证明确实没什么问题……我为他的每一个进步骄傲，心疼他身上哪怕一处小小的创伤。这十几年，他哪怕是长高一厘米，我都会欣喜若狂，因为我不希望他像我这样成为浓缩版，即使是精华。

记得小学三年级时，他从街上拿了个传单回来。那是一个广告宣传单，一家灯饰商店在征集广告词。他在屋子里憋了半天，整出一句广告词："是谁把屋子弄得这么亮？看那博雅灯饰！"

我看了以后大为惊讶，这不就是二十世纪八十年代轰动一时的朦胧诗吗——"在向你挥舞的各色手帕中，是谁的手突然收回？"

自那以后，我再也不敢写诗了，一个无师自通的小孩子都能把诗写得那么好，你说，我能不紧张吗？

可是，他毕竟是孩子，也有淘气犯错误的时候。那次他逃学去上网，我打了他。像天下所有恨铁不成钢的父母一样，我把平日对他的不满全洒了出来。他哭着说："我不就上一次吗？再不上了不就行了！"

我厉声驳斥他："这不仅仅是上网的问题，知不知道找不到你老师和家长都急成什么样子了？"

“你不也一样吗？你知不知道你喝酒后骑摩托一样让我们担心？我有什么不良习惯还不有你的一份功劳，遗传！”

他一下子就触动了我心底最柔软的东西。我上前将他搂在怀里，没有再斥责他。把这个小屁孩养大多么不容易啊，他现在终于能替父母着想了，我的心里充满了幸福的成就感。

还有一次，我和他妈吵架，他放学回来看到地上扔着我的衣服，捡了起来，走近还在生气的妈妈：“妈，别扔爸的衣服好吗？以后爸的衣服我洗！”

话说得像个大人一样，可他还从来没有洗过自己的衣服，哪怕是一双袜子。他妈妈后来向我讲起这事时，感慨地说：“还是血浓于水啊！”

一晃，儿子已经十四岁了，在我工作的学校读高一。由于基础没有打好，成绩不理想，有时候，饭桌就成了我们教育儿子的阵地。他更伶牙俐齿了，但内心里我们得承认他并不是胡搅蛮缠。相反，我们做父母的却常常以师长尊严为盾牌迫其就范。

“什么前途，还不是为了你们的面子！”

可不是，父母都是教师，儿子功课上不去，多没面子啊！儿子这句话让我对自己的教育理念反思了很久。其实，他应该算是个好孩子了，独立性强，想象力丰富，人际关系好，有同情心，喜欢做公益事业……一个国家还讲究综合实力呢，对于孩子，哪能只单单盯住分数？

我开始有意识地走近他的内心世界，和他下象棋，买他喜欢的魔幻小说，在他电子琴班结业时参加他的汇报演出……人都说儿子大了和妈妈亲，一点都不假，我费尽心机还是赢不了他的心。下班回来，想让他给捶捶背，他头一别：“又不是老了！”我心里就酸酸地，幻想着如果他是个女儿该多好！

打乒乓球时没注意把脖子扭了，好几天都是别着头走路。老婆在我脖子上揉了几下就喊着手都累疼了，恰好他放学回来，接了班。也可能是心情的缘故吧，感觉好多了。让我倍感意外的是，下午他放学回来，第一句话就问：“爸，脖子好些了吗？我再给你揉揉吧?”我闭上眼,女儿也不过如此吧。如果每天都能听到这样关切的问候,我宁愿一辈子做歪脖子,恣意享受儿子给我带来的天伦之乐。

谁说儿子不省事?只是中国人一向感情内敛。再说,年纪轻轻就想倚老卖老,也是他们这一代最反感的矫情。

前段时间我特消沉,不喜欢学校的工作氛围,作品也出不来。他弄了10个纸签让我抽,说是上回去山上向寺庙里的和尚求的,挺灵验的。我一向不相信这样求神算命的东西,又不忍拒绝儿子的一片诚意,信手抽出一张。他接过去,兴奋地念:“35岁以后一定会生活美满,工作顺心!”

我迎合着他的情绪,笑了。

朋友来借书,我带他去儿子的房间找,发现了那些纸签的秘密。

“你的才气在40岁以后助你功成名就。”

“你一定会成为名扬全国的大家!”

“你的儿子会如你所愿幸福健康。”

“等你老了,你的儿子会像你现在爱他一样孝敬你。”

……

我本想在莫名其妙的朋友面前竭力地掩饰自己的感动,却夸张得把眼泪都笑出来了。我知道,纸签上的话,全是儿子心底的祝福。

又到了儿子放学回家的时候,我站在窗户前用眼神默默地迎接他。儿子的个头已经比我还猛些了,倔强的短发和肥胖的衣裤彰显着他们这个时代年轻人飞扬跋扈的青春,放纵自由的身心。

儿子身上,有我从前的影子,也有我宏大的梦想。

父亲的故乡

看过很多写故乡的文字，总觉得故乡于我，是一个很虚很远的词。

我10岁以前，我们一直住在淮河以南的一个小村庄里。那是一个到处是水的地方，除了给我们带来吃不完的稻米，还有水仗、抓鱼的回忆。那个时候，像所有的孩子一样，我只知道玩乐，没有忧愁，体会不到生活的富裕或窘迫。

不记得具体哪一天，父亲突然决定离开那个叫余湾的小村，搬到淮河北面父亲的老家——张湾。印象中好像当时有很多人来我们家游说，说是那边连宅基地都没有，为什么这么匆忙呢。父亲反复对姑姑讲过的一句话，我记得很清楚："那可是我们祖祖辈辈生活过的老家啊！"这样的话，让小小年纪的我心里充满了对父亲故乡的向往。现在想来，或许与父亲瘫痪过两年有关，归根才能让他有更踏实的安全感。

张湾，是一个全村人都姓张的大村庄。而我父亲这一支，也是村里最大的家族。家还没有安顿好，我就去了学校，隔着窗户看到那些简陋的土桌，对新家的好奇全被失望代替。我那时正上小学五年级，在有关故乡的作文中，都把笔墨无一例外地泼给了余湾。那些童年的纸风筝，啪嗒啪嗒能自动扣上的文具盒，还有姑姑送给我的小皮鞋……余湾给我的是精神和物质的富足，这一点远不是大人们口中的故乡所能取代的。直到上了高中，我还是盼着有机会回到那个余湾，在姑姑家享受四菜一汤的家常生活。

高中是在远离张湾的县城完成的，当然要寄宿。枯燥的学习，禁锢的生活，让每一个喜欢斑斓生活的年轻人都喜欢回家的感觉。家虽然破点，但是自由啊。可是，往往是回家后又盼着返校，处处拮据的日子让一个初谙世事的小青年意识到了贫穷的滋味。每一次去学校前,我都不敢提钱,好像那个话题就是一颗地雷,谁也不愿先踩上去。每次都是尴尬地跟在父亲或母亲的身后,一家一家地去借一个月五元的基本生活费。

暑假里,我和父亲推着一辆载满辣姜的架子车去100多里远的信阳。其间要趟过淮河,翻过一座小山,才能走上柏油马路。一路上心里凉凉的,我知道这样的日子或许就是我将来的生活,我的父辈们每天都在重复着这样的疲累。晚上,住在五角钱一晚上的小旅馆里,父子俩相对无言。回到学校我更加发奋学习,希望课堂上学到的政治经济学能发家致富。

考上大学的动力,很大程度上是来自不想过父亲那样的生活,想离开那个父亲叫作根的张湾。那一年,我们附近十里八乡都知道了张湾村——我父亲这个家族的显赫,不仅仅是香火旺,父亲这一辈总共有11个男丁,还因为只有我们这个家族出了大学生,而且不只1个,是5个。

可是,像我这样一直受着唯物主义教育的学生是不会把生活与这些联系在一起的。我只记得我上大学那年,弟弟摔折了胳膊,全家人坐在屋子里把准备做种子的蒜瓣一个个地用剪刀剪掉须和杆,拿去换钱给弟弟治病。杯水车薪,那些钱远不足以把弟弟送到正规的大医院,他的胳膊最终只能伸到150度左右。那是我第一次为这个穷困的家落泪,无声无息地,在周围凄凉的哭声中显得那么无助。

走了,终于有理由不回家了,大学虽然在一个并不算太远的城市。第一年,我在笔记本上认认真真地记下了我所有的花费:145元。穿着土土的布鞋,在全是水泥地的大学校园里奔忙。

工作分配经历了一个小小的波折。去县城教育局时看到我名字后面的工作单位是我们乡的中学,这是意料中的事,一个在城市没有任何背景的外来户,不可能谋得更好的工作地点。我很难过,不是因为工作在乡下,而是因为单位离我不想面对的生活太近了。我木然地去领派遣证,却被告知要再等等,“研究一下”。我后来才知道，当时的县城高中实在没法开课了才临时把我要了过去。这次阴差阳错，改变了我一辈子的命运。父亲有些骄傲，像是他自己造就了我的学业以及我在城里的工作。

去单位报到的那晚，我很踏实，终于离开了这个让我沉重的村庄。

但每年的清明节，我还是要随着在城里工作的叔叔们回父亲的老家张湾。他们都在城里谋着大大小小的官，我这个教师在他们面前有点自惭。不过，回到家乡便都成了人人艳羡的城里人了，个个都是意气风发，借着祭奠祖先的名义。我的辈分最晚，跟在他们的后面，在村里很自豪地走一遍，再去那我早已分不清谁谁谁的坟地。总之，光宗耀祖就好。

听说有一年，我们的祖坟被哪个眼红妒忌的人挖了，说是想破破我们几百年来一直很旺的风水。

这么多年来，我小心翼翼地把自己的生活习惯归向城市，比如已经习惯把偶尔回家说成是下乡。我们家有条小狗名叫来福，每次到了村头远远地听到来福的叫声我都有一种很放松的感觉。到了家门口，来福像早已与我很熟络的样子，围着我转。有一段时间到处都是狂犬病的新闻，我就打电话回去，要父亲把来福卖掉。可是等到我再回去时，来福的叫声还是远远地从家里传来。母亲讪讪地说，养了几年了，怪舍不得的。父亲从来没有埋怨过我回家的次数少，可是，从他们对来福的感情看，一条狗养了几年就舍不下，更何况养了一个人几十年呢？我总是很坦然地把种状况归为工作忙，都是生活给逼的。后来有了电话，回去的时间就更少了。遇到不得不在老家住一夜的时候，父母当然高兴得不得了，像招待客人一样招待我。去新买了毛巾，换上新的铺盖，杀鸡……反正都是待客的礼数。我有些忐忑，转念想想，我已经给他们挣足了面子，很多邻居都把我当作教育孩子的例子。我不在家时，人前人后，父亲还是在几乎没有人上学的村庄里以有一个做高中教师的儿子而骄傲。

夜晚，躺在床上看着墙壁上挂着的已经蒙了厚厚灰尘的琴盒，忽然联想到我的音乐细胞也许是父亲遗传的。可是,长大以后好像再也没有听到过父亲抚弄他的二胡了。那忧伤婉转的弦乐,其实正合了我们家的生活。

今年6月,我在青岛接到父亲病危的消息,连夜往老家赶。妹妹在电话里已经泣不成声了,父亲真的不行了。

按农村的习惯,父亲被挪到摊着稻草的地上。他的眼睛一直向着门口,直到我回去。妈妈哭着说,他就这样一直坚持了一天一夜,他是想临走前再看看他最亲的人。这是我第一次没有以一个唯物主义者的身份看待死亡。整个葬礼,我恪守着我一直很不屑的农村的所有旧习,争取用农村里较高的规格告慰父亲的亡灵。现实中,我没有能力改变父亲的命运,我只希望,如此的安排能让父亲在另一个世界过得好一些。

父亲如愿葬在我们家族的老祖坟里,墓地也是经过仔细勘探的,用风水先生的话说,是躺在奶奶的怀里。

张湾,再也不是父亲的故乡了,它像一件家传的宝交到了我的手上。而我那10多岁的儿子,也像我当年那样,对张湾没有什么真切感情。他只有故城,哪有什么故乡。

9月份,学校发了一张表格,上面有祖籍一栏。以前我都是漫过去,这一次,我工工整整地填上张湾村。后来看超女总决赛,单亲的艾梦萌对节日里伤感的母亲说,有妈的地方就是家。我心里一颤,这难道不是我一直想要找的答案吗?

故乡,其实就是有你最爱的人坟茔的地方。

第三辑　行走

爱，是用不着说对不起的

大学里第一次上视听课，老师放的是英语原声电影《爱情故事》。影片结尾，奥利弗坐在哈佛大学溜冰场的长条椅上，面对一天一地的白雪回忆他和简的点点滴滴……他听到有人哭，以为是影片中的声音。转回头，发现是坐在自己身边的同学，丁小菲。还好，手绢刚刚洗过，他勇敢地递给她，一起递过去的还有他对她的欢喜。

那次的视听作业有两个人做得最好，一个是故事梗概写得好，一个是经典对白抓得准。丁小菲和段青云，老师在第二周的视听课上表扬了他们。“Love means never having to say you are sorry.（爱，是用不着说对不起的。）”段青云有些心虚，他早知道这句话的。第一次看英语原声电影，他其实和大多数同学一样懵懵懂懂。

丁小菲和段青云，多么协调的名字。他那时只有十七岁，是班里最小的学生，所有的同学都喊他小弟弟。从小就是一个自立的人，但在她面前，忽然间感觉到自己的脆弱。第一次，为一个女生睡不好觉。

周末，段青云的妈妈来学校看儿子，学生们正聚在大礼堂看表演，碰巧遇到丁小菲。丁小菲热情地领她去校外的小餐馆吃饭，电影结束才找到段青云。夜里，段妈妈顺理成章地住到她的铺上。

他请她吃饭，请她看电影，送她小礼物，打着感谢她招待妈妈的旗号，两个人交往由此增多。他去女生寝室，管理员会问：“又去找你姐是吧？”他点头。有人起哄，干脆就认了这个姐姐吧。也好，这样的接近更名正言顺。

两个人煞有介事地在女生寝室里跪地拜天。旁边有人信手在墙上刻下了丁小菲和段青云于某年某月某日结拜姐弟的字样。临近春节,有急不可耐的学生在校园里放起了烟花。她拉起他的手:“走,姐带你下去看烟花。”他在家中排行老大,那一刻,真的有做弟弟的幸福感觉。

又一年的春季开学,她带来家乡的糍粑、麻糖分给同学。他到校最晚,去教室上课时,她递给他一个铁盒子,亲热地搂住他的肩膀:“给我弟弟留的最多。”

五月初,天气微凉。晚上11点多,她在楼下无所顾忌地大喊:“段青云,我是你姐!快下来!”很多男生就从窗口探出头,捏着腔学她:“小弟弟,快下来!”他重又穿好衣服,下去陪她照相。假装很亲热的姐弟俩,还是有些男女之间的距离。

有一天,她从学校旁边的枫树林里钻出来,对着有点诧异的他介绍旁边的男生:“这是你姐夫。”据说是她高中时代的初恋,本校一年级的新生。那片树林一直是历届学生谈恋爱的地方,他从来没想过去那儿。一时间,两个人如胶似漆,段青云成了多余的人。

两个月未过,她哭着来找他。他不知为啥,希望是他们分手的消息。她不说,只让他找一辆自行车载着她出去。他不停地追问,想得到证实。她哭得更厉害,说你还小,不懂的。他黯然神伤,弟弟这个角色到底要演多久?

她哭得没有力气,整个身体伏在他的背上。这是两个人最近的距离,也是他最熟悉的亲近方式。他有些慌张,车子颠了一下。她的手臂就势伸开来,圈住他的腰,依旧是梨花带雨,洇湿了衣衫,浸入肌肤。像数百条毛毛虫的触觉,激起他的每一根神经。

她为他洗衣服、缝扣子,取笑他和女生的点滴交往,眼神里泛着弟弟终于长大了的欣慰。可是,她的名字却挤满了他大学四年的日记本。在他无助的眼神中,她又开始新的恋情,对方是系里的辅导员。他讨厌新姐夫看他的时候,总是怪怪的眼神。辅导员曾经戏谑地问过他,喜不喜欢丁小菲。他坚定地给了对方一个字:不。他不喜欢她,只是爱她,他在心里对自己说。看得出来,新姐夫其实不爱她。

毕业时，她的第二次大学恋情也自然结束。那晚，英语系全班30位同学把教室当餐厅，吃散伙饭。有人拼命地喝酒，拼命地说着道别的套话。夸张的语言，掩饰着分别的伤痛。他不，他只是和每一个人碰杯，相信这不是永别。

第二天一早，她来敲门。他感觉头脑是闷的，起身四望，寝室里已经没有一个人。他睡在上铺，她垫着小凳子和他说话。她像四年前一样，眼泪汪汪，即使姐弟，如此分别也会断肠。她11点的火车，他要送她去车站，她不许："有人送我的。"

终于要分别了，她上来拥抱他，那是他们的第二次相拥。第一次是她失恋，她无助地贴在他的背后。对不起，这四年，姐姐没有照顾到你，她的嗓音也些喑哑。他又一次想起《爱情故事》中的那句对白："Love means never having to say you are sorry.（爱，是用不着说对不起的。）"这是生离，那是死别。有时候，生离的痛楚更伤人。

8月份，她在电话里告诉他，她已经和孝感市重点高中签了合同。快要挂上电话时，她顺口问了一句："我们学校还需要一个英语老师，你想不想来？"他不假思索地应下来，好啊好啊。她已经抛弃过去，这次邀请或者就是一个暗示。

他坐长长的火车去她的城市。推推搡搡中挤出车站，旋即被听不清楚的湖北方言包围。他突然生出孤独，急切地想见到她，扒上一辆载沙的货车奔向她乡下的家。

凌晨四点多找到她家，连她也感到不可思议。她亲热地向她妈妈说着他们结拜的事，并极力撺掇他也叫妈妈。他不敢拒绝，怕老人看出自己当初结拜的心思。

他喜欢这样的生活，喜欢她在他面前说"我们孝感"，喜欢她说"咱爸咱妈"，喜欢她对着他就这样一辈子用我们两个字。他父母只有他一个儿子，早已为他联系好了工作。他却抛下一切，在一个陌生的城市，和一个熟悉的人开始新的生活。

他早已习惯叫姐，只是他们的姓氏暴露了彼此的身份。免不了被议论，他希望她能由此想到自己的苦心。她又来说对不起，怕因为她影响了他的婚姻。她闪电一般结婚,像她一贯的恋情。对象是教育局的一名公务员,他最后的一线希望破灭。婚宴那晚,他再次喝醉。嘴里喊着姐夫,心里千疮百孔。

她给他张罗女朋友,一个一个被否定。24岁那年,娶了她的表妹。即使不做世上最亲的人,也要做一个血缘上的亲戚。结婚前夜,她有些伤感,不是爱,只是惯性的占有。就像她骑了十年的自行车,已经破旧不堪了,可一旦有人要它,还是有点不舍。

姐夫是个正直的人,也爱她。看得出来,她是幸福的,他在心里安慰着自己。老婆孩子都有了,他的生活也波澜不惊。两年后,姐夫升为副局长,他也成为学校的教务主任。

被查出肺炎那年,她25岁。一边输液一边上课,终于虚弱地站立不住了,才去武汉检查,肺癌晚期。

接着就是痛苦的治疗。头发慢慢脱落,经济上也无法为继。他找老婆要存折,遭到拒绝,表姐都快死的人了,还有什么治的。他第一次动手打了老婆:"你乌鸦嘴!她可是你表姐啊,很快就会好的。"

他揣着借来的两千元钱去看她。看到她瘦成一堆骨头,心疼不已。泪腺却还是发达,纵横满面。她握住他的手:"是姐让你背井离乡来到这儿,姐也知道你的心思。可是,姐不想失去你这样的弟弟。恐怕姐这辈子是还不起你的情了,对不起……"听到此,他也倍感委屈,泪水盈面。

她还不忘说对不起,不知道她是否还记得他们共同看过的《爱情故事》。她就要像电影中的简一样离开尘世了,遗憾的是,在同样的悲剧中,自己甚至不是她的奥利弗。藏在暗处千回百转地爱了她那么多年,她在他的心里早已是最爱的人。有三个字,他不曾对她说起过,从来没有。还有三个字,他一直隐忍着,再也没有机会说出口。

四天以后,她去了,体重只剩下27公斤。天气正热,按当地的习俗,灵堂要设在太阳能照射得到的地方。他张罗着追悼会的一切,车辆、灵棚、悼词……姐夫召集她的娘家人开会,问有没有什么要求。他站起来，一二三四地讲了好多条，是对她最后的敬意，绝不是无理取闹。

尸体火化，护送灵柩回姐夫乡下的老家。他坐在颠簸的车子里一言不发，没有一滴眼泪。身上的衣服像水洗过一样，他知道，除了眼睛，他的全身都在落泪。

丧事结束，他伏在老婆的怀里，像个孩子一样呜呜地哭出来。向妻子道歉，不该动手打她："对不起，对不起……"

在别人的城市里待了那么久，根却只扎在一个人的身上。人既然走了，还漂在那里有何意义？秋季开学，他仓促地调回了自己的老家。

有人说，故乡其实就是有你最爱的人坟茔的地方。孝感，算不算他的故乡？

手写的温情

作为一个作者，经常会收到杂志社寄来的样刊，信封上几乎都贴着打印好的白条子，上面有我的名字及地址。偶尔，里面会夹上一张编辑的名片。也或者，还有一份约稿信。当然，内文全都是标准工整的印刷字。稿费单子也是打印的，如果想找点对方的片言只语，只能到附言栏里，上面简洁地印着“某某刊物某期”。那一天，又收到外地寄来的一些广告、杂志样刊还有几张绿色的稿费单。一个一个拆开信封，里面竟意外地飘出一封信，很刚劲的手写字，题头写着：“运涛兄，你好！”并不很流畅，看起来也是疏于动笔的人。

记不起到底有多久没收到这样手写的书信了。编辑在信中说，在这样冬意盎然的雪天，看到我投给他的稿件，忽然就想写一封信给作者。其实也可以打电话或上 QQ 聊的，但是，写上一封信也许我会更喜欢。

是的，我喜欢这样的温暖，喜欢到有点心酸。白底黑字里，还存着对方手指的温度。

曾经，那么热情地写信，回信。那时候，朋友联系的唯一方式就是书信，很长很长的信，涂涂改改，凝结着一个痴迷文字的人的梦。然后贴上八分钱的邮票投进绿色的信箱，热切地盼着它返航。三天，五天，猜想着收信人的激动。等信的过程，忧伤而美丽。当邮递员经过门口大声喊你的名字时，除了惊喜，谁不坚定地以为天使就是那个身着绿装举着书信笑你慌不择路的人？

大学毕业了，我已经不大写信。并不是因为邮费涨到两角、八角或一元两角，而是打电话已经成为最直接最便捷的联系方式。电话里能说清楚的事，没有必要再见面。我不知道，朋友之间的疏远，是不是因为电话的普及。

再后来有了手机，有了网络，有了信箱与QQ，写信便自然与时尚渐行渐远。就连我这样的写作者，也是每天挂在QQ上，连电话费都省了。情绪不好了，隐身藏起来，任谁都不理，就像手机关了机。可是，那些瞬间就能到达的程式化短信、不疼不痒的QQ聊天、没有丝毫距离概念的E时代邮箱，永远也不能像措辞认真的书信那样，带着指尖的温度直抵我们的内心。

因为写作的关系，我又开了博客。过去被称作隐私的日记现在已经改名叫博客了，而且还要急不可耐地展示给全世界的人看。这样公然的作秀，居然成为一种时尚，你说，网络时代还有什么是不可颠覆的？

清理旧物时，那些装满了一箱子的日记和手写书信我都舍不得丢掉。那里面，盛满了我花样年华里的相思与哀愁。

这两年又开始去邮局寄信，倒不是因为邮局的小姑娘多招人喜欢，而是那些纯文学期刊的编辑们年龄普遍偏大，用不了电脑或眼睛不好使。这种信，其实与在家里轻轻一敲键盘发送过去的一个样，在大信封上贴好地址，装进去打印好的稿件，还是没有一个手写字。在这个急功切利的时代，温情所剩无几。

那个给我写过信的编辑早已经改行了，我们却一直在联系。偶尔还会打个电话问问彼此过得怎么样，信还是写得少。真的有时间有心情写信了，翻翻寂寞的笔筒，竟然找不到钢笔，只好依旧坐回冰冷的电脑前，熟练地敲打一阵，一封冷工业时代的问候很快就制作出来。

燕子飞进春天里

家这个词，尽管会给我们很多联想，比如父母，比如兄妹，但它的地理标志却是房子。无论新旧，无论大小，那是我们出发和开始的地方。当然，家最基本的功能是挡寒避雨。

在我们老家，与房子紧密关联的，还有燕子。一到春天，燕子从房子里飞进飞出，特别有人气。燕子因此成为吉祥之物，燕子在谁家房梁上筑巢，谁家就富足安康。我们的老师说得更好听，燕子是春天的使者，燕子飞到哪儿哪儿就是春天。

我从小就对燕子有一种无可名状的期盼，期盼燕子能亲近我们，能在我们家筑巢安家。我比父母还迫切地希望着，我那贫困的家能尽快富起来。后来，燕子终于在我们家房梁上安家了，我们家也有春天了，但远不及队长家，队长家里的房梁上筑了三个燕子窝。

大学毕业，我回到县城教书，分房的福利早已经取消，我在学校附近租了一小间房子。学校离县城还有一段距离，我租的是农村的储藏室，又小又破，当然不可能有燕子。冬天还好，夏天一下雨就遭殃了，屋里所有的碗盆都得用上接雨。雨水落下来，敲打着大大小小的碗盆，叮当作响，像音乐。可惜，一点儿也不动听。床上几乎找不到雨淋不住的地方，整个晚上我都在忙着来来回回地接水、倒水，根本没法睡觉。好不容易等到雨小了，天也快亮了。

后来，学校集资建房，我们没钱没资历，只有等老教师搬到新房后捡一处旧房。旧房也不算太旧，1978 年建成，起脊瓦屋，一排十几间。后勤主任好心地问我，想要哪一间。我只顾高兴了，说只要别漏雨，哪间都成。人家笑了，公家的房子哪能漏雨哩。

房子被前任房主吊了顶，看不到房梁。我更放心了，有这双重保险,不会再漏雨了吧?把床摆好,再放一间办公桌,屋里差不多就满了。我当时很满足,以为这辈子再也不用操房子的心了。

这排房子被同事们戏称为学校的贫民窟。十几户人家,多是立足未稳的年轻人。

两年后,我结婚生子,房子突然显小了。最紧缺的,不是书房,也不是儿子的卧室,而是卫生间。夏天还好,冬天的夜里冰天雪地的,还得顶风冒雪出门走百十步上公用厕所。我才意识自己当初是多么傻,一间20平方米的房子就想顶一辈子。碰巧,学校有位老同志要调走,我提前得到消息,连夜去找领导磨,想住人家腾出来的房子。那套房子在学校东南角,是学校最早的教师宿舍楼。因为是小套,只有40多平方米,没有人和我争。搬进去的头一夜,我和妻子都感觉像捡了个大便宜,一夜都没睡好。多好的地方啊,有独立卫生间、有厨房,还有一间既可以作书房也可以给儿子当卧室的小屋。这才是完整意义上的房子啊,吃喝拉撒不出家门就可以完成了。

儿子大了,原先的书房只好改成一间小卧室。我失去了自己的阵地,看书写文章找不到一处安静的地方。房子还是那么大,却感觉越来越逼仄。再加上那套房子的结构太不合理,我们就谋划着换套大点的。正好妻子单位集资建房,我们东拼西凑,买了套100多平方米的。大客厅,还有吃饭的小客厅,儿子的卧室、书房,一应俱全。房子交工后,连儿子都说好,不愿再回那个“破家”。妻子说,简单地装修一下吧。我摸摸墙,急不可耐地说,还装什么修啊,你看人家这墙,白净净的,还不沾灰。关键是,集资这套房子我们还借了很多钱没还,哪有钱装修啊。就这样,没等墙干透我们就搬了进去。

儿子还不满足,看到人家一楼养猫养狗,他也闹。我们住三楼,养个猫狗有诸多不便。再说,大人上班去了,家里就没人了,谁有时间照看它们啊?我们吓唬儿子:“再不听话,我们就搬回老房子去。”儿子蔫了,怕再回那小破房子里。他还小,没有常性,闹了两天也就歇了。

转眼又是两年。那天，我正坐在阳台上看书，抬头看到有燕子在楼下的平房顶上飞来飞去的，突然就想到小时候的梦想。家里有座不漏雨的房子，房子里能有燕子飞进飞出，这不就是我曾经的理想吗？妻子偶尔也在我身边念叨，要是有座房子带个小院，儿子能养狗，我们能种点菜，多好。

好在我们生活在一个小城镇，自己建一座带小院的房子造价并不算太高。这样一来，老婆孩子都能如愿了，燕子也能来筑窝了。说干就干，我们又借了点钱，加上平时的节余，先在城郊买了块地。

接着是绘图纸，找建工队，房子完全按自己的要求设计。二层小楼，大院子，赛过大城市亿万富翁们的别墅。动工那天，妻子还特地燃放了一挂长长的鞭炮，以示庆祝。她工作清闲一些，负责监工。半年后，房子交工，妻子蜕了层皮，房子的角角落落都渗透了她辛勤的劳作。妻子开玩笑说，建这座小楼，跟又生了一个孩子一样。这房子，谁给咱一百万也不能卖！

搬家的头天晚上，妻子说，这可是我们最后一次搬家了。我说，这话别说太早，说不定哪天咱们又不满足了，还想住更豪华的。想想前几次，哪一次我们不都当成最后一次？有条件了，谁都想拥有更舒适的生活。妻子问，比咱们的房子更豪华的是什么样子？我也答不来，反正肯定会有的。

有一天下班回家，突然发现有两只燕子在我们楼前蹁跹。燕子回来了，春天又到了。燕子们在楼房四周盘旋了一阵，扑棱棱直冲走廊的屋檐上飞去。那儿，很快成了他们的新家。

作家的书房

2013年诺贝尔文学奖获得者艾丽丝·门罗在其短篇小说《办公室》里写了一位女作家鼓起勇气向丈夫提出要一间办公室的事。女作家家里有房子，还不小，花园、餐厅、客厅一应俱全，连浴室都好几间，家里不缺地方。这个想法，让女作家自己都觉得苛刻、过分。但她还是讲了出来："我觉得我应该有间办公室。"

我后来在《小说评论》上的一篇对门罗的访谈里获悉，那篇小说其实就是作家自己的经历。作家的工作不同于其他工作，作家的工作必须个性化，必须独立，不需要与人协作。作家的工作性质决定了他（她）需要一间与外界分隔的办公室，他（她）走进去，便走进了另一个世界。两个世界一门之隔，家被关在了外面，包括哭闹的孩子、吵人的电话、来串门的邻居……

1994年，我第一次在城里拥有了一套60平方米的房子，两室一厅。前房主说，那间小的可以做书房。对于一个读书人来说，书房的诱惑力可想而知。——也不光是读书人，看看现在售楼部里每一套房子都设计有书房你就知道了，它几乎成了文化的代名词。我们搬进新居，书房其实徒有虚名，一直由儿子住着。

对书房的渴望，打我上初中就有了。当然，我知道那是妄想。我还记得有年暑假，趁着家人出去劳动，我把自己关在屋里大声朗读《哦，香雪》时的情景。门关上，三间漏雨的房子都是我的书房。

我喜欢密闭的书房，安宁，不受干扰，也向外界隔绝了你的羞怯与不安。很多年后，我们家建新房，我自己专门设计了一个书房。与门罗笔下的女作家一样，我不好意思占太大的空间——其实大小无所谓的，再小再封闭的空间也难以阻止作家的想象。那是真正属于我自己的天地，虽然小，却没有空间的逼仄感。我在这间小房子里朗读、发呆，或者茫然地走动。亲人不在身边，真实的世界不在身边……作家的世界，在虚幻处闪光。

《办公室》里女作家的请求也意外得到了丈夫的支持。她在镇上找了一处房子，房东殷勤地想送一些家具给她，以便让房子更像家。女作家竟然拒绝了房东的好意——她要的不是家，是办公室，一处单独的房子，与家分开的地方。事实上，作家需要的并不是一间真正意义上的办公室，而是独处。无论是作家还是普通人，只有与自己相处时，才会重新发现自己，才能更好地反观种种现实。

这其实也是我们当下最紧缺的。手机信号屏蔽的会场，众人焦虑地盼着会议结束，生怕错过什么信息。我们真的有那么多不能错过的电话吗？非也。更大的原因是我们恐惧静默，害怕独处。也因此，我们成了世界上最热衷交流的人群，最大的手机大国、短信大国、博客大国、微博大国、微信大国……任何一个新的交流媒介在我们当下都会受到追捧。

我们唯一不善于交流的对象，是我们自己。

好了，那篇小说也到了该揭底的时候了。房东很龌龊，女作家不得不离开了那处办公室，重新回到现实中——女作家高贵的精神家园再次被世俗社会强奸。

天之中

据说，市政府嫌驻马之店名字太土，着意改为天中。天中虽有自恋之嫌，却查有出处。史料载，周武王曾在汝南筑天台山一座，高丈余，上置土圭，测日影考分数以此为正。另一说则源于《禹贡》："禹分天下为九州，豫为九州之中，汝为豫州之中，故为天中。"明证是唐代书法家颜真卿在这里留下的一块砌在墙壁上的石碑，上面赫然书着"天中山"三个大字。

天中当然只是地理称谓，而驻马店所属的汝南县真正成为中原政治的天之中，既不是公元450年北魏拓跋焘10万大军攻城42天的悬瓠之战，也不是公元1601年闯王李自成40万大军血战小城的汝宁府之战，而是距颜真卿在这儿尽节400多年后，金王朝在此的最后一搏。

天兴二年(公元1233年)，金政府南有宋朝上下的反抗，北有蒙古人的骚扰，不得不放弃京都汴京。新都的首选就是蔡州，即现在的汝南，中原腹地，城坚池深。那时候，蔡州素有"负山面淮，控扼颍蔡"之险，但毕竟弹丸之地，彼时还没有"粮油鱼米之乡"、全国粮食生产基地县、油料生产百强县、生猪外贸出口基地县、优质小麦基地县的美誉……突然要保障整个王朝的供给，自然捉襟见肘。

很快，派去实地考察的将士带回来信息，称蔡州城池逼仄，兵粮不足以自恃，难行新都大任。然而，大势已去，金哀宗再没有更好的选择。就这样，蔡州被历史仓皇潦草地拉进了天之中。措手不及是难免的，但其时蔡州商贾云集，空前的繁荣景象多少会抵消掉满朝文武的恐惧。再加上尚书右丞、总领省院事忽斜虎对随后纷至沓来的各路军马要求严格，赏罚分明，蔡州城一派祥和之气。

刚过了几天安定日子，众官员就忘了眼前的战备险境，竟为缺少从官、近侍迁怒于御史大夫、总帅乌古论镐，频频向哀宗献言诬蔑。蒙古军队长驱直入，并与一直伺机复仇的南宋达成了共同灭金的协议。四面楚歌的哀宗只能鼓动手下君臣为国效忠：“国家自创涵养汝等百有余年，汝等或先世立功，或以劳效起身，被坚执锐，积有年矣。今当厄运，与朕同患，可谓忠矣。比闻北兵将至，正汝等立功报国之秋，纵死亡事，不失为忠孝之鬼。”一向高高在上的皇帝此番出语哀怜恳切，惹得城内金兵无不涕泪，一时士气大振，决心背水一战。但狡猾的蒙古军并不接招，自顾在城外筑长垒，作久困长计。

蔡州之外，金兵接连失利。十月，徐州守将郭恩叛降蒙古，旗下将领完颜赛却不拒不降，投河自尽。在河上漂流三十多步仍然不沉，被军士救出。但完颜赛去意坚定，又过了五天，自缢而亡。

坚守到十二月初九，蔡州外城终于被蒙古军攻破。宿州总帅高腊哥战死，部下在他的激励下顽强死守，蒙古和南宋军队几次杀入城内，都被逐出。然而，城中困境每况愈下，哀宗于二十四日在部下的劝说下，于夜间率领兵士出东城试图突围。他换上普通服装混在士兵群中，到蒙古军的营栅前，终被哨兵发觉，遭到大队蒙古军的阻击，无功而返。此时城中粮草断绝，哀宗命人杀尽自己厩中的骏马 50 匹，军马 150 匹，供将士食用，又取出御用的金银器皿赏赐给将士，鼓励大家继续坚守。

被围困三个月后，即天兴三年（1234 年）正月初九，蔡州城经历了它最血腥的一天。蒙古军凿通西城五个门，整军入城。将近 800 年以后，那些经历过“文革”的当地人回忆说，破四旧的红卫兵即使操着现代的长短家什击打汝南老城门也难以摧损，今人可以想象当年蒙古军攻城的艰难程度。短兵相接，蔡州城内顿时人头攒动，杀声震天，惨烈景象似乎在为蔡州城刚刚过去的萧条春节造势。金将完颜仲德指挥兵士，经过激烈的巷战，暂时击退了蒙古兵。哀宗知道蔡州难以坚守，当夜传位给东面元帅完颜承麟。完颜承麟又拜又哭，不敢接受。哀宗说：“朕所以付卿者，岂得已哉！以肌体肥重，不便鞍马驰突。卿平日矫捷有将略，万一得免，祚胤不绝,此朕志也。”

第二天清晨,天气阴沉,寒风萧萧,完颜承麟匆匆受诏即位。大礼未毕,宋将孟珙用云梯登上城头,迫使南门守将乌古论镐不战而降。朝中有人隐隐看到城头猎猎的宋朝旗帜,未几,宋军攻下南城的消息就传进宫里。金哀宗自知大限已到,对近侍悲叹:“我做天子十年,人主十年,自知无大过恶,死也无恨。所恨的就是国家社稷到我而绝,与历来荒淫暴乱之君同样亡国,为此让人愤愤不平!”言毕,自缢于幽兰轩中,终年 37 岁。临死之前,不知他有没有想到那个麻衣男子——史书竟然详细记载了这个细节。金哀宗继位那天,一麻衣男子望着京都承天门又笑又哭:“我笑,笑将相无人;我哭,哭金国将亡。”金国上下议论纷纷,群臣请愿要杀此人,称这是历朝季世都未有的亡国之兆。哀宗最终没有同意,只将那男子“重杖而遣之”。这也可以理解,金哀宗刚刚即位,壮志未酬,收买人心,也不枉上策。但无论如何他都不会相信,金王朝真的会亡在自己手中:“古无不亡之国,亡国之君往往为人囚絷,或为俘献,或辱于阶庭,闭之空谷。朕必不至于此。卿等观之,朕志决矣!”

哀宗死后,近侍完颜绛山遵奉遗嘱,将尸体火化,残骸埋葬在汝水边上。另一说是,蒙古将领布展和宋将孟珙见人正在焚烧哀宗尸体,忙上前扑灭余烬,拣出余骨,一分为二,各取一份回去报功。

接下来,绝对称得上这座天中小城历史上最为悲壮的一幕。满朝文武,加上军队将士,近千人集体投汝河殉国。先是守将忽斜虎,他向自己的将士亮明心迹:“吾君已崩,吾何以战为!吾不能死于乱兵之手,吾赴汝水,从吾君矣。诸君其善为计。”言毕,跳入薄冰覆盖的汝河。众将士亦前赴后继:“相公能死,吾辈独不能耶!”参政孛术鲁娄室、乌林答胡土、总帅元志、元帅王山儿、纥石烈柏寿、乌古论桓端……再加上五百余军士,一时间,汝河水上漂满了尸体。仅做了一天新帝的完颜承麟,率左右退保子城,也被乱兵射死。

封建王朝的保卫战难计其数,唯独金朝满城文武视死如归的宏大场面让后人唏嘘不已。金王朝在蔡州落下帷幕,但金王朝忠将良臣的名单并没有就此挽住。蔡州沦陷的消息传出后,附近各州先后投降蒙古,只有巩州守将郭虾嘛前后拒绝了二十多人的劝降,独守孤城近三年。巩州城攻破后,郭虾嘛仍率兵鏖战,士兵皆战斗到弓尽矢绝即挺身投入火海自焚。城中无一人投降。郭虾嘛有门扉掩护,发二三百箭射敌,箭无不中,最后自焚而死。

王朝更迭几千年,当初周武王测日影的堆土累石已偏居城北1.5公里处,天台山也早已更名为天中山。汝南县城也如那天中山,早不复天之中的傲蛮。但谁也不能否认,这座小城曾经的辉煌——天之中舍我其谁的那份豪迈,以及四海之内独我天之中的那种自信。

教 师 手 记

纸　　条

刚从师院毕业那年,无论知识还是经验都远不如老教师,学校对老师的测评不断,闹得我终日惶惶不安。期中考试成绩一公布,我所教的一个班倒数第二,心里很无助,担心自己不是一个合格的老师。早上拉开抽屉,里面塞满了好多很不规则的纸条,全是那个班的学生写的,还署着名,都是赞扬的话。有一个学生写道:“您是教过我的最好的老师!”还有一个学生写着:“您的授课方法灵活,风趣幽默,知识广博,我们都爱听您的课。”这些话很受用。想想也是,还是学生了解我。于是信心倍增,在班里对学生也倍加爱护。期末考试两班分列全校第一、二名。

第二学期才了解到,那些纸条全是办公室的同事仿写的。于是除了自信,心里又多了份感动。

口　　吃

有一年接了一个新生班的班主任工作。刚报到,要找学生谈心、了解情况,很忙。有一个学生叫晖,很腼腆,印象中好像没说过几句话。不知什么原因,那次我心里很乱,情急之下就开始结巴:“你能把你初……初……中的情况大……大……大致介绍一……下吗?”费了很大劲说完,他满脸通红地看着我,一言不发。我更急了,且有点烦:“你怎么不……不……不说……说话?”他还是不出声,低下头。由于刚入校不久,不了解学生,我就让他先回教室了,心里却直犯嘀咕。

第二天一早，我的书桌上多了一封信，署名晖。里面详细介绍了自己的情况，最后一段这样写着："老师，对不起，我也口吃，怕你怪我学你，没有回答你的问题，请谅解。"

花　伞

90 年代中期，不断有教师从商、到南方任教的消息传到我的耳中，我心里也颇痒。

一日带学生到广场开宣判会，中途忽然下起细雨。人群慢慢四散，我很无奈地站在学生后面，雨丝不一会儿就打湿了的我的单衣，有了凉意。有个撑小花伞的女青年远远地朝我走来："张老师，您也在这儿啊！"她执意把伞让给我，我却实在想不起她是谁。临别时她说："我就住附近，是您 89 届的学生。"然后手捂着头匆匆离去。

那把伞至今也没有见到主人，我的心思也随它静静地留在了这儿。

失　恋

工作第二年，热心的同事介绍一年轻貌美女子与我认识，不久彼此心仪。正做美梦时，她和全家却全部调入省城。父母强行把她带走，原因是耻于教师做婿。遂心境灰暗，感叹人生太现实。

某日晨起，忽见门上贴喜联。上联"学识广博年轻有为"，下联"慧眼识珠佳人有约"，横批"佳偶天成"。原来是一帮学生想借愚人节的气氛调剂老师的心绪。

问　　候

当教师十多年，很多学生的来信都写着我当年对他如何如何关心，如何如何好，然我竟无半点印象。可能是客套话，抑或是一个教师很自然地尽了本分。无论是哪一种情况，都让我汗颜，催我以后更加努力。

有一个已工作几年的学生向我讲起我待他的情况。有天早晨，我站在教室门口，他从阶梯上走过来，我很远就用英语问候他，他说他当时很紧张，只是以笑代答。“你是第一个问候我生日的人，我恐怕永远也忘不了。”这么巧合的一句问候就让他如此挂念了近十年，有时候人是多么容易满足呀！

巧　　合

那年我新买了冰箱，请了几个学生帮着抬到楼上。把冰箱放好之后我很随意地留下了一个学生，调整由于加放冰箱而需移动的家具。当他把电视搬到里屋，不，严格来讲他是用两肘夹过来的，我才意识到他的右手有三个手指没法伸直，也就是说没法自如地拿放东西。我想象不出刚才上楼时他是怎样支撑着冰箱的一角的。我很自责，觉得因为我是老师而为难了他。我站在他的对面，没有移过去帮他，眼看着他费力地又把电视放到桌子上。

多年以后，我在省城一家大报社里遇到了他。此时他已成为省城很有名的记者，残疾的手指也得到了矫正。在宽敞的办公室里，他说：“这一切都归功于您。那年我刚入校时，看别人行动自如，我怕受人轻视，也怕太落后于人家，正想退学。那天您找我帮忙，而且最后只留下我，我才觉得自己还是一个有用的正常人。”

暗　示

刚上课不久，前排靠窗的两个女生就开始私语，我声色俱厉地叫起其中的一个提问，她当然回答不上来，还在桌上急急地写着什么。我一边责怪她不好好听讲，一边朝前跨了一步。

“老师，你的西装领子翻着哪。”纸上的字让我脸一红，随即又镇定下来。在让学生阅读的当口，我赶紧把上课前随意披上的西装领子捋顺。

我的心中也如释重负，暗暗地感谢这位聪明女生的帮助。如果她当众说出来的话，肯定会让我非常尴尬的；如果她没有示意，我就会现眼一堂。

礼　物

曾经资助过的一个学生如愿考上了大学，他家离这个小县城最偏远，他的父亲在一个秋日的午后来到我家。

这个地地道道的农民打着一把破得不能再破的老帆布伞，身上淋得精湿，手里提着一个小布兜。临走前他把兜里的东西一个一个地拣出来，我才知道是梨子，一共九个，红通通的。我的心头猛一颤。他们那儿要走二十多里的土路才能坐上公车，但是为了省钱，他硬是步行来到了县城，可以想象得到他在大雨中是怎样小心地呵护着这些他认为能够表达他心意的梨子的。坦率地说，我收过的礼物大到几百元一支的笔，小到几十元一件的饮料，但从没有像这几元钱就能买到的九个柿子让我更为真切地感受到送礼人的诚挚。

哪有比人心更贵重的礼物呢？

错　误

拎着一兜水果去看望一个生病的朋友，当我推开住院部 306 病房的门时，躺在靠南窗户的病人随即向坐他身旁的妇人说："妈，这不，老师来看我了？"

我脸上的笑意还未来得及收拢，当妈妈的已经把我手里的礼物接过去了。这才发现病人有些面熟，好像是我正代课的班里的学生。我赶紧询问学生的病情，学生的母亲说："高烧已经退了，今天老是念叨着老师可能要来看他，这不，总催我出去看看。"邻床的病人也赞不绝口："看人家老师对孩子多关心！"我心里很惭愧，嘱咐学生好好养病，随后走出病房。

这个美丽的错误让我心里比看了朋友更欣慰。

差　生

对学生一视同仁应是当老师的原则，而对成绩好的学生偏爱则是每一个教师的潜意识。那些让人头痛、屡教不改的差生，让每一个老师都有恨铁不成钢的不甘。

纬经常在课堂上捣乱，作业要么潦草要么不交。他坐在第一排，我经常把他提起来。有一次气极竟让他面向学生站了一节课。后来想想他都那么大了，不该这样待他。想归想，却从没有找他谈谈。就这样，他毕业了。

那年的秋季，我到乡下去搞调研，在偏僻的街上远远就看见他了。说实话，这个时候我有些惭愧，想避开，他却故意朝我走来，热情地拉住我，非要请我去吃饭。我委婉地提及过去待他的刻薄，他却一再说："别这样想，老师！我一辈子都应该感激您对我的严格，您一直没有放弃我！"

老师对他刻薄，他却怀着另外一种心情去感受。善待每一个学生是我此后一直坚持的教育准则。

表　扬

晚自习时，透过窗户的玻璃看到由于调皮而被我调到后墙角的那个男生正面向后墙，拿着毛笔在雪白的墙上放大一个课程表。唉，真是拿他没法子。

第二天一早，我不动声色在走到墙角毫无责备之意地说："哪个学生找点石灰把那些墨迹涂上。"中午我再到教室时，他正赤着上臂干得起劲。晚上我借机在班上大力表扬他热爱集体的行为，并任命他为抓劳动、卫生的班干部，此后我班的卫生区工作常常受到学校的表彰，教室里的值日也安排得有条不紊，他的学习更是起色不小，再也没有做出让我头痛的事。

惯受批评的学生更希望得到老师的肯定。

找　党

2011年2月28日，我爷活到88岁无疾而终。在农村，这算是喜丧。可我并不轻松，我爷还有未竟的遗愿，他至死都没找到党。

我爷年轻时参加过新四军。他跟生产队长说，他是刘伯承、邓小平的兵。他跟大队支书说，他参加过中原突围战。队长不理他，大队支书更不睬他，连村里人都笑他："人家刘、邓在中央，你咋还在咱村啊？"不过，敢说这话的人越来越少，谁说他跟谁急："有人坐轿总得有人抬轿吧？"

不久，上面有了政策，说是要给散落在民间的红军战士、新四军战士发生活补助，他们为中华人民共和国的建立流血流汗，是革命的功臣，共和国的缔造者，人民不应该忘记他们。我爷来了精神，跟组织上派来的干部滔滔不绝地讲了一个晚上。

我爷所在的部队在信阳遭到国民党军队的围追堵截，为保存实力，上级指示部队化整为零进行突围。我爷他们这些兵很迷茫，问连长部队什么时候再集合，在哪儿集合。连长回答说："什么时候集合听通知。"我爷又问："听谁通知？"连长批评他："听党通知！全国到处都有党组织，你们还怕找不到党？"我爷成功突围，我们村他的一个战友就没我爷幸运，他在这次突围中丢了一条腿。我爷很知足，他哪儿也没少，回来还能犁田耙地。

我爷的事获得了组织上的确认，据说新四军档案馆里确实存有我爷的名字。他领到一个小本本——《河南省优扶对象抚恤金补助金》，上面简单地写着：张明武，男，1924年生，正阳县陡沟镇小张湾村人……我爷所有的故事都浓缩到这个小本本上，除了他的党员身份。但我爷坚持说他是共产党员，村里人不信，组织上更不信——他没有党证。我爷说，他是火线入的党，就在突围前几天，连长口头批准。连长早死了，去哪儿找人证明？我爸跟我讲，先前村里开支部会我爷也要去，他说他也是党员，为什么就不能过党的生活？

我爷牢记着连长的话，遇到问题就找党。可惜我爷一个没文化的农民，能够见到的最大的官也就是大队支书。党是找到了，可我爷的问题还是没有解决。我爸跟我爷建议，重新入一次党。我爷还没考虑好是否同意呢，大队支书就发话了："党哪能谁想入就入？张明武一个普通社员，凭啥入党？"想想也是，我爷个头跟我差不多，一米六几，干活他不是最有力气的，字又不识几个，在农村凭啥入党？他唯一的资本就是自己的贱命，再打仗他还敢冲到最前头。可是，战争结束了，和平年代不需要人去炸碉堡堵枪口，哪还有惊天动地的大事等着我爷？

在村里人的眼里，我爷已经很风光了，拿着那个小本本每个月都能到镇上领一笔生活补贴。干部的工资涨，我爷的补贴也涨。关键是他还有自己的田地，典型的住在乡下的城里人。可我爷并不满足，既然能在新四军档案馆里能找到自己的名字，一定也有什么地方能证明自己的党员身份。

那时候我还在上学，我爷就命令我爸去各级档案馆查资料。我爸没出过门，在我爷的督促下不得不上路了。先是县里，再到市里，最后还去了省里，都查遍了，还是没能找到证明我爷是党员的材料。后来，我参加工作了，我爷舒了一口气："我们家到底出了个明白人！"我爷的意思我知道，他的党员身份就指望我这个文化人了。

我查了县志、市志，都没有与我爷有关的记载。档案馆我也去过，甚至信阳市的档案馆我都去了，还是一无所获。倒是查到了他的连长，书上明明白白地写着他牺牲的时间——就在那一次的突围战中。同时记载的，还有连长的籍贯、身世、入党时间。对于那时的烈士而言，这样的材料已经足够翔实了。可前前后后就是没有我爷是共产党党员的片言只语。

通过网络，我后来还进了党史档案馆。人家一听说一个快 80

岁的老人想确认自己的党员身份，肃然起敬。可是，结果仍然令人失望，还是没有我爷的信息。我分析，我爷的党员身份连长牺牲时还没来得及向上级做汇报。

我们别无他法，除非连长复活。

我爷这一生，找了一辈子党，年轻的时候在党的领导下为解放中国浴血奋战，中华人民共和国成立后又致力于证明自己的党员身份。我们老家周边几个村都把我爷找党当成笑话讲，包括我们家里的人，但我不。我相信我爷是党员，他甚至比手持党证的党员还像党员。我爷没有找回自己的党员身份，这不是他的错，是历史的错。

2009年清明，我陪我爷回老家。我没敢把话说绝，只说还在查找。我知道我爷的日子不多了，就让他一直怀着希望吧。我爷没有催我，他只是问我有没有入党。我很惭愧，还没入。我爷说："咱们家，就我一个党员。"

安葬毕我爷，我认真地写下一份入党申请书。党就在我身边，我不想再有我爷那样的遗憾。

沙湖背影

去沙湖镇，我其实是奔着芦苇的。《芳草小说月刊》的钱主编邀约得很热情，去看芦苇，那儿有大片大片的芦苇。我见过万亩油菜花开时的艳丽，也见过满山人造梯田的壮观，大片大片的芦苇能是什么样子呢？我一个中原人，实在想象不出来。

时令已是冬天，草黄了，树叶也枯落了，这样的季节已不适宜江南的大多数风景区。雨水少了，江河也就显瘦了，像是缩水的衣服，罩不住老男人干瘪嶙峋的肋骨。看看那些残败的藕池你就明白了，那种几近黑色的枯萎，与生命轮回至终结时的苍凉无二。还好，芦苇没有让我们联想到萧条，它们大片大片地在那儿浩荡着，花絮灰白，叶秆暗黄。旱地的芦苇反而给了我们一个亲近它们的机会。作家们三五成群，兴奋地钻进芦苇丛中。一眨眼的工夫，芦苇丛便鲜活起来，像着了色的黑白照片，那儿一抹鲜艳的红，这儿一片耀眼的绿，与芦苇一道摇曳着，在满眼灰暗的色调中格外惹眼。看，美女作家们在与芦苇抢镜头呢。

印象中，芦苇似乎永远都是这个样子，清瘦矍铄，像一个暮年的老人。这么多精神的老人站在一起，又像一个正在讨论生死大事的严肃会场。面对这样的老人，我试图想象它们青春的模样。毛茸茸蓬松松的白色芦苇花，再配以象征盎然生机的绿色芦苇叶？芦苇生机盎然，水波荡漾，“沙湖水色竟如天”。如果还拿人来比，青年的芦苇是不是就像那婀娜的妙龄少女，正向人扑闪着她那水灵灵的大眼睛？蒹葭苍苍，白露为霜。在我们这些作家的眼里，芦苇其实就是那在水一方的伊人。

北方的青纱帐，充满了气喘、热汗，还有彪悍的男人，像一部神秘坚硬的小说。而芦苇荡，则更像一首浪漫优雅的诗歌，身穿蓝印花布的苗条女子临水而立,正向她的情哥哥挥舞一方丝绸手帕。

说到芦苇荡,自然少不了水。唉,谁让我们来的不是时候呢?等来年夏秋吧。

不,不用等,沙湖国家级湿地公园怎么会没有水呢?汽车穿过芦苇丛,开向湿地纵深处。

恰逢渔民们捞鱼——我坐在电脑前思量好久,到底没有用捕字,因为没见他们用网,没见他们费心劳力的期盼神态。渔民们只是在湖堤下开了道小口,大群大群的鱼便顺水而下,钻进河道里早已为它们准备好的水槽。水槽分了很多的小格子,鳡鱼、刁子鱼、武昌鱼、鲢鱼,分门别类。两条传送带从岸上伸下来,一条用来上鱼,一条下空鱼筐。我问这车鱼要拉到哪儿,渔民答,先储存起来,等攒够一万斤再送出去。

我们分乘两条打鱼的小船到湖里玩。说是玩,船上的人甚至不能站起来。小船太小,左右一晃水就会溅进船舱。伸手撩试,水并不冷,反倒有种温暖的柔软。我喜欢江南的水,房前屋后,出手能掬伸脚可及,柔软随性如平易近人的智者。而北方的水,则带着股未经文明驯化的野蛮劲,粗粝,放荡,不谙人情。

是谁惊叫了一声,惹得一船的人都回过头去看。只见一轮红日,懒洋洋地挂在西天,水下像红色的颜料洇透了薄纸,留下一绺长长的不规则的尾巴,像一幅画。只可惜,这幅画很快就黯淡下去。

船掉转头往回走时,另一条船上的美女作家终于坐不住了,站起来频频向我们晃动自己的红纱巾。此时,日光远逝,湖水清绿,就连载我们的小船也因刷了清漆而暗淡无光,红纱巾便映衬得格外夺人眼球。对方仿佛早意识到自己的色彩优势,索性摆出各种姿势,诱惑我们的相机。湖里的鱼也来凑热闹,争先恐后跃出水面,鼓掌欢呼。有一条鲢鱼兴奋得过了头,不小心飞入船舱,惹得船上的一众作家们只好把沉鱼落雁改成了飞鱼落雁。

我们来晚了,只看到沙湖的背影——她刚刚转过身子,正为来年的亮相上妆。

陡　沟

淮河长途跋涉到这儿，犹豫了一下，打了个旋。这个旋，就是陡沟。我小时候总以为陡沟这名字是因了镇上小学后面的那条深沟而得名，后来看到县志，才知道“四周坎陡沟深，故名”。但陡沟这两个字外人听起来总觉别扭，叫顺了，倒也不觉得。

1983年，我开始在外求学，陡沟留给我的印象，也就是一堵渠坝。俗话说，靠山吃山靠水吃水。陡沟以南大多种水稻，水就从淮河里抽，通过人工渠坝送到南部各村。也因此，陡沟在县里有“小江南”的美誉。渠坝滋润了大片田地的同时，也硬生生地将我们和陡沟镇街隔开了。可能是年龄的原因，也可能是气候的侵蚀，那道渠坝现在看来并不高。可那时候，我们却觉得它比山还高还陡。直到二十世纪八十年代初，才有人把渠坝打开，上面用渡槽代替渠道。

后来我离开陡沟在外求学，及至在县城工作了，有了老婆孩子，买了房。再后来，父亲不在了，母亲也搬到城里带侄子侄女，我回陡沟的次数越来越少。不过，县城大街上到处吆喝“陡沟馍”的声音，总能引出我隐隐的乡愁来。

在我们县，陡沟属于最早致富的乡镇之一。陡沟人市场意识强，甫一开放，即大量涌到南方打工。据说很长时间以来，全县的邮政储蓄存款也超不过陡沟一个镇所。每到过年过节，打工者从外面寄回的汇款单像雪片一样，邮递员都送不及。

南北气候分界线的淮河赋予陡沟独特的自然环境，同时也孕育了这个地方的特色产品。县志上说，陡沟生姜的种植历史已有一百多年。我有过生姜种植经验，深知其不易。过完年先暖姜芽子——把姜埋在土里，用小火慢烤。火候要求极严，需一代传一代的老把式才能胜任。等姜被暖出了芽，再分割，埋在地里，封垄。

新姜长出一米左右的新枝时搭棚。期间还要在密不透风的姜棚内掏出老姜换钱、薅草——每年都会听说有人热昏在里面。到了霜降季节，新姜就长成了。这种沙土地长出来的姜，肉肥丝长，切片发青不打卷，长煮不变形，脆而不烂，辣而味久，含水分低，凉干率高，不仅是家宴烹调佳品，而且还有去寒、温中、健胃等药物功能。姜是二十世纪七八十年代最受我们老家喜爱的作物，价格很稳定，窖藏在地窖里，一年四季都可以拿出来换钱。还有大蒜，陡沟大蒜俗称“齐头黑”，瓣大、皮薄、肉厚、味辣而甜。含维生素 C、碳水化合物及硫、磷、铁等多种营养，有消炎解毒、杀菌治痢、防治脑炎等功能。陡沟的姜和蒜吸引了河北、内蒙古、山西、湖北、山东及河南各地的商户，每到收获季，来陡沟购买大蒜的车辆络绎不绝，常被抢购一空。早在清朝初年，陡沟便靠其得天独厚的淮河水运，引来四面八方的商贾，赢得了“小汉口”的美誉。中原悠久的历史文化积淀，让这里的手工业一样发达。清嘉庆《正阳县志》载：陡沟织布独盛，家家设机，男女操作，其业较精，故有“陡布”之称。陡沟布细密，畅销晋、陕、皖、鄂，手工挂面、手工馍等久盛不衰，至今仍名噪一方，生意兴隆。有一则笑话，说武汉人不知道正阳（县），但知道陡沟市。

“陡沟姜、陡沟蒜，陡沟萝卜销三县；陡沟馍，陡沟汤，陡沟挂面过长江。”陡沟汤是用我们本地人叫沙狗子的一种淮河鱼煨出来的汤。这种鱼并不大，因为生活在水里，白嫩嫩的，几乎透明，无论煎炒熘焖还是煨汤，都是饕餮者的盛宴。

说起来，我对老家陡沟的了解也就这些耳熟能详的事体。蒜也好姜也罢，甚至包括馍、挂面这样的手工艺食品，其实都是历史或地理环境造就。况且，我们老家张湾早不种生姜大蒜了，太麻烦。如今，大多土地都是种着小麦，一撒到地里就不用再管，多省事啊。但我知道这只是表象，要想更多地了解那片土地，只有回到陡沟。2016 年 4 月，在省委宣传部“深入生活扎根人民”的申报表里，我郑重地填上了陡沟镇。我希望能像那个也书生气十足的镇党委书记李俞所言：“来了，一定会让你对陡沟有一个全新的认识。”

后记　清醒的自卑

1

为了树立学生的自信心，我供职的中学每天上课前都让学生举手宣誓："我行！我能行！我一定行！"这法子当然不是我们学校首创，巴黎蒙马特高地的"盲流画家"每天早起也会将头伸出窗外对着街道大吼："我是天才！"国内某名校学生一起床就大喊"我要上清华"……"行"比"天才"和"清华"内敛多了，算是它们的衍生词，不盲目，也不妄自尊大，考上清华行，做好生意行，当好公务员也行……

很遗憾，我求学时学校没有这方面的培养，我因此自信心极度贫乏，自卑倒愈来愈严重。第一本书上市时，我正在鲁院学习，出版社赠了 20 本样书，我只偷偷送过班里的一位同学，其余 19 本全带回了家。不是我小气，是总觉得拿不出手。四个半月的学习结束，我也很少主动给我的编辑同学投稿，怕人家笑话我。

我以为只有我这样的小作家才如此自卑，没想到我的偶像周晓枫也有类似心理。她的新书《有如候鸟》出版时，我们在微信里有过交流。她要我的地址，说是给我寄书。我说不用，买书才是对一个作家劳动的尊重。周的回复与我如出一辙："我老有种担心，怕别人买我的书花了冤枉钱。"同时我也很惊讶，获过鲁迅文学奖的作家竟然也如此自卑。她随即反问我："写作者有几个能有真正的自信呢？"

我生活在中原地区的一个偏远小县城，走上写作之路纯粹是无聊之时的一种寄托。或者说，最初的写作动机就是想填充空虚的生活。没想到，越走越远，竟渐渐与周围的朋友隔膜起来——在家里关起门来阅读创作，出外都是参加圈内活动，采风、学习、研讨……大城市也去过很多，郑州、南宁、天津、北京，甚至美国的芝加哥、爱荷华。有人因此说我是我们这个小县城的著名作家，我诚恳地纠正，连张湾著名作家都谈不上——张湾是我出生的小村，我可能是那里唯一把写作当成职业的人，但著名还真不敢说，那儿的乡亲恐怕没几个人了解我的写作。

我清醒地意识到，自卑是我生命中最软弱的一部分，也应该是我之所以成为作家的前提之一。它让我敏感——所有自卑者都应该有一颗敏感的心。

2

也可能，是因为自卑才喜欢文字。那是一个虚幻的世界，自卑者只有借助虚幻世界方能慰藉自己。自卑者拿起笔叩问这个世界的时候，诚惶诚恐，心里满是敬畏。

我的主业是小说，散文写得少，一年也就那么一两篇。之前我不喜欢散文——不是不喜欢这种文体，是不喜欢散文里到处可见的到此一游或廉价亲情。文以载道，文章最终的目的是交流思想，传递观念，语言只是一个载体。后来读到格致的《减法》，惊叹不已，原来散文还可以这么写，既好读又意味无穷。这就是我的散文处女作《黑暗中的告别》(2011 年 10 月《广西文学》)的由来。它不像现实中的我，命运极好，从《广西文学》2011 年度众多的散文中脱颖而出，获得“金嗓子”文学奖，第二年又侥幸获得首届林语堂散文奖。

《黑暗中的告别》给我的经验是，散文要深挖自己。真实应该是散文最本质的东西。但是，对真实的追求如果单纯地停留在客观事物的表象上，当然会流于肤浅。散文的真实不仅指描摹对象，还包括作家笔下的文字，确保发自内心深处，甚至极其隐秘的某个角落。于是又有了《肉身的诱惑》(2011 年 2 月《山花》)、有了《兄弟》(2013 年 1 月《广西文学》)、有了《师·生》(2012 年 1 月《广西文学》)、有了《向城市》(2015 年 3 月《广西文学》)……

作家写亲朋好友就像老师给自己的孩子补课,属职业的私利。我写过父亲,《躲躲闪闪的父与子》《父亲的故乡》,也写过儿子,《两只猴子的梦想》,但迟迟没有写母亲,怕流入俗套。正如《代元美》(原载 2016 年 3 月《天涯》,《散文选刊》2016 年 10 月转载)开头所言,一次就医经历打开了我的创作思路。我从母亲的名字获得灵感,希望借此抒写一个农村妇女的爱与哀愁,以及她们身份的卑微……

还有《一个人的县城》(原载 2016 年 3 月《广西文学》,《散文选刊》2016 年 7 月转载)。那是一个夏日黄昏,我正坐在三楼阳台上读书。抬头看到县城的全景,一边是灰暗低矮的老县城,一边是高楼林立堪与大城市比肩的新区。旧的县城格局制约了发展,它需要不断朝外延伸方能满足各方需求。我在想,全国得有多少这样的县城啊。这是我写作的初衷,试图以个体经验映射大千世界。文章发表后,仅公众号转载的阅读量就超过 5 万人。反响也很直接,去酒店吃饭,好几次都有读者过来与我交流读后感。

……

散文这种文体轻快,能第一时间与这个时代交融,它比小说来得畅快直接。我在与评论家的对话中曾经回答过为什么作家那么喜欢短篇小说。我自己的经验是,短篇小说本身就是一门缺憾的艺术,作家们不服气,总希望下一篇能弥补之前的缺憾。散文创作也一样。如果说小说是一个作家的影子,那么,散文则是作家的肉身——作家当然更喜欢自己的肉身。

自媒体时代,散文属全民文体。如何从海量的散文中突围,对散文创作者来说既有挑战性又有被接受后的成就感。

感谢所有支持、关注我的创作的朋友们!